目を、覚ます。部屋は薄暗い。

視線を横にやる。セラスが寝ていた。机に、突っ伏すようにして。

まるで徹夜で勉強していて、

そのまま寝落ちしたみたいな姿勢である。

「クソガキが」
ヴィシス

「ここであなたを、
始末する」
高雄聖
タイムリミットは――一時間。

武装戦陣
シルバーワールド

ハズレ枠の【状態異常スキル】で最強になった俺がすべてを蹂躙するまで 8

篠崎 芳

CONTENTS

Illust：KWKM

プロローグ

これは、安智弘と第六騎兵隊がアライオンから発つ前のこと――

△

女神ヴィシスは第六騎兵隊長を執務室へ呼び出した。

しかし――遅い。

微動だにせぬ笑顔のまま座して待つヴィシス。

と、ドアが控えめに叩かれた。

「お待ちしていましたよ、ジョンドゥ」

ゆっくりドアが開く。が、開いたドアの向こうには――誰もいない。

「お待たせしました、であります」

「あら？」

ヴィシスから見て右手側。距離は5ラータル（メートル）ほど。

声は突然、そこから発せられた。

「いつの間にそこへ移動したのでしょうか？」

「約5ラータル以下の距離だと、おそらく感知されるであります」

「これはこれは……♪　また素晴らしく奇妙な能力を身に付けたようで」

歓迎めいて、ヴィシスは言った。

「今回お呼びしたのは、あなたに頼みごとがありまして」

「最果ての国をついに見つけたのでありますか」

「ええ、ようやくです。禁忌の魔女が負け惜しみにばら撒いていった偽情報や工作のせいで難儀しましたが……ぐすっ……とても、大変だったのです」

「わたしの前では嘘泣きをせずとも大丈夫であります」

「ひどい」

「勇の剣と合流し、禁字族を処理すればよいのでありますな？」

「なんなのですか、その口調……？」

「最近、あまりに個性が薄すぎて存在自体を忘れられる時がありまして……仕方がないので、口調で少し個性を出しているのであります」

「似合っていませんね」

「同意見であります」

「私の前では無用です」

「――では、そのように」

ヴィシスは笑みを維持し、狐のように目を細めた。

「しかし……個性が薄くなりすぎたために、ついに一定の距離まで近づかねば存在すら感知されぬ謎の能力を手に入れた、と？」

「意識を集中しなければ、発動はしませんが」

「いずれにせよ、素晴らしい能力かと♪　しかし……あなたは何者なのでしょう？　勇血の一族ではないですよね？」

「ヴィシス様は確か勇血の一族か否かを、判別できると……」

「ええ、神ですから」

第六騎兵隊長ジョンドゥ。彼の出生については誰も知らない。

今名乗っている〝ジョンドゥ〟すらも本名かどうかわからない。

元々、彼は傭兵であった。

ヴィシスもこのジョンドゥについてはわかっていないことが多い。

わかっているのは〝べらぼうに強い〟ということだ。

「ところで、勇の剣は最果ての国を見つけたようですが……我々第六は、そのまま彼らと足並みを揃えればよいのでしょうか？」

「ええ、一旦そうしてください。彼らはたくさん亜人を殺すでしょう……ああ、なんて残酷な話……」

「常に〝外敵〟を用意し続けなければ結束を維持できない人格破綻者集団……ヴィシス様も、あれらの手綱を握るのは大変でしょう」

「勇の剣は総じて頭がおかしいので、できるだけ勇の剣単独で運用するのが正解なのです」

「彼らが最果ての国に入れば虐殺が始まりますが、よろしいので？」

「悲しいことですが……仕方ありません。やらぬ後悔より、やる後悔です」

「あれらは、後悔などしないと思いますが」

ヴィシスは頬杖をついて眉尻を下げると、苦笑した。

「かもしれませんねぇ」

「勇の剣はいずれ、切り捨てるおつもりですか」

「ま、まだ何も言っていないのですが……」

「大まかな魂胆なら、予想がつきます」

「ふふ……それで、殺れますか？」

「……不可能では、ありませんが」

「では、禁字族をこっそり片づけたら、あなたたち第六が機を見て勇の剣を始末してください」

「最果ての国の者たちは、根絶やしにはしないのですね？」

「な――なんてひどいことを言うのですか!?　すべて殺してしまうなんて、もったいない……最初に勇の剣やアライオン十三騎兵隊でほどほどに恐怖を植えつける必要はありますが、ちゃんと管理すれば貴重な労働力になります。管理にはできるだけ同じ亜人を使いましょう。これで、仲良しですね」

ニコニコとして、ヴィシスは胸の前で両手を合わせた。

表情がないまま、ジョンドゥが改めて確認を取る。

「本当に、勇の剣を処分してもよろしいので？」

「んー……前々から使いづらいなぁ、とは思っていたのです。だからこそ他と切り離して運用していたわけで……んー、ですがそろそろ用済みなのですねー。かわいそうに……」

「対大魔帝軍としての運用は難しいかもしれませんが、他国の邪魔者を排除するなどの用途なら……まだ使えるのでは？」

「神聖連合から裏切り者でも出れば、まだ利用価値があるかもしれませんが……うーん……だってそもそも、あなたが勇の剣を鬱陶しがっていませんか？　ジョンドゥ」

「…………」

「片づけるのには、よい機会なのでは……？」

「まあ確かに……勇の剣とわたしは、相容れません」

「だと思ったのです♪」

「彼らの到達点は排除——〝殺す〟ことにある。ですが、人は生かしてこそ……亜人であっても、例外ではありません」

「ほわぁ〜あ……」

ヴィシスは、あくびをした。

「ヴィシス様。今回の任務も、個人的な報酬をお願いしたいのですが」

「え？　どのような？」

「男女を四人ずつ……容姿は恵まれている方がいい。そしてここが何より重要なのですが、善人を見繕ってください。周囲からも評判のいい人物が好ましい。そう、誰からも好かれるような……たとえば仲睦(むつ)まじい恋仲の者がいたり、幸せな家庭を築いている者が望ましい」

「ひどいことが始まる予感しかしません……うぅ……む、胸が苦しい……」

ヴィシスを無視し、淡々と続けるジョンドゥ。

「わたしは罪なき善人を殺すのが好きではありません。わたしが善人を殺して、一体なんになるというのです……誰もに好かれるような善人たちこそ——」

ジョンドゥは平板な顔で続けた。

「堕落していく姿が、映えるというのに」

ヴィシスはべそをかいた。

「うぅぅ……趣味がとても悪すぎて……ジョンドゥさん、本当に人でなしで……軽蔑しますよ？　あぁ、怖い……報酬が悪人ではだめなのですか？」

「悪人が堕落しても、わたしは何も面白くない」

「そ、そんな……」

「わたしは〝あの頃と比べたらもはや見る影もない〟というのが……失礼ながら、本当に好きなのです。仲睦まじい恋人たちが——あるいは、ぬくもりに溢れる家庭が悲しくも崩れ去っていくのがたまらなく好きなのです。落ちぶれて、見る影もなくなり……時に互いを罵倒し合い、責任を、押し付け合い……あんなに仲が良かったのに……善人、だったのに……、——すみません、興奮してきました」

「ふふふ、大丈夫ですよ？　気持ち悪いだけですので」

「わたしの本音を言えば……最後は、できるだけ自殺してほしいのです」

ジョンドゥは不思議な男だ。

声には興奮が垣間見えるが、表情には変化がない。能面に近い顔のままである。

「殺すなんて、なんともったいない……生かし続けて堕落の経過を観察すべきなのです。締めが自殺なら、完璧です。とても美しい。それは、この世で最も美しい瞬間です。だから——」

ジョンドゥは感情のない昏い瞳で、床を見つめた。

「勇の剣は、美しくない」

「はぁぁ、怖い……」

「わたしは、過去に失敗を犯しました」

「自分語りが――話が、長い……ふわぁ～あ……」

そこで、珍しくジョンドゥが顔に感情を出した。下唇を噛んでいる。

「あのダークエルフの集落……シャナティリス族を、どうして……どうして、すぐに、殺してしまったのか。あれでは、普通に虐殺しただけです」

「アナオロバエルがそこにいたら、素晴らしかったのですが……」

「わたしは若すぎました。若さゆえの過ちです。捕縛し……自殺か、もしくは同族同士で殺意を抱き合うまで追い込むべきでした。わたしは今でもそれを、心から悔いています」

「ですが、次がんばればいいのです。人間は、過去から学べばよいのです――はい、この話はこのあたりでおしまいですね？　よくわかりました。共感しました」

「ヴィシス様」

「はい」

「勇者を」

「はい？」

「報酬に――異界の勇者を、足していただきたい」

「…………」

「もちろん、大魔帝を倒したあとでの話です」

「ふむ、誰がいいのでしょう？」

「最優先はアヤカ・ソゴウ……次に、コバト・カシマ……」

「ソゴウさんは構いませんけど……ええっと、カシマさんって……誰でしたっけ？」

「可能ならタカオ姉妹も。あなたのお気に入りのようですので、ひとまず優先順位は下げました。優先順位が低いのは……あの姉妹の場合、善人かどうかまだ判別しきれていないのもありますが」

「あの姉妹は状況次第ですかねぇ。他には？」

「そこにカヤコ・スオウあたりを足していただければ、十分です」

「……あー、確かあのソゴウさんと仲のよい……あー、はいはい……はー、しかしよく観察しているのですね？　先ほどの気配を消す能力で、監視していたのですか？」

「それなりには」

「ああ、そうそう。勇者と言えば、トモヒロ・ヤスというA級勇者がいまして……」

ヴィシスはそこで、トモヒロ・ヤスが第六騎兵隊に同行する旨を伝えた。

「――承知いたしました。彼は我々第六にお任せを。ところで……例の蠅王(はえおう)ノ戦団ですが、味方へ引き入れるおつもりで？」

「ええ。実は、勇の剣の代わりをと考えているのです。魔帝第一誓を殺している以上、敵ではないでしょうし……というより、彼らはネーア聖国の味方なのでしょうね。カトレア・シュトラミウスの扱い方を間違えなければ、味方に引き入れるのも可能なはずです」

「カトレア・シュトラミウス……シビト・ガートランドが生きていれば、彼の妻となっていた人物ですね」

ヴィシスは、背もたれに体重をかけた。

ギシッ
「彼の脱落は、本当に寝耳に水でした……対大魔帝戦力として大いに期待していたのですが……」

「〝人類最強〟を失ったのは、あなたにとってそれほど大きな損失でしたか」

やや黙ったあと、視線をジョンドゥへ滑らせるヴィシス。

「仮に……〝人類最強〟と戦ったとして、勝てた自信がありますか？」

「またそのお話ですか。何度も言いますが、やってみなくてはなんとも……やる気もないですし……」

「ふふふ」

ヴィシスは背もたれから離れ、やや前のめりになった。

「あなたは言わないのですね、ただの一度も」

「?」

「あなたはただの一度として〝勝てない〟とは、口にしていない」

「…………」

「ルイン・シールとあなたの違いは、底が見えないところです」

「…………」

「ルイン・シールは確かに才に溢れています。しかし、底が見えています。強いのは確かですが、シビトには届きません。ただ――」

ヴィシスの座っていた椅子――今は、誰も座っていない。

瞬きほどの速度で、ヴィシスはジョンドゥの眼前まで移動していた。

ジョンドゥはしかし、身じろぎ一つしない。

「あなたは、底が見えない」

「買い被りすぎかと」

「私に何を隠しているのでしょう？　とても、気になります。気になって朝も昼も夜も眠れません。どうでしょう？　私を、寝かせてくださいませんか？」

「……シビト・ガートランドの強さの秘密について、ご存じで？」

「誰もわかりません。女神である、この私でさえも」

「あの男の強さの秘密は、神族の血がまじっているから？」

「いいえ」

「勇血(ゆうけつ)の一族だから？」

「いいえ」

「何も、わからない」

「はい♪」

「バクオス帝国でもシビトの強さの秘密についてはよく話題に上がっていたそうです。その中に、こんな噂(うわさ)があったそうです。謎に包まれている彼の生みの親……そこに謎を解く鍵があるのではないか、と」

「しかし、誰もシビトの親が誰かなどわからない。彼はガートランド家の養子です。つまり、ガートランド家の者と血の繋(つな)がりはない。バクオスに拾われるまでシビトは独りで生きてきたそうです。そして……シビト自身、生みの親については〝何も覚えていない〟と語ったと聞いていますが……」

「彼の……シビト・ガートランドの母の姓は、エインヘラルといいました」

「？」

「シビトはどうも、死んだと思われていたようなのです」

「……？」

「母本人からそう聞かされていたので、間違いないかと」

「――まさか」

「彼自身も知らぬことですが、シビトの本来の名はシビト・エインヘラル。そして……」

　ジョンドゥが、名乗った。

「わたしの母の姓もまた、エインヘラル」

「血を分けた、兄弟……？」

「父は違いますが」

　これにはヴィシスも一瞬、面を食らった。

　ヴィシスの正面から離れるジョンドゥ。彼が、扉の方へと歩き出す。

「わたしは最強の座になど微塵も興味はありません。どころか、わたしが強いという噂が下手に立つのが恐ろしかった……だから、シビトが死ぬまでは本当におとなしくしていました。わたしは戦いたいのでも、殺したいのでもない。自らの手によって甘美なる堕落を作り出し、最後に、善人を自殺させたいだけなのです。殺し合わせたいだけなのです。それは、完全なる悪行です。そして、悪行とはこっそりとやるもの……ゆえにこのわたしに、存在感など無用……つまり――〝名無し〟であるべきなのです」

　ヴィシスは考える。

　ジョンドゥが強いと評判が立てばシビトに見つかってしまう。

　彼の〝好敵手〟と、されてしまう。

ゆえにジョンドゥは自らの存在感を薄くし続けた。

絶対的に、薄め続けた。

シビトに見つかりたくない一心で。

そして〝人類最強〟が死に、しばらくが経った頃——気づくとジョンドゥは、他者の〝認識〟を拒否するほどの特殊な能力を手に入れていた。

まさに突然変異——あの、シビト・ガートランドと同じ。

扉へ向かうジョンドゥの背に、ヴィシスはひと言問うた。

「勝てたと？」

「やってみなくてはわからなかった——で、あります」

◇【ジョンドゥ】◇

「よかったんすか、隊長ー？」

「？　何がでありますか？」

「第一の連中アホみたいに先行してますけど……つーか、他の騎兵隊も続いてないっすよね？」

「ここだけの話、アライオン十三騎兵隊の総隊長ミカエラ・ユーカリオンは戦場では役に立たない指揮官であります。普段ならあれでもいいのでありますが、今回ミラが噛んでいるとなると、あれがいない方がよさそうであります。アライオン十三騎兵隊は、それぞれが独自に動いた方が本領を発揮するのであります」

「確かに、ミカエラはだめだー」

「戦場においては、無能な味方ほど毒となるのであります」

「第一の連中もこれで終わりかー」

「出立前に煽(あお)っておいたので、功を焦って第一が先走るのは目に見えていたのであります」

「怖ぇー……全部、隊長のてのひらの上じゃないっすかぁ」

「ただ、そろそろ扉を開けるために神獣――ラディスを寄越(よこ)せと、伝令の一つも来そうな気がするのでありますが……」

「俺、本来ならもっと早く第一に合流してるはずだったんすよね?」

「死地となる可能性が高い場所に、わざわざ神獣のおまえを送る意味はないのであります。神獣を失ったら扉を開けるのは困難になる……ならば、最大戦力であるこの第六で預かっておくのが一番なのであります。まあ、ミカエラには事前に色よい返事をしておいたでありますが」

「約束破ったのかー、うちの隊長はやっぱりひどい男だー」

「先行した第一騎兵隊がどうなるかで、今後の動きも決めやすくなるのであります。捨て駒であります」

「にしても隊長って、ミラの狂美帝(きょうびてい)を随分買ってるんすね」

「あのミラの狂美帝が女神に反旗を翻したとなれば、おそらく何か勝算があるのであります。油断できる相手ではないのであります」

「つまり?」

「始末できるなら、ここで始末しておいた方がいいのであります。報酬のためにも、であります」

「報酬……?」

ジョンドゥの人差し指の先。短刀の刃の切っ先がのっている。

逆さになった短刀は切っ先を支点として、指の上で、ぴくりとも動かない。

「〝イインチョウ〟……わたしがこれまで見てきた中で、最上級と言っていいほどの善人なのであります」

「?」

「――某の知らぬところで、そのようなことになっていたのか」

竜人ココロニコ・ドラン。

今回リィゼロッテ・オニクに仕掛けた策の内実を知り、彼女は唸った。

「他の四戦煌は、知っていたわけだな」

「どの道あの時点じゃ、ニコはリィゼ側についただろ」

言って、ニコへ視線を送るジオ。彼らはココロニコを〝ニコ〟と呼ぶ。

「無論だ。貴様らも知っている通り、宰相殿には大恩があるゆえ」

ジオが呆れに近い息をつく。

「リィゼの考えが間違ってたとしても、な」

「これまで宰相殿が違わなかったのもまた事実であろう。だがしかし、今回の話を聞いて……某も、もう少し頭を使った方がよいと感じたのもまた事実。まあ……」

ギョロ、と竜眼が俺を捉える。

「宰相殿がそこなる蠅王の指示で動けと言うのなら、蠅王の命令に従おう」

「ええ、そうしてちょうだい」

そう言ったのは、リィゼ。今の彼女は軽い応急処置を終えており、顔には包帯を巻いて

いる。俺は鼻を鳴らし、

「話が早くて助かる。あんたのことは、ニコと呼んでも？」

「かまわん。好きに呼ぶがいい」

今、俺と四戦煌たちは円座の形を取っていた。

これから他のアライオン十三騎兵隊との戦いが始まる。

今後の全体の動きを決めねばならない。できるだけ——迅速に。

と、スレイに乗ったセラスが偵察から戻ってきた。

「近辺の様子は？」

「まだ他の騎兵隊の姿はないようです」

「……他の騎兵隊の到着が、いやに遅いな」

ミカエラの死体を見やる。

「あいつはアライオン十三騎兵隊の総隊長だ。が、他の騎兵隊があいつの隊をサポートしようと動いているような気配が、まるで感じられない」

「確かに、ここまで他の騎兵隊の気配がないのは……」

俺が裏切る前、ミカエラは色々と情報を明かした。

その中で〝他の騎兵隊もすぐに追いついてくるはず〟と言っていた。

が、今となってはこれが怪しい。

今回の作戦前に、俺はスレイと偵察を行っていた。その際、他の騎兵隊を丘の上から遠目に確認している。で、到達予想日を算出したわけなのだが……以後、その他の騎兵隊が動きを止めているようなのである。つまり、あのあと第一だけが異様に先行してきたわけだ。

「この第一騎兵隊くんたちの陥った状況をいち早く察して、早々に撤退したって線は？」

そう予測を口にしたのは、キィル。

「……あるいは、使われたって線もあるかも」

別の推察を述べたのはリィゼ。アーミアが首を傾げる。

「うん？　使われたとは、どういうことだ？　このアーミア・プラム・リンクスにもわかるように言ってほしいぞ」

「ベルゼギアがアタシを囮として使ったように……第一騎兵隊を、こっちの戦力を測る捨て駒にしたとか——ど、どぉ思うわよ？」

上目遣い気味に俺を窺うリィゼ。ちょっとおっかなびっくりな様子である。

自分の考えに自信が持てなくなってるのだろうか。

最後の方の語尾もなんか変になっていた。

俺はマスクのあご部分に手をやる。

「……それにしては、さすがに先行させすぎてる気もするが」

第一騎兵隊を囮にするなら囮を活かす〝配置〟が必要となる。

たとえば、俺たちがやったように伏兵を用意するとか。

戦力を測る捨て駒だとしても、それを確認するための人員は出すはずである。

しかし、こちらが配置していた豹人たちは何も感知しなかった。

あるいは、よほど気配を消すのが得意なヤツがいるのか……。

その時、ジオが何か言いかけた。が、出かけた言葉を彼は引っ込めた。

「どうした、ジオ？」

「……いや、さすがに突飛すぎるかと思ってな」

「――他の騎兵隊が第一騎兵隊を見殺しにした、とでも考えたか？」

驚くジオ。他のヤツも同じ反応をした。

どうやら、ジオ・シャドウブレードはその可能性に辿り着いていたらしい。

実は、俺もそのパターンを考えていた。

〝第一騎兵隊は、意図的に孤立させられた〟――ありえないとも、言い切れない。

両手を広げるアーミア。

「だ、だが……仮にも仲間なのだろう？　しかも、そこのミカエラとやらは総隊長だと聞いたぞ？　それを……」

「むしろ……ミカエラが邪魔だった、とかな」

「邪、魔……？」

「理由はわからないが……ミカエラが死んだ方が得と考えているヤツが他の騎兵隊にいた。存外、他の騎兵隊の総意だったなんて線もありうる……ま、今のところはこちらの戦力を測るための当て馬、って線が妥当だろうがな」

何より第一騎兵隊の放った伝令を俺がこっそり殺している。

伝令の言葉が届いていたら、案外すぐに駆けつけてきたのかもしれない。

セラスが、谷間の道の出入り口の方を見やる。

「アライオン十三騎兵隊……今のところ、測りにくい相手ですね」

「いずれにせよ第六は潰すがな」

「はい」

即答するセラス。怒りを胸に秘めているのが伝わってくる。

俺も同じだ。リズのいた集落を襲った連中――そいつらは、どうあっても殺す。

「それに、他の騎兵隊がすぐに来ないのは好都合でもある。対策を練る時間が増えるからな。リィゼ、ジオ」

「え？　え――ええ、何？」

「おう」

俺は、この辺りの地図を広げてみせた。

「先日、あんたたちに先んじて下見をして、戦う上で使えそうな地形なんかを探ってみた。敵が騎兵なら、その利を潰す戦い方をすべきだ」

「この地図、アンタが？」

「製図はセラスだがな」

「ん……アタシの頭に入ってる地図と、ほとんど齟齬がないわ」

地図に印をつけた地点を、俺は指差す。

「この印のついてる辺りの地形が、岩場ながら伏兵に向いていて——」

俺は配置や戦い方について話した。同時に地形の特徴なども伝える。

敵が侵攻に使いそうなルートの予想も述べた。セラスがそこに、戦術的な補足を加える。

「だが当然、すべてが今話した通りに動くとは限らない。実際は伝令を飛ばしたり音玉を使ったりしながら、その場その場で臨機応変に動くことになるはずだ」

セラスがジッと地図を注視している。彼女が指先で、いくつかの箇所を示した。

「騎兵対策に……この辺りに柵や杭を設置できるといいのですが。やはり、時間の確保が難しいでしょうか」

言って、視線で俺に問うセラス。

「だな……設置中に襲撃されるってパターンは避けたい」

同じ理由で、これから大がかりな罠を設置するのも難しい。が、

「長槍と盾の方は、揃ってるな？」

今日の早朝。ジオたちが外へ出る時に、それらを一緒に運んできてもらっていた。

谷間の道を出たところの近場にまとめて隠してある。

今、それらを力持ちの竜煌兵団に取りに行ってもらっているところだ。

柵や杭、罠の用意は今からだと難しい。が、こちらはすぐに用意できる。

「あとはそこに弓矢を加えて……突撃してくる騎兵と弓騎兵は基本、これらで対処していく。それと、馬煌兵団の術式部隊だな」

青肌のメイル族。部隊単位で術式使いを揃えられるのはこの一族くらいらしい。

魔素の扱いに秀でた亜人自体、希少だという。イヴも魔素の扱いは苦手としていた。

そういう意味で、メイル族は貴重な種族と言える。

人間がこの大陸で力を持った理由……。

「それと、伝令だが……後方はハーピーに頼もうと思う」

魔素の扱いに長けた者が多い種族だったのも、やはり大きいのだろう。

アーミアが軽く挙手。

「しかし、ハーピーはやはり弓矢や攻撃術式の的になりやすいのではないか？」

「その通りだ。空を飛べるのは便利だがその分目立つ。ゆえにハーピーは見つかりやすく、撃ち落とされやすい。だから後方で使う」

「あ、なるほどな……うん」

地形に左右されずに移動できるのは確かに大きな利点だ。

が、今回は後方で動いてもらう。いたずらに数を減らすつもりはない。

「では、前線はどうするのだ？」

「前線の伝令は主に豹人に担ってもらうつもりだ。姿を隠しながら移動するのが得意だし、俊敏でもある。前線の戦場は魔群帯の端っこ——森まで食い込むかもしれないしな。とすれば、余計に豹人が適役だろう」

同時に、戦闘能力も高い。前線向きだ。

「その前線と後方の間を埋めるのはケンタウロスにやってもらう。ケンタウロスには、その機動力を活かしてもらいたい」

キィルが組んだ腕で胸を持ち上げ、妖艶に微笑む。

「任せて♪」

「それと——キィル」

「んー？」

「今回の戦い、全体の指揮をあんたに頼みたい」

皆の視線がキィルに集まる。キィルが、予想外そうに自分を指差した。

「…………え？　私？」

「見たところあんたは冷静で自制心が強い。頭も回る。指揮能力の高さもさっき見せてもらった。推すには、十分だろ」

「ありがたいお言葉だけれど、そ、それは言いすぎじゃないかしらぁ？」

謙遜しつつ、微妙に嬉しそうなキィル。

「事実を言ってるだけだ」

「もぅ蠅王くんってば、おだてるのが上手ねぇ……だけど正直、全体の指揮は蠅王くんがやるべきよ？　みんなも同意見だと思うけど……」

いや、と俺は否定する。

「今回はさすがに指揮で動かす数が多い。戦争と言っていい規模だからな。そして、これほどの人数を動かした経験が俺にはない」

魔防の白城の時、ゴーレム軍団は解き放つだけでよかった。しかし、今回は違う。

「けど……わ、私だって実戦経験が豊富なわけじゃないのよ？　兵法にそこまで精通してるかっていうと、ちょっと不安が残るかもだし……本当に、このキィル様で大丈夫なのかしら……」

「そこは安心してくれ。セラスを補佐につける」

親指でセラス——ネーア聖国の元聖騎士団長を示す。

「セラスは過去に一国の騎士団をまとめ上げてた。軍の運用とか兵法なんかも学んでたって話だ……つまり、大軍を動かすなら俺より適役だろう」

その辺りの知識も、いずれちゃんとセラスから学ばないとな……。

「え？　なら、総指揮官はセラスくんでいいんじゃない……？　私、普通に譲るわよ？」

「こっちの戦力の大半は最果ての国の連中だ。今の状態だと、余所者のセラスがやるより身内のあんたがやった方がいい」

「あ、そっか。そうねぇ……確かに」

納得しつつも、気後れした風に挙手するキィル。

「でもだったら、ジオくんの方が適役じゃない……？」

急な大役を任されて動じているのだろうか？

常に飄々としていて動じないタイプだと思っていたが、こんな一面もあるらしい。

「いや、ジオは前線に出てもらいたい――切り込み隊長として」

刀の背を肩にのせるジオ。

「だな。オレも、その案に賛成だ」

「確かにジオも指揮能力は高い。だがここまで戦闘能力の方が抜きん出てるとなると、できれば前線で活躍してもらいたい。実戦馴れしていない兵団もいるしな。となると――それを鼓舞し、かつ、引っぱる一番槍も必要となる。同じ理由で……」

俺は、続けた。

「俺が総指揮官になっちまうと、戦場を自由に駆け巡れない」

俺を見るリィゼ。

「つまり……アンタは、戦場を駆け回るつもりなのね？」

「ああ。蝿王ノ戦団は独自に動く遊撃隊みたいなもんと考えてほしい。基本としては、戦局に不安のある場所の支援に回る」

セラスが聞いた。

「キィル殿の補佐となると、私はベルゼギア様と別行動となるのでしょうか？」

「おまえが必要になったら、伝令なり音玉を使って呼び寄せる。それまではキィルの補佐として全体を見ててほしい」

「承知いたしました」

セラスを総指揮官にしなかった理由にはこれもある。状況によっては傍で力を借りたい。

「ええっと、ア、アタシはどうするといいっ？」

機を見計らった感じで、リィゼが質問した。

「リィゼは一度アーミアと扉の中に戻ってくれ。で、ゼクト王やグラトラに今の状況を説明してほしい。あの二人にも現状を把握してもらって、動けるところは動いてもらいたい」

「わ、わかったわ」

「理論をガチガチに固めて自分の意見を押し通すのは得意だろ？　今回も、同じことをやるだけだ」

俺が少し冗談っぽく言うと、

「わ――わかってるわよ！　この前は……わ、悪かったってば……」

「嫌みだけで言ってるんじゃない。自分の理論に補強を重ねて相手をねじ伏せるってあんたの話術は、俺も評価してる」

「〝だけ〟ってことは、い、嫌みもあるわけね……」

「ま、あれだけ言われりゃあな」

「……でも、そう言ってくれた方がむしろ楽かもしれないわね。アタシってほら、持ち上げられすぎると……自分が見えなくなるみたいだし」

再び落ち込みの気配が漂ってくるリィゼ。俺は、リィゼの肩に手を置いた。

「今回の戦いから外さなかったのは、あんたの能力を当てにしてる部分もあるからだ。期待を裏切らないでくれよ」

「え、ええ――しっかりやってみせるわよ！」

「あとな、リィゼ」

「お、お次は何っ⁉」

「ちゃんとした応急処置を受けて、少し寝ておけ」

「……わかった。言うこと、聞くから」

そこでリィゼの表情が曇った。唇を噛み締めるリィゼ。

急に自分の中に何か湧き上がってきた、みたいな感じだった。

「…………」

「どうした？」

「アタシのせいで……今回、使者として送ったハーピー兵が犠牲になった。グラトラや家族にも、アタシ、ちゃんと謝らないと……」

リィゼの様子を観察しつつ、

「まだ気持ちの面でしんどいか？　厳しいようなら、今回は参加を見合わせても……」

滲んできた涙を拭うリィゼ。

「大丈夫っ。やるべきことをやってから――改めて、しっかり自分の不明を詫びるつもり。今は……まだ生きている者たちの方を、守らないと……ッ」

罪悪感、責任感、重圧……これらが適度に必要な時もある。しかしそれらは用法を間違えれば精神面において強毒と化す。今のリィゼの精神状態を考えると……。

何か効果的な言葉をかけ、安定させるべきか――

「気にすんなとまでは、言わねぇがよ」

気を吐くリィゼの隣に立ち声をかけたのは、ジオ。

「オレたちがこれからやるのは戦争だ。人も、魔物も死ぬ……誰かは、命を落とす」

「……わかってる」

「それでも、そいつを受け入れた上で抵抗するしか道はねぇ。命を懸けて理不尽な暴力に立ち向かう。未来を、次の命へ繋げるために」

「…………」

「自分の誤った選択が仲間の死を招いたと感じてんなら、失った命以上の命をこの先で救え。それがこれからのオレたちにできる、償いってもんだろ」

今、ジオは〝おまえの〟とは言わず〝オレたちの〟と言った。

意識してか、無意識なのかはわからない。

が、大したヤツだと思った。そんな風に、言われてしまっては——

「……ええっ」

リィゼはまた腕で涙を拭うと、顔を上げた。

「今はまだ、立ち止まっていられないわっ……自分のやるべきことを、果たす……ッ」

と、リィゼが視線を横へ逸らした。そしてそのまま、両手を腰の後ろに回す。

「その……」

彼女は物凄く不本意そうな、しかし、照れ臭そうな顔で呟いた。

「…………ありがと、ジオ」

「あ?」

「な、なんでもないわよ——バカ!」

「……ふん」

豹人(ひょうじん)は聴力が優れている。

今の言葉——ジオが、聞こえなかったはずもなく。

……本当に、雪解けムードって感じだな。

そんな二人を見ていたアーミアが、訝(いぶか)しむ顔をする。

「うーむ……ジオ殿も、以前と比べてちょっと変わった気がするぞ? 何か心境の変化でも? まさか——おめでた、なのか……?」

俺は、一枚の紙をアーミアに渡す。

「アーミア、あんたがやることのリストだ」

「む?」

紙には、今後の扉の中での動きなどを記してある。

リィゼとジオが話している間、俺はそこにいくつかの追加項目を書き加えていた。

「あんたはこれを元にリィゼと二人で動いてくれ」

「ここに書いてある〝魔物を編成しての増援〟はわかったが、私とグラトラ殿はそのまま中に残るのか?」

「ああ。ハーピー兵の伝令は何人かこっちに回してもらうが、蛇煌兵団と近衛隊は中に残ってくれ。オーク兵やコボルト……他の戦える魔物の一部もな」

「外の方の戦力は足りるのか？」

「敵の中におそらく神獣がいる。そいつを確保するか片づけるまでは常に扉の中に侵入される可能性が残るからな……この道への侵入はできるだけ防ぐつもりだが、たとえば、あの辺の崖上とかからロープなんかを使って降りて、そのまま神獣を連れて侵入してくるってパターンも考えられる。だから神獣の件を片づけるまでは、戦力をいくらか中に置いておきたい」

中にはニャキやムニンもいる。何より俺は、禁字族を殺されたらアウトだ。

「予備戦力って意味合いもある。いざとなれば、出てきてもらうぞ」

「わかった、うん」

リィゼは兵団を始めとする戦力を解体したがっていた。つまり見方を変えれば、国の保持する戦力を把握しているわけだ。扉の中に残存している戦力のピックアップ——そして、編成。これをするのは、国の戦力を誰よりも把握しているリィゼが適任だろう。さて、他は……で、兵団の運用に慣れているアーミアがそれを補佐する。

「………」

「どうした、ベルゼギア殿？」

「……一つ、いいか？」

全員へ向け、俺は言った。次いで、視線をセラスへ。

「セラス……この紙に、ミラ帝国の紋章をサッと描けるか？」

「ミラ帝国の紋章ですか？　はい、描くことはできますが」

「頼む」

四戦煌（しせんこう）とリィゼは互いに顔を見合わせ〝？〟な表情をする。

セラスが、紋章を描き終える。

「これが、ミラ帝国の紋章ですが……」

ライオンと百合（ゆり）が描かれた紋章。ジオが紋章から視線を外し、俺を見る。

「この紋章が、どうかしたのか？」

「ミカエラが吐いた情報の一つにあっただろ。ミラ帝国が、アライオンに宣戦布告したって」

「ああ……そういや、そんなこと言ってたな」

アーミアが聞く。

「で、それがどうしたのだ？」

「つまり、今ここに来てるアライオンの騎兵隊とは敵対してるってことだ」

俺へ視線を飛ばすリィゼ。

「……共通の敵、ってことね？」

「最果ての国が最初に国交を持つなら、ミラが適した相手になるかもしれない」

リィゼの表情が真剣さを増す。

「なる、ほど……」

勇の剣から得た情報だと、連中は俺たちと戦う前にミラの刺客と交戦している。

他にもこの近くにミラの手の者がいるかもしれない。

「この先味方となるかもしれない相手を間違って殺すのは、避けるべきだろう。万が一遭遇することがあったら、この紋章の入ってる相手との交戦はできるだけ避けろ」

セラスが俺に続く。

「本当にアライオンと敵対したのであれば、ミラとしても味方が増えるに越したことはないはずです」

「たとえば……〝ついでに蠅王ノ戦団をオマケでつける〟とでも提案すれば、向こうは最果ての国との同盟をより前向きに考えるかもしれない」

「ということは……今回、私たちは蠅王ノ戦団として戦場に出るのですか？」

〝蠅王ノ戦団は最果ての国側についた〟

アライオン十三騎兵隊に対し、その情報を明かすかどうか。

「ジオ、例のモノは？」

「もちろん、用意してある」

言って、ジオが背後――谷間の道の出入り口の方を見やる。

そこには長槍や盾を運んでくる竜煌兵団の姿があった。

騎兵対策の装備が到着し、兵たちに配られる。

そんな中、ジオが俺に「ほら」と麻袋を差し出す。受け取り、俺は袋の中身を出す。

黒豹のマスクと、シャドウブレード族の衣装。

俺はもう一つの麻袋を受け取り、それをセラスの方へ突き出した。

「セラスはこっちを。大きさは蠅騎士のと合わせてもらったから、合ってるはずだ」

「は、はい」

不思議そうに受け取るセラス。ジオが腕組みし、鼻を鳴らす。

「祭祀用の豹王と豹姫の面と衣装を、イエルマにちょいと弄ってもらってな」

「このあと俺たちが蠅王ノ戦団として戦いに参加するかどうかは、実のところまだ決めかねてる。だからとりあえず、ぱっと見は豹人に見えるこのマスクと衣装を用意してもらってた」

「なるほど……」

セラスが豹姫の衣装を検める。

「豹の面をつけてる時の仮の呼び名は俺が〝ドリス〟。セラスが〝クーデルカ〟だ。ジオ、他の連中にも改めて周知しておいてくれ」
「わかった」
俺も改めて豹王のマスクを観察する。
精巧な作りだ。作ったのは手先が器用な竜人だそうだ。
灼眼の黒豹。赤い目に黒い頭部——奇しくも、蠅王と同じ。
次いで、マスクの内側を確認。要望通り、拡声石と声変石を装着する穴があった。
丁寧な作りだ。イエルマに感謝だな。
「今回は、状況に応じて三つの姿を使い分けることになりそうだ」
蠅王装、豹王装、伝令の装備。
蠅王装や伝令の装備を袋に詰め、馬の鞍に固定する。
ちなみに馬はスレイではない。スレイはセラスの傍に置いておく。
セラスを呼び寄せる時、スレイの機動力があった方がいいからだ。
伝令の姿で移動する分にも、やはり敵の騎兵隊の馬の方がいい。
「——さて、確認だ」
俺は一度、ジオ、キィル、ニコを集めた。セラスは俺の隣に。
他に、主に魔物をまとめるロアという人語を解するケルベロスも加わる。
リィゼとアーミアは先ほどすでに扉の中へ向かった。今、ここにはいない。

「まず最優先は敵側にいる神獣だ。できれば確保……無理なら、始末も視野に入れていい。そして、敵の中で特に危険だと思われる第六騎兵隊との交戦は避け、発見し次第、遭遇した位置を俺かセラスに知らせてくれ」

　俺は、第六騎兵隊の主な人物の特徴を伝えた。

　といっても、ミカエラから得た程度の情報しかない。正確さには欠ける。

　何より――隊長のジョンドゥ。

〝特徴がないのが特徴〟

　そう伝えても、さすがに皆ピンときていない様子である。

　とはいえ、副長もそこまで特徴的ではないらしい。となると、

「見分けやすいのはやはり、装備や旗に刻まれた番号……ミカエラによると騎兵隊が十三もあるから、遠目にも見分けやすいようにしてるらしい。だから〝六〟と刻まれている装備やら旗やらを確認できたら、そのまま退いてくれ。あとは、まあ……第六騎兵隊は神獣を連れている可能性が高い。神獣は毛色がニャキと同じだから、それで判断できるかもしれない。それと……」

　俺は、続ける。

「さっき話した通り、ミラの者と思しき人物と遭遇した場合はこちらも可能な限り交戦を避けてくれ。まず敵対の意思がないことと、交渉の意思がある旨を伝えてほしい。それさ

え伝わればいい。その場にいるヤツが交渉自体をする必要はない」

皆、真剣に耳を傾けている。

「が、もし攻撃を仕掛けてきた時は自分の命を優先しろ。命が危険だと判断したら、すぐに逃げてもいい――あるいは、反撃してもかまわない。ともかく、遭遇したらその時の状況や様子を俺かセラスに知らせてくれ。いいな？」

そんな具合に、俺は大まかな動きを伝えた。

そうして各自、本格的に動き出す準備を始める。俺とセラスは着替えるため移動。

ジオが先ほど、急ごしらえの簡単な衝立（ついたて）を設（しつら）えてくれていた。

「あの……時間がもったいないので、ここで二人一緒に着替えてしまいますか？」

セラスの提案に乗り、狭い衝立の向こうで豹装（ひょうそう）に着替えた。

豹姫姿になるセラス。

俺も最後に――豹王のマスクを、被（かぶ）る。

セラスと衝立から出ると、キィルが駆け寄ってきた。

「出してた斥候のケンタウロスから報告よ。敵くんたち、動き出したみたい」

いよいよ、

「来たか」

動き、始めた。

谷間の道を出た俺は馬で岩場を移動していた。

スレイ以外の馬も大分乗りこなせるようになった。セラス教官の指導の賜物(たまもの)だろう。

今いる位置は、本陣から見て正面のルートにあたる。

何かあった時に東西どちらの方面にも駆けつけやすい。

同じく正面ルートを進むのはジオ率いる豹煌(ひょうこう)兵団。

が、彼らは俺より先行している。姿は見えない。

こちらは今のところどの方面もまだ〝待ち〟の状態にある。

先行しているとはいえ、ジオたちもまだ偵察の色合いが強い。

報告によると、敵は三方向から攻めてきていた。

大まかに分けると、東、中央、西、の三方向のルートを通ってきている。

向こうがひとかたまりでないのは好都合と言えた。

こちらとしては分散してくれた方がありがたいからだ。

状態異常スキルの人数制限の点を考えても、その方がいい。

〝アライオン十三騎兵隊は、互いの領域を侵害し合うことを避けがちである〟

〝だから攻めてくるにしても、分散し、別々のルートを使う可能性が高い〟

ミカエラの吐いたその情報は正しかったようだ。

むしろ大軍勢で谷間の道へ一気に雪崩れ込まれた方がやりにくい。

だからこそ、できれば分散した状態の騎兵隊をこちらから個別に潰し――

その時、遠くから女ケンタウロスの伝令が駆け寄ってくるのが見えた。

「報告します！」

ケンタウロスは告げた。

本陣から見て左翼方面にて、ココロニコ・ドラン率いる竜煌兵団が戦闘を開始。

敵は、第四騎兵隊。

戦端を開いたのは――竜煌兵団。


「報告です！」

続々と報告が飛び込んでくる。

「右翼方面、敵が接近しているとのことです！　敵兵の数は１００～１５０ほどと見られます！　こちらはセラ――ク、クーデルカ様にも報告がいっており、すでに指示が飛んでいるとのこと！」

報告を終えた豹人の伝令が引き返していく。前線の伝令役は豹人に任せてある。

つまり、ここはもう——前線。

この先には局所的な樹林帯がある。

一帯に広がる岩場——その中央近くに、緑が広がっているのである。

砂漠のオアシスみたいなものだろう。

ジオたちは一旦、そこで敵を待ち構える。

と、さらに別の伝令がやって来た。

「こ、交戦に入った竜煌兵団の続報ですがっ——」

声に緊迫感がみなぎっている。

「勝利とのことです！　第四騎兵隊を名乗っていた敵は一時退却した模様！　一方、こちらの被害は軽微とのことです……ッ！」

俺は素早く地図を出し、広げた。交戦地点を確認。

「ここか？」

「は、はいっ」

興奮冷めやらぬ様子で頷く伝令。

戦場の空気を肌で感じ、昂っているのだろう。

説明によると、例の〝抜け道〟を使ったようだ。

地形を調査した時に見つけた抜け穴。

囮などを用いて敵を上手く奥の方へ引き込めれば——別動隊がその抜け穴を使って敵の背後へ回り込み、挟み撃ちの形を取れる。

「ちゃんと指示通り動いたな」

気が逸って無闇に突撃、なんてことはしなかった。ただその中で、

「大いに活躍したのは、ニコか」

身の丈以上もある大剣を振るい、大量の敵を斬り伏せたらしい。

「……四戦煌の戦闘能力が、思った以上にでかいな」

引き返す伝令から視線を外し、前方を見やる。

左翼の主な戦力はニコを中心とした竜煌兵団。

中央の主な戦力はジオを中心とした豹煌兵団。

そして——右翼の主な戦力は、リーダー不在の馬煌兵団と魔物の混合部隊。

右翼の軍を率いているのはケルベロスのロアである。

キィル・メイルは本陣で総指揮官をしている。

つまり唯一、右翼だけ四戦煌がいない。

ケルベロスも、戦闘能力は高いと聞いてはいるが……

「…………」

◇【第十騎兵隊】◇

第十騎兵隊長アイギス・ワイン。

「さぁて」

アイギスは長い黒髪を三つ編みにし、後ろへ垂らしている。

彼女は片眼鏡の位置を直しつつ、馬上でハルバードを持ち直した。

「そろそろ、私たちも動こうかしらねー」

ハルバードの刃は肉切り包丁に似た形をしている。

この第十騎兵隊は〝美食騎兵隊〟という別称を持っていた。

「見たことのない亜人や魔物がいるといいわねぇ、トーレス」

「そうでございますねぇ」

アイギスの脇で馬首を並べているのは副長のトーレス。

壮年の細目の男で口ヒゲを蓄えている。

太い腕にはたくさんの軽い火傷(やけど)の跡。料理によってできた火傷である。

その二人の背後には、１００をこえる騎兵が控えていた。

「食糧が現地調達できるってのはやっぱり嬉(うれ)しいわよねぇ」

「そうでございますねぇ」

「香辛料とか諸々(もろもろ)は、もちろん――」

「はい、抜かりなく」

「調理器具も――」

「準備万端にございます」

ブチィ！

手もとの干し肉を、トーレスが威勢よく噛(か)み千切った。

「先日新しく作らせた大鍋も、しっかり持ってきてあります」

「よろしい」

んふ、とあごに手を添えるアイギス。

「魔物って、調理次第でけっこう食べられるのも多いのよねー。亜人は種族とか部位によってそれなりに食べられるのもあるけどぉ……やっぱり、亜人は料理人の腕次第よねぇ」

「わたくしも亜人が食材だと、腕の振るいがいがあります」

食用の家畜と魔物。

この二つを分類する基準は何か？

一つには、食用に向くかどうかがある。

〝魔物は食用にするとまずい〟

ゆえに地下遺跡などでも食糧を現地調達、とはならない。魔物を食するのは緊急時くらいなのである。そして亜人に至っては、魔物以上に食えたものではない。

「あぁ、ケンタウロスとかもいるのかしらーっ!? 馬肉! 馬肉!」

「人間に至っては、魔物や亜人以上に食えたものじゃありませんからなぁ。最も調理の難しい食材です。まあその分――やりがいも、ありますが」

「私、人間相手の戦いは嫌いー! やっぱりおいしくないんだもの! 人間が敵になるのはいやぁよ! 嫌ーい!」

「その点、今回の敵は亜人と魔物だけでございますからねぇ」

「最高! 今回の戦いをくださったヴィシス様、大好き! ねぇちょっと!」

「あんたたたち、捕獲用の投網もちゃんと数を用意してきてるんでしょうねぇ!?」

後方の配下へ呼びかけるアイギス。

「ハッ! あるだけ持ってきました!」

「よくやった! 無闇に敵を殺すなんて、いけないことよ!」

殺すと鮮度が一気に落ちる。死後硬直の方も困ったものである。

なので調理する時は、できるだけ生かしたまま〝解体〟する。

「だけど解体はとっても楽しい! でも、生かしたまま解体すると……ほんっとうるさいのよねぇ! それだけが難点! 鬱陶しいわー」

「はふぅ……料理人のサガか、早速うずうずしてまいりました……アイギス様」

「偉いわ！　それでこそ料理人よ！　そうそう、皮や角とか余った部位は加工品作りの大好きな第八に売っ払っちまいましょうねぇ！」

「さて、アイギス様」

ギザ刃の解体武器を持ち直し、トーレスが聞く。

「こたびの戦、敵は何割残しましょう？」

「んー……3割は食材用に残したいわねー。家族とか親子がいれば、やっぱり一緒のお皿に盛りつけたいわ♪　あと、種族別に必ずいち氏族は残すこと！　いーわね？」

「ご注文、承りました」

次いで、大仰な動作で背後を振り返るアイギス。

「あんたたちも、いーわね!?」

背後の兵から威勢のいい応答。士気は高い。

〝敵対した時、あそこの隊の捕虜にだけはなりたくない〟

アライオン内において第六と第十二以外で名が挙がるのが、この第十騎兵隊である。

強さも折り紙つき。

原動力は食欲。人間の三大欲求の一つが力の源なのだ。弱いはずがない。

と、伝令が戻ってきた。

「右翼方面にて、第四が敵と交戦を開始した模様っ」

「て、敵の種族っ……種族は!?」

「竜人が主な戦力のようですっ」

「あー竜肉ぅ!?　おいしそう！　こっち来ればいいのにぃ！」

　また一人、伝令。

「報告！　まだ距離はありますが、前方にケンタウロスの群れを確認！　こちらへ向かっているものと思われます！」

「あー……それを迎え撃つのが、まずは最初かしらー？」

「はい。ケンタウロスなら食材として悪くありません」

　さらに一人、別の伝令が飛び込んでくる。

「はぁ……はぁ……ッ！　ほ、報告いたします……ッ！」

「ん？　あんた……他の隊の人よね？　まあ、これはまたひどくやられてしまって。ひどい姿！　驚くほどひどいわ！　本当に、汚らしい！」

　伝令の装備は汚れ、さらに血に塗(まみ)れていた。

　二か所に矢が刺さっている。呼吸が浅く、ひどく弱々しい。

　前へ進む足もふらついている。この様子では意外と長くないかもしれない。

　何があったのだろうか？

「敵の攻撃を受け、我が隊は壊滅寸前……散り散りとなり……」

「中央近くの樹林地帯に、ふ、伏兵の豹人がいて……待ち伏せを、受けました」

「相手に手練れがいるのね」

「そんなに強いの？」

「強いですが……その中に一人、冗談みたいに強いバケモノがいて……向こうの大将格のように見えました。赤い目で黒毛の……ひと際大柄な……名は確か、ジオ？と呼ばれていて……黒刃の二刀流……大きなカタナを、使っていて……ぐ、ぅっ……あ、あんなバケモノ……あんなの勝てるわけが——勝てるわけが、ないっ！」

襲撃された時のことを思い出してか、

「ひぃぃ……！」

伝令はアイギスの前でへなへなと崩れ落ちてしまった。肩をガタガタ震わせている。

しかしこの伝令もアライオン十三騎兵隊の一人だ。

兵士としては決して弱くないはずである。

「それにしても、んふっ……大柄の黒い豹人かぁ……」

アイギスはハルバードを握る手に力を込め、中央方面へ視線を向けた。

「豹人……あれもけっこうイケるのよねー。中央の方に行っちゃおうかしら？　食べがいがありそう……あー解体したいわ。特に亜人や魔物は、人間と違って解体するのに心がまったく痛まないのもいいところよねー」

「――【パラ、ライズ】――」

――ピシッ、ビキッ――

「?」

中央方面を向いたまま、アイギスは停止した。

否――動けない?

視界の端にどうにか〝それ〟を捉える。震えの止まっている――その〝伝令〟を。

ピィッ!

伝令が一つ、指笛を鳴らした。何かの合図だろうか?

と、アイギスは気づく。

違う……あの血はおそらく、本人の血ではない。

待て。

装備の汚れ……隊を判別する番号部分が汚れていて、確認できなかった……。

偶然、だろうか?

と、アイギスたちのいる前列の異変に同隊の後列が気づき始めた。

そして血まみれの〝伝令〟はそのまま、後列めがけ駆けていく。

「――【暴性付与(バーサク)】――」

「な、何が……?　アイギス、様?　というかおまえ、どこの隊の――」

「がぁぁあああ——ッ！」

「うわ、おい!?　何をする!?　ぎゃ!?　こいつ、嚙みやがった……ッ！」

「貴っ様ぁああ！　怪しいやつ！　解体してやる！」

「【闇性付与（ダーク）】」

「!?　見失った……!?　いやこれは——吾輩（わがはい）の目がッ!?」

身体（からだ）が動かないのは全員ではないらしいが、後列には混乱が広がっている。

（何が……起きている？）

とはいえ敵なのは間違いない。残った者で、どうにかあの伝令に化けた男を始末——

「グルルルルゥゥ……」

再び、前方。

岩場の向こう——曲がり角から姿を現したのは、魔物の群れだった。

先頭の魔獣を目にし、アイギスはどきりとする。

（三つ首の犬種の魔物……まさかあれは——ケ、ケルベロスっ!?　本物っ!?）

喉奥で低い唸（うな）りを上げながら、のそりのそりと群れが近づいてくる。

図鑑でしか見たことのない魔物たちもいた。

金眼（きんがん）ではないものの——強靭（きょうじん）で、獰猛（どうもう）。

が、いやに統制が取れている。

その時だった。あの〝伝令〟が、前列の方へ引き返してきた。

後列の方は完全に浮き足立っているようで、いまだに騒がしい。どころか、

「ア、アイギス様！　どうなされたのですか!?」

指示を仰ぐためか、後方の者たちもこちらへ向かって来ようとしている。

が、アイギスは喋(しゃべ)れず指示が出せない。

と、偽の伝令がアイギスの手から素早くハルバードを奪い取った。

「！」

奪い取るなり、偽の伝令はハルバードを振るう。

磨き抜かれた刃が、馬上のアイギスの喉もとを斬り裂いた。

「あ、が……っ、――」

ベリッ！　バリッ！

偽の伝令がその肩に刺さっていた矢を――剝がした。

そう、実際には刺さっていなかったのだ。矢を受け、重傷を負っているように見せかけただけ……つまりあの怯(おび)えきった姿も――演技。

偽の伝令が、つまらなそうに鼻を鳴らす。

「物騒な雰囲気の武器ばっかだが……おまえらそれで何を〝解体〟するつもりだった？　そこの大仰な調理道具は何用だ？　亜人や魔物の解体が――なんだって？」

恐怖に染まった顔はもはやそこにはなく。

むしろ男は戦場にあって、異常なほど落ち着いている。

死の間際だというのに、アイギスはその男に並々ならぬ恐怖を覚えた。

酷薄な瞳がアイギスらを無感動に映している。

慈悲も、同情もなく。

「ま、想像はつくが……もはやどうでもいい」

その時だった。ケルベロスが人の言葉を発し、男に尋ねた。

「捕縛は？」

「現状は必要ない。それから、人数制限で麻痺させられなかった後列が逃亡せずこっちへ向かってきてる……可能なら、一人も逃すな」

「私の速さとこの地形なら、逃亡者も十分追えるはずである」

「よし」

ケルベロスがひと吠えした。

すると魔物たちの唸り声がひと際、凶悪さを増した。攻撃態勢に入ったのだ。

魔なる眼球にはみなぎる猛意。

（人間が……魔物の統制を、している？）

男はあごを少し上げ、睥睨するようにこちらを見た。

あるいは、侮蔑でもするみたいに。

「殺せ」

伝令の男がハルバードの先を——第十騎兵隊の方へ、向けた。

「突、撃」

13：45——第十騎兵隊、全滅。

◇【三森灯河】◇

「貴殿の策、見事にハマったであるな」

座る俺の横に来て、ケルベロスのロアが言った。左右の頭部はジッと俺を見つめている。

「ピギー」

ロアの背にはピギ丸。

伝令の装備だと上手く隠せなかったので、他の魔物と一緒に行動させていた。

先ほどの第十騎兵隊との戦いでは、他の魔物と協力しつつ意外と活躍していたようだ。

「ミカエラの吐いた情報だと、アライオン十三騎兵隊は仲よしこよしってわけでもないらしい。となると、末端の兵士をいちいち把握してるヤツは少ないんじゃないか……と、俺はそう見たわけだ。だからこういう策も、選択肢に入ってくる」

団員一人一人の顔を把握してるようなヤツには効かない。

たとえば、セラスみたいなヤツには。

「あ、あの……もう少し、ジッとしていていただけるでしょうか？」

「ん？　ああ、悪い」

俺の傍らではケンタウロスが血や汚れを拭いてくれていた。

時間経過で乾いたり痕の薄くなった血は怪しまれる。汚れもできれば新しい方がいい。

近くに置いてある第十騎兵隊の装備一式に目をやる。

「第十騎兵隊の装備も、確保できた」

「この策で潰していくのであるか」

「全部このやり方で始末できるといいんだがな……」

敵が今回の規模くらいなら効果的だろう。

効果的なら何度だって同じ手を使う。が、すべてこれでやれるほど甘くもあるまい。

特に敵の人数によっては難しい。規模の大きい戦争となると一人の力でやれる範囲には限界がある。基本はやはり決定力となる〝数〟が頼みとなるだろう。

「思ったよりドリス殿の戦い方は泥臭いのである」

「綺麗な殺し合い……ってわけにはいかねぇからな。少なくとも俺の戦い方はそうだ。俺自身がやりたくねぇと感じなければ、なんだってやる」

「ううむ、わたしたちは搦め手が苦手かもである」

「俺の目から見て、純粋な戦闘能力で見ればあんたは優秀だけどな」

――ケルベロス。

切れ味の鋭い巨爪。大槌のような体当たりに、太い牙による噛みつき。

さらには、炎まで吐く。

最後は逃げの態勢に入った第十騎兵隊――これをロアが追撃。

見事、すべて仕留めてみせた。

「機動力もある。魔物のまとめ役を任されてるのも、納得いく」

「貴殿は、褒めるのが上手である」

ロアが尻尾をぴこぴこ振り始めた。

照れてる、のか？　この感じ……意外と、褒められ慣れてないのかもしれない。

左右の頭部までちょっと照れてる感じだった。

「……竜煌兵団もそうだが、ここの魔物たちも思ったよりちゃんと戦えてる」

「今戦場に出ているのは、一応は魔物の中でも戦闘訓練を受けた精鋭たちであるからな。中に残してきた者たちよりは、戦闘向きなのである」

元の世界のゲームとかだと敵に設定されてそうな魔物たち。こっちの世界でも、遭遇してきた金眼の魔物はすべて敵だった。仲間と呼べた魔物勢はピギ丸とスレイくらいである。

が、今は最果ての国のたくさんの魔物が味方として戦ってくれている。

「だが、今回の全体の動きもセ……クーデルカ殿の力が、大きいであろう」

セラス、と口にしかけたようだ。慣れるまで名前の言い分けは難しいだろう。

「まあな」

今のところ全体の動きは悪くない印象だ。セラスによる適切な配置――そして、動かし方がハマっている。さすがは元聖騎士団長である。俺じゃ多分、こうはいかない。

なんというか……スムーズなんだよな。

「報告します！」

伝令がきた。こっちは伝令に亜人を使っている。

敵に俺がさっきやったような偽装をされる心配はない。

「左翼方面っ……まだ遠いですが、さらなる敵影が確認されたとのことです！」

「矢継ぎ早だな」

左翼方面に敵が集まっている？　あるいは、そう思わせるための陽動か。

「ジオたちのいる中央の方は？」

「まだ敵の姿は確認できずとのことです。現在は例の地点で、待機中と……」

俺はロアを見た。首を振るケルベロス。

「こちらも第十騎兵隊を倒して以降、この近辺に敵の姿は確認されていないである」

さっきまで第十騎兵隊の捕虜を一人確保していた。

死にかけだったが、楽に死なせてやるのを条件に情報を吐かせた。

さして有用な情報は得られなかったが……。

ともあれ、ひとまず現状得ている情報から察するに――

「アライオン十三騎兵隊は全体の配置や他の騎兵隊の動きを互いにあまり把握していない。

基本は騎兵隊ごとに個別の判断で動いてる……って感じか」

それはつまり——全体の統制が取れていないとも言える。

これは逆にやりづらいといえばやりづらい。全体としての動きを、予測しにくい。

立ち上がり、伝令に言う。

「俺は一度、ニコたちのいる左翼側に行く。馬を用意してくれ——行くぞ、ピギ丸」

「ピギー！　ポヨ〜ン！」

ロアから飛び降り、俺の肩に飛び乗るピギ丸。

「ピニュイ〜♪」

〝やっぱりここが一番〜♪〟みたいな鳴き方だった。

ロアが聞いた。

「わたしたちは、このあとどうすればいいであるか？」

「少し後退して、例の地点でひとまず待機……敵が来た場合は様子を見つつ、応戦——とりあえず、そんなとこだな」

伝令を見やる。

「今話した俺の動きを本陣にも伝えてくれ。ただ、もしクーデルカが他の案を出してきたらそっちに従ってほしい」

「ハッ！」

引き返していく伝令。

「……スマホがあるといいんだがな」

「〝すまほ〟？　それは、なんであるか？」

「離れてても会話ができる道具さ。こっちじゃ、会話には使えないがな」

いや、充電すらできないか。

「音玉（おとだま）より便利そうであるな。そのすまほがあれば、心強いであるが……」

「逆に言えば、敵側も戦場全体の情報をリアルタイムに得る手段に乏しい、ってことでもある……画像や動画の撮影もできねぇしな」

まあ——俺みたいなのが動くにはうってつけの環境、とも言える。

◇【第十二騎兵隊】◇

「……くっ」

背後の崖下を覗き込む竜人。その竜人は緊張した面持ちで、唾をのんだ。

「ここまで、か」

「ようやく追い詰めたぞい、亜人さんたちゃ」

第十二騎兵隊は竜人兵たちを崖上の端まで追いつめていた。

竜人たちの背後は崖。足を踏み外せば、崖下へ真っ逆さま……。

その竜人たちの正面は騎兵隊が固めている。

背後は崖――前方には、第十二騎兵隊。亜人たちに、逃げ場はない。

「ふぉっふぉっふぉっ、まあ儂ら相手によくやった方じゃて。第四に勝って勢いづいてたのかもしれんが、儂らを第四なんぞと同じと思ってもらっては困る」

「そうですねぇ、おじいさん」

「他の連中の盾みたいになって先頭でイキってるのが、向こうの隊長格じゃな。他の連中から……ニコ様、とか呼ばれとったか？」

白髪の老齢の男――隊長のアルス・ドミトリーは目を細めた。

隣で馬首を並べているのは、副長のグレッチェン・ドミトリー。

副長は老婆だが大柄で、顔以外は年齢を感じさせない。

グレッチェンはいつもおおらかな笑みを浮かべている。

二人ともすでに齢74になる。

けれども身体は頑強で、背も曲がっていない。年齢の割には若々しい、とよく言われる。

また、率いる兵の年齢も老年と呼んでいい者ばかりである。このアルス率いる第十二騎兵隊は、別名〝吸精騎兵隊〟とも呼ばれている。

「あの竜人たちも若そうじゃて。たとえ亜人でも、若いもんを殺すのはやはりたまらん」

「そうですねぇ、おじいさん」

「若もんが苦しむ姿を見てると、気分が若返るんじゃあ」

「ですけど、最近の若い子は堪え性がありませんからねぇ。いびってあげると、すぐに辞めたいだのなんだの……きっと、甘やかされて育ったんですねぇ。世の中を舐めています」

「目上の者への敬意が足らんわいな。誰より長く生きておられるヴィシス様がこの世界で一番偉いんじゃから、長生きしてるもんの方が偉いに決まっとるんじゃあ」

「はい、はい。ですけど、その若い子を殺すと……本当に、本当に……」

グレッチェンが面を伏せ、拝むように両手を擦り合わせ始めた。

「わたしも、すっかり若返る気分で……殺しても何も文句を言われない戦場が、わたしは大好きですよぉ。ありがたや、ありがたや」

「おう。若もんを殺すと、その失われた命が儂へ流れ込んでくる気がするんじゃあ……若ければ若いほど、儂も生気がみなぎってくる……」

「赤ん坊なんかは、まあ、三年は若返った気分になりますねぇ……彼らの国へ辿り着ければ、赤ん坊もいっぱいいいますかねぇ？」

「そこんところも、きっちり吐かせんといかん！　のぅ!?」

そう言って勢いよく下馬すると、アルスは抜刀した。

他の兵たちも彼に倣って下馬し、鞘から剣を抜く。数では、騎兵隊の側が勝っている。

「あやつらの背後が崖となると、馬で一気に突撃とはいかんからのぅ。崖を背にし騎兵の強みを潰す策はハマったが……おのれら、見誤ったのぅ？　この老体、下馬してもしっかり強ぇのよ」

「本当は弓矢を使うのが楽なんでしょうけどねぇ。ですけど、弓で射殺すと……ねぇ？」

「生命力を吸い取れる気がしないんじゃあ。近くで殺せば殺すほど、若さを吸い取れる気がするからのぅ」

「しかし……微妙にのぼり坂ですよ、おじいさん」

「まー、腰にきとる兵には辛いかもしれんなぁ。儂らは、大丈夫じゃが」

ニコという竜人が腰を落とし、剣を構え直した。

背丈ほどもある長さの大剣を軽々と構えている。

「ほぅ。なかなか、堂に入っとる」

「あの竜の女は、やりますよ……おじいさん。あれは、わたしと二人で殺りましょう」

「そうじゃな……あれはちと、儂一人では危険かもしれん。油断するなよ、ばあさん」

「他は……数で簡単に押し切れますねぇ。見たところ、あまり戦慣れしていない」

「どうでもええ」

かかっ、と笑うアルス。そしてその笑みを不吉な形に変え、彼の目が据わる。

「問答無用で、全殺しじゃて」

アルスたちは勢いよく駆け出した。

ニコたちへと迫る精強な老兵たち――と、アルスが足を止めた。

「!?」

他の老兵も、足を止める。

「なん、じゃあ……?」

崖に追い詰められていた竜人たち。

その彼らの背後から――竜人兵が、現れた。

さらに魔物たちが次々姿を現す。

その数は、ゆうに崖の上にいた者たちの三倍はいると思われた。

「崖下から……のぼってきた？　じゃが、あれほどの数が一気に姿を現すことなど――」

そう、崖をのぼってきたならあんな一斉に増えるわけがない。

「いや……待て――」

さらに、増えている。続々と竜人兵が、増えている。

〝険しい崖をよじのぼってきた〟などという速度の増え方ではない。

「どういう、ことじゃぁあ……ッ!?」

「お、おじいさん……っ」

◇【ココロニコ・ドラン】◇

背後は正確に言えば〝崖〟ではない。

ニコたちの後ろに広がっていたのは〝緩やかな斜面〟である。

が、敵の騎兵隊からは角度的に〝崖〟にしか見えなかったであろう。

さらにはニコの演技——彼女は崖の端で〝深い崖下を覗き込んでいる〟という演技をした。

敵はこれで〝背後が崖である〟と思い込んだ。が、実際は〝緩い斜面〟だったのだ。

腹這(はらば)いや伏せの姿勢で斜面に伏せていれば、敵からは角度的に姿が見えないのである。

この辺りの岩場は隠れるのに適した場所がない。なので、敵は伏兵の存在を疑わない。

まさかこの地形で伏兵が出てくるとは、思っていない。

ゆえに——容易に、誘い込めた。

(蝿王(はえおう)の選んだ地形……この地形を最大限活(い)かすための戦い方。さらには真実味を持たせるための演技方法。ここまで綺麗(きれい)に、ハマるものか)

騎兵の強みの一つは〝突撃〟にある。特に、対歩兵には絶大な効果を発揮する。

これを防ぐにはどうすればいいか？

敵の背後が〝深い崖〟なら騎兵は突撃できない。勢い余って崖下へ落ちてしまう危険があるからだ。足場の幅が狭まるという意味でも、ここは騎兵に適していない。

となれば、下馬して戦うか、弓を射るか——攻撃術式を、使うか。

ニコは敵に弓騎兵がいないのを目視で確認していた。最初に交戦した時、攻撃術式を使う気配もなかった。が、弓矢や術式がなくともこの騎兵隊は強かった。

(先ほど相手をした第四騎兵隊という輩より、格段に強い)

敵があの強さでは歩兵と騎兵の相性差を埋められない。

ニコはそう判断し、事前に教えてもらっていたこの地形を使う決断をしたのである。

そこに、蠅王から与えられていた策が加わった。

そうして撤退に見せかけ後退し——ここへ、誘い込んだ。

伏兵、兼、予備戦力を置いておいたこの場所へ。

ニコは旗を掲げた。すると、斜面の向こうから一斉に矢が放たれる。

矢の雨。

「ほれ、盾を構えるんじゃあ!」

敵の老隊長の号令で盾を上へ向ける敵兵たち。が、

「ぎゃっ!」

何人かは盾が間に合わず矢を受ける。ニコは足に力を込めた。

「——ゆくぞ、某に続け」

　ニコが駆け出す。背後に湧いた竜人兵たちがそれに続く。敵の老隊長が、舌を打った。

「ちぃっ！　馬どもが何頭かビビッて散り始めたわい！　儂の馬もじゃ！　これだから最近の若い馬はいかん！　たるんどる！」

「おじいさん、敵の数が想定より多いですよ！　後ろに置いてきた、第四の子たちを呼びましょう！」

「老人になるとさすがに戦えるのは若いのより数が少ないからの！　数を補充するなら、嫌でも若もんを使うしかねぇわな！　よし、呼びにやれ！」

　使いを出すよう背後へ声をかける老隊長。

　今、人数比は拮抗（きっこう）していた。

〝騎兵〟という強みを奪い、さらに突然の〝人数の拮抗〟で意表をつく――

　敵の油断を、上手（うま）く誘った。

「増援が来る前に、ここで畳みかける！　ゆけ！　誇り高き竜の戦士たちよ！」

　発破をかけつつニコが敵の老隊長に斬りかかる。老隊長はこれを、剣で受け止める。

　ギィンッ！

「重みはあるが、技術がねぇぞ――若ぇの！」

「ぐ、ぬ……その老齢で、この膂力（りょりょく）……ッ！」

「おやまあ――」

ヒュッ！

老婆の曲線的な斬撃。ニコは、かろうじて身体を捻って避ける。

が、曲刀の刃が腰の肉をかすかに斬り裂いた。竜人兵が駆け寄ってくる。

「ニコ様！　加勢します！」

「気をつけよ！　この二人、かなり強い！　老人と思って甘く見るな！」

腕に力を込め、大剣を振り切るニコ。弾き飛ばされる老隊長。

続けざま、老婆の方へニコは突きを繰り出す。

「この若造……ッ！　あのでけぇ剣を本当に軽々振り回しやがるッ！　こういう〝若さ〟を無意識に自慢してくるから、やはり若者は嫌いじゃあ！」

「あれまあ！　老人に暴力を振るうなんて、本当に恐ろしい若者ですよ！　見識ある年長者が、責任をもって始末しませんと！」

「貴様らの身勝手な会話は聞いていたが――どの年齢にも、どの性別の者にも、善き者もいれば、悪しき者もいる。見識ある者もいれば、愚かな者もいる。そして貴様らは――悪しき愚か者というだけの話ッ！　そんな貴様らは、ここにて某が斬り捨ててくれる！」

「ほざけ、ジャリガキがぁ！」

「むかつきますよ！　年長者に対してまるで敬老の精神が見られません！　この亜人は絶対に苦しめてから晒し首ですよ、おじいさん！」

「竜兵たちよ、ここからは時間との戦いだ！　敵の増援が来る前に、なんとしてでもこやつらを仕留めるぞ……ッ！」

現在、戦況は五分五分と言えた。

が、わずかな変化で容易に逆転が起こりうる状況でもある。

そこでニコは気づく――足音が、近づいてくる。

姿はまだ目視できないが、確かに迫っている。山肌の角の向こうから――

「第四の連中、ようやく来たようじゃて！」

勝ち誇った声を上げて斬りかかってくる敵の老隊長。その隊長に呼応し、絶妙な死角から斬りつけてくる老婆。ニコは、この二人の相手で手いっぱいだった。

ここへ敵の援軍となると――拮抗が、崩れるかもしれない。

もちろん不利になるのはこちら側である。

ニコは理解していた。数で劣るなら常に自分が先頭に立って〝穴〟を埋めねばならない。

「ぐっ……！」

(早くこの二人を倒して、敵の援軍の相手をせねばならぬのに……ッ！)

二人の老兵が動きを加速させる。まるで、ニコの焦りをつくみたいに。

「二対一じゃあ！　数が多い方が強ぇのは、世の道理なのよ！」

刹那――ニコは、目を疑った。

「おじいさん！」

「どうした、ばあさん！」

「だ――第四じゃ、ありませんよ！」

「……なんじゃと!?」

ニコの視界に飛び込んできたのは――魔物の群れ。

数はそう多くないが、味方である。

「あれまあ!? 第四は何をやっているんですか!? 本当に、今どきの若者は役に立ちませんよ！」

「後方に敵じゃあ！ ここで敵に挟撃の形を許すと面倒じゃぞ！ 後方の敵増援は、コロムの隊で対応せい！」

魔物の増援を見ても敵の動揺は薄い。敵後方が迅速に陣形を整え、増援の魔物を待ち構える態勢に入る。ニコは苦虫を噛み潰した。

(多少戦況が不利になろうと、びくともせぬか。こやつらかなり戦慣れしている。何より……やはり、強いのだ！)

「こっちは儂らでこのまま引き受けたぁ！ コロム隊は調子に乗った後ろの魔物どもを騎兵の力で磨り潰せい！ 魔群帯のやつらに比べりゃあ、大したことねぇじゃろ！」

「おほほほほ……アライオン十三騎兵隊を舐めすぎですよ！ 死体は煮込んで、犬にでも食わせましょうねぇ！」

「？」

老隊長と老婆の後方――ニコは、それを見つけた。

黒の豹人族？　否、

「【パラ――ライズ】」

豹王装に身を包んだ、べルゼギア。

――ピシッ、ビキッ――

「！」

（止ま、った……？）

老兵の動きが。

「――――ッ」

ここを絶好の機に見たニコは、躊躇せず大剣を斜めに振り降ろす。

「お、いぃ!?　ちょ……、待っ――」

ズンッ！

老隊長の左肩から右腰にかけてが斬撃で割れた。誰の目にも、絶命は明らか。

ニコはそのまま太ももに力を込め、身体を捻った。再、加速――

「ぬぅ、ん！」

薪（まき）を割るのに近い要領で——大剣を、老婆の頭頂へ力任せに振り降ろす。

ブンッ！

「ぎぃ、ゃ!?」

老婆の頭部が、割れた。こちらも——即死。すぐさまニコは大音声を発した。

「敵の大将格は、某が討ち取った！」

そのひと言で敵兵は浮き足立った。即座にニコはその敵兵ら目がけ、突進をかける。

そうして、苦戦していた仲間を助けた。

魔物の増援の方へ向かった敵の隊をニコの目が捉える。彼女は、違和感を覚えた。

ほぼ一方的に、蹂躙（じゅうりん）されている……。

（いや、あの敵の隊……動けていない、のか？）

「動けなくなってるのは、俺の呪術にかかったからだ」

「ベル——、……ドリス」

そうだ。今の豹王装の彼は〝ベルゼギア〟ではなく〝ドリス〟だった。

フン、と鼻を鳴らす蝿王。

「情報を吐かせる前に、殺しちまったか」

「すまぬ……逸（はや）った」

「ま、気にするな——さ、後始末だ」

「……寛容さに、感謝する」

趨勢は、決した。

14：36――第十二騎兵隊、壊滅。


ようやくひと息つける段になって、ニコは蠅王に礼を述べた。

「助かった。しかし、あの増援の魔物たちは中央方面の戦力ではないのか？」

「こっちに向かうと伝えたら、ジオが〝使え〟と言ってな」

「ジオが？」

「どうやらリィゼが迅速に動いてくれたようでな。中の方から少し増援を出してくれるらしい。で、そいつらがジオと合流する予定だそうだ」

「なるほど。それで戦力が補充されるから、ジオはその場にいた中央方面の魔物たちを貴様に貸し与えたわけか」

「そういうことだ」

自分たちが来た方角を見やる蠅王。

「こっちへ向かう途中で、同じくこっちに向かってた第四騎兵隊を見つけてな……先に潰しておいた。で、俺たちはそのままここを目指したってわけだ」

「呪術と口にしていたが……あの強かった二人の動きを完全に止めた不思議な力は、術式とは違うのか？」

「ああ、術式とは違う。ま、俺だけの特別な力だと思っといてくれ」

「わかった。某も余計な詮索はせぬ」

それにしても、と戦場の敵の死体へ視線を飛ばすニコ。

「貴様の策、実に綺麗にハマった。白状するとな……貴様を敵の側に回したらと考えると、少々恐ろしくなった」

「実行できる能力がなけりゃどんな策も机上の空論でしかない。ちゃんと実行できるあんたやその仲間がいて初めて俺の策は〝現実〟となる。俺だけが〝恐ろしい〟わけじゃない」

「……ふ、口が上手い」

「口八丁で乗り切ってきたんでな。ともあれ……」

蝿王が膝をつき、敵の装備を確認する。

「これで、第十二騎兵隊も潰した」

ニコの表情を見てか、蝿王が尋ねる。

「どうした？」

「……いや、ジオたちの方は大丈夫かと思ってな。中央方面にいた魔物たちをすべてごちらへ送ったとなると……もし扉の中からの増援が到着する前に敵と戦うことになったら、ジオたちは豹煌兵団だけで戦わねばならぬ」

その時、伝令がやって来た。

中央方面――ジオたちのいる方面からの伝令だった。荒い息を整え、伝令が報告する。

「はぁっ、はぁっ……報告します！　中央方面にてジオ様率いる豹煌兵団が、敵と交戦――」

飛び込んできたのは、このような報告であった。

ジオ・シャドウブレード率いる豹煌兵団が、第十三騎兵隊を撃破。

「第十三騎兵隊は、ほぼ壊滅とのこと！　敵の隊長も、ジオ様自ら討ち取ったとのことです！」

◇【第六騎兵隊】◇

副長フェルエノクは高台から広がる風景を眺めていた。

空には厚ぼったい雲が数を増やし始めている。近々、ひと雨くるのかもしれない。

「伝令の情報を聞く限りだと、最果ての連中もなかなかやるなー。第一のミカエラも、やっぱりもう死んでるのかもなー」

彼の背後には第六騎兵隊の兵たち。その斜め後ろには——隊長ジョンドゥの姿。

ジョンドゥが、フェルエノクの前へ歩み出る。

「長らく扉の中に引きこもっていた割には、敵全体の動きが明らかに戦慣れした動きであります。内紛などが頻発していて戦争慣れしているのか……あるいは、よほど優れた指揮官がいるのか」

「すでにミラと組んでるとかなー」

「ありえるであります。遠くでハーピーらしき影が飛んでいますが、前線まで出てきていない……地上から撃ち落とされる危険を避け、安全な後方で使っているのであります。前線では別の種族を伝令として用いているのでありましょう。ここから読み取れるのは……敵には堅実な守りに入る知性がある、という情報であります。単純に突撃してきてくれれば楽なのですが……こうなると少々、面倒かもしれないであります」

「隊長、よく見てるなー」

「敵がここまでやるとは、いささか想定外でありました。こうなってくると、この戦場で勇の剣が使えなかったのが残念でありますな」

「どうした、隊長ー？」

手もとの金貨を宙に弾いて弄び、ジョンドゥが続ける。

「伝令を使って、各騎兵隊へ通達を」

ジョンドゥはフェルエノクを通し、いくつかの指示を出した。

その中には伝令に関する指示もあった。

「伝令の隊番と、身元の確認を徹底ー？　どういうことだー？」

「敵が亜人や魔物だけなら問題ないであります。しかし〝人間〟を駒として使える狂美帝が味方していたら、人間がこちらの伝令に紛し情報を錯綜させる危険があるのであります。狂美帝は魔戦騎士団に扮させた刺客を勇の剣にぶつけた……そのくらいは、やる男であります」

「うちらはあんまり他の隊に興味がないし、大して交流もないからなー。他の隊の兵の顔なんて、いちいち覚えてないー」

「そこを利用されるかもしれない……すでにやられた隊がいる以上、その隊の装備を偽装に利用される可能性は十分ある……もしわたしが敵側で〝人間〟という手札を使えるなら、

「なるほどなー……こっちは亜人や魔物に化けられないが、狂美帝が向こうに協力してるならその手が使えるのかー。敵ばっかり、ずるいなー」

　宙に弾かれた金貨が、ジョンドゥの手の甲に着地した。

「第二と第九あたりは……生き残るべき隊であります。我々第六が〝裏〟なら、その二隊は〝表〟の顔として、今後も活躍すべきであります」

　表を示した金貨へ視線を落とすジョンドゥ。

「表が存在しなければ……当然、裏はその姿を隠すことができない」

「つまりご親切に他の隊に警告を発するのは、第二と第九がやられると困るからかー」

「それと、敵は確実に〝鍵〟であるラディス――〝神獣を狙ってくるはずであります」

　その神獣はというと、後方で小用を足している。口笛を吹きながらずだ袋に小便をかけていた。ちなみに袋の〝中身〟はまだしぶとく生きているようだ。

「こっちとしちゃ、この戦いは神獣を取られた時点で負けみたいなもんだからなー。ラディスをミカエラの騎兵隊に預けるわけがないんだよなー」

「ゆえに〝神獣〟が撒き餌となる――で、あります」

「……隊長、何か考えてるなー？」

「敵もなかなか考えて動いているであります。狂美帝が入れ知恵しているとすれば、油断は禁物であります」

「──え？」

「？　なんでありますか？」

「今、隊長……ちょっと笑ったかー？　いつも無表情なのにー」

「まさか、であります。ただ……」

ジョンドゥが手もとの金貨を弾いた。パシッ、とフェルエノクがそれを摑み取る。

「敵側の動きに、どうも……わたしに近しいものを感じるのであります。変な表現ですが、どこか合わせ鏡のような……こんな感覚は、初めてであります」

血を分けたあの〝人類最強〟よりも──近しい感覚。

「で、それが狂美帝かー？」

「まず、間違いなく」

「なら、侮れねぇなー」

「……さて。そろそろ、我々も動くであります──フェルエノク」

「任せろー」

指示を受け、ジョンドゥの隣に立つフェルエノク。

彼は目を閉じ、両耳に手を添えた。まるで、聞き耳を立てるみたいに。

「この空気……戦場全体の流れ……感じるぞー……この第六騎兵隊が、ゆくべき場所──、

「……あっちだー」

目を開いたフェルエノクが、ジョンドゥに耳打ちした。

と、ジョンドゥはある方角へ指を向ける。

「では……我々第六は、あちらへ向かうであります」

そのままジョンドゥは、後方の兵たちへ出撃準備を促した。

ザッ！

準備を整えた第六騎兵隊が――整列。

普段は比較的、緩い空気の漂う隊である。しかしこういう時はどの隊よりも迫力と威圧感を放つ。先頭で率いるフェルエノクが、大剣を肩に担ぎ直した。

「じゃあ、行くとするかー」

大柄な彼と巨馬の組み合わせ。それが発する圧は、凄まじいものがある。

一方の、ジョンドゥ。

「それでは――」

彼は隊列の中に紛れ、もはや、他の一般兵と区別がつかない。

「第六騎兵隊、出撃であります」

◇【三森灯河】◇

敵の戦力が、ロアたちのいる右翼方面に集中し出した。

右翼は主にケンタウロスと魔物で構成されている。

一方、ジオのいる中央方面には扉の中からの増援が到着したそうだ。

ジオはその増援を、すぐさま右翼へ回した。これを聞いたニコは、俺に言った。

「貴様の引き連れてきた元中央方面の魔物たちを中央へ戻す。こちらはもう我々に任せよ。貴様は戻り、他の軍を助けるのだ――あの呪術で」

右翼には四戦煌がいない。ロアは強いが、四戦煌には劣る。

他と比べると心配ではある。ジオのいる中央も一度、直接様子を見ておきたい。

「わかった。あんたらは当面、守り重視で備えておけ。わかってるとは思うが、第六との交戦は避けろよ？」

「言われずとも」

再び魔物たちを引き連れ、俺は中央へ戻った。そうして一旦、ジオたちと合流した。

彼らは前線から少し後退し、急場で設えた陣を張っていた。治療を受けている豹兵の姿がちらほらと目につく。死体もあった。腕など、身体の一部を失った者もいる。

どっしり佇み陣を見渡しているジオに声をかける。

豹王装の俺を見て、ジオは少し冗談っぽく言った。

「来たな、豹王」

「敵の騎兵隊を一つ潰したそうだな」

「一応これでも、四戦煌最強という称号持ちなもんでな」

ジオは傷ついた豹兵たちをしばらく黙って見つめたあとで、

「ただ、こっちも犠牲なしにとはいかねぇ。敵戦力の全体像がいまだ摑めねぇってのはいまいち不安だ。例の第六騎兵隊ってのも、まだ出てきてねぇしよ」

そう話すジオ自身は、ほぼ無傷と言ってよかった。ジオの観察を終えた俺は、

「敵の隊長と戦った割には、傷らしい傷がないな」

「おまえんとこの副長と比べりゃ楽な相手だ」

「ロアたちの最新状況は入ってるか？」

「報告を聞く感じじゃ大分やれてるようだぜ。リィゼが送ってきた援軍をすぐにあっちへ回したのが効いたかもな。ああ、それと……こっちにも敵の新手が向かってる気配がある。こうなると正直、ニコのとこへ送った魔物たちを連れ帰ってきてもらえたのは助かる」

……黒毛だからあまり目立たないが。

あの返り血の量からして、ジオは他の兵の何倍——否、何十倍も殺している。

通常、規模の大きな戦争において一人の力などたかが知れている。

が、ジオ・シャドウブレードには一人で劣勢を覆す力があるのかもしれない。

一人の力で一体、どれほど殺したのか。

やはり四戦煌の中では明らかに一人戦闘能力が突出している。当人は〝一応〟などと謙遜したが、間違いなく四戦煌最強と呼ぶにふさわしい人物だろう。

この戦い……この男が戦えるだけで味方の生存率はそれなりに上がるはずだ。

戦闘能力に留まらず、戦場での勘や指揮能力も優れている。

こいつは——死なせたくない。

個人的感情としてもそうだが……味方の犠牲を抑えるという視点でも、必要な人材だ。

信頼して別の戦場を託せるってのは、心強い。

豹兵たちに視線を置きつつ、ジオが口を開く。

「——今、言っとくぜ。オレは、おまえが最果ての国に来てくれて本気でよかったと思ってる。……ありがとよ」

「リィゼの指摘通り打算あっての協力だ。そこまでありがたがられる筋合いもねぇよ」

「だとしてもだ。ニコだって、おまえが駆けつけなきゃ命が危なかったかもしれねぇ。おまえがいることで……オレも、気兼ねなく戦えてるとこがある」

「……………」

グルゥ、と小さく含み笑いをするジオ。

「ちょいと、クサかったか？」

「いや——似たようなことを考えてるな、と思ってな」

「？」

と、ジオが耳をピンと立てた。

「そういや、おまえの耳に入れておきたい情報があったんだ。ついさっきのことだ。右翼方面へ偵察に出てた豹兵が、気になる情報を持ってきた」

ジオはその情報を話した。俺は、あごに手をやる。

「……伝令に対して隊番や身元の確認を徹底、か」

「今ロアたちとぶつかってる騎兵隊……そいつらが移動中に話してたのを聞いたそうだ」

俺のやり口がバレた？

しかしそのやり口で倒した第十騎兵隊は、残らず仕留めたはず……。

その時、近くに人間の気配もなかった。目撃者がいたとは考えにくい。

伝令に偽装する手を予測したヤツが敵にいる？　しかし、そうなるとつまり——

こちらに〝人間〟という手札があると、向こうが推察していることになる。

「話を聞いてた豹兵の話によると、例の狂美帝とかいうのがこっち側にいると思われてるみてぇだな」

「……そういうことか」

敵はミラが最果ての国と組んでると見てるわけか。

なら……蝿王ノ戦団の存在に行き着いたわけではなさそう、か。ただまあ、

「伝令に偽装して不意を打つやり方は、これで封じられちまったと見ていいな」

と、言いつつ――疑われても、射程範囲にさえ収めちまえば一応まだ使える手ではある。

蝿王ノ戦団や状態異常スキルの存在にしても、まだバレてはいない。

が、やはりリスクは増加する。

「フン……ま、これはこれでいいさ。こうなると向こうは、今度は伝令が来るたびに疑心を抱かざるをえない。少しだけ向こうの動きを鈍くする効果が、期待できそうだ」

セラスのような真偽判定の力でもない限りは、な。

と、こちらの伝令がやって来た。

「来ました！　敵の騎兵隊がこちらへ向かっています！」

「数は？」

「目視で、２００ほど！」

ジオは身体の向きを変え、すぐさま指示を飛ばす。

「怪我人は下がらせろ！　戦える連中は、オレと来い！」

「――俺も行く」

言って、この辺りの地図を頭に思い描く。

ここの近くには、あの地形……局所的な樹林地帯があったな。

「ジオ、地図を」

騎兵隊が林の前に姿を現した。

彼らの左右には、切り立った崖。

先頭の男が隊を停止させた。あれが隊長だろう。

崖上を見やる隊長。崖の上から、何やら合図のようなものを受けている。

「止まれ」

隊長は馬上で、満足げにヒゲを撫でた。

「崖上はおれたちの兵が固めている。さてそこで、あそこの林だが……」

目の前に広がる深い林を見据える隊長。

この岩場にあって、いわば砂漠のオアシスとも言える一帯。

が、爽やかな青々しさは薄い。見た目を暗く彩る鬱蒼とした茂み。木々の幹は太く、葉は大きい。ゆえに、日中でも太陽の届かぬ場所となっている。

「つまるところ……」

隊長が言った。

「身を潜めるには持ってこいの地形だ。なるほど、人モドキもそれなりに考えてはいるらしい。だがしかし……姿や気配はなくとも、林の中に奇襲用の兵を伏せてあるのが見え見えだ。獣ゆえ、狩猟本能とかで気配くらいは消せるのかもしれんな。が、我々人間は獣性を上回る知性を持つのだ。我々人間はその知性によって獣の野性を凌駕（りょうが）してきた。獣たちよ……そなたらは常に——」

隊長が腕を挙げると、兵が馬上にて弓を構えた。

「浅い」

火矢……林の中へ、火矢を射かけるつもりか。

さらに別の隊列が、魔導具を構える。

そうして隊長が号令をかけようとした、まさにその時——

「放てぇぇぇぇえええええええ————ッ！」

崖上から、矢の雨が降り注いだ。

今の号令は隊長の声ではない。号令の機を奪われた隊長が、崖上を見やる。

「ちぃぃ!?　敵の伏兵は林の中でなく……あの崖の上かぁ！　このおれとしたことが、見誤ったわ……ッ！　この、小賢（こざか）しい獣どもが——、……うおっ!?」

崖の上からさらに矢が降り注いだ。そこへ、ジオ・シャドウブレードの声が続く。

「ここの地形を見りゃあ、そこの林ん中に何かいると思うのは当然……その分てめぇらは崖上へ割く戦力を疎かにした。悪ぃが一方的に——やらせてもらうぜっ！」

ジオが、崖上から槍を投擲。

ズドッ！

一人の騎兵が盾ごと貫かれた。隣の兵に、激しい動揺が走る。

「た、盾を貫通しただとぉ!? ひ——ひぃぃ！ バ、バケモノだ……ッ！」

それを見た隊長が、

「あ、あぁぁあああぁぁぁあああああ——クソクソ、クソがぁぁあああ！」

吠えた。さらに隊長は吠え猛った直後、
ブチィイッ！

自分のあごヒゲをまとめて数十本、引きちぎった。

「——ふぅう。よぉし、落ち着いたぜ。さぁて……」

今のは、自分を落ち着かせる儀式のようなものだったらしい。

「盾、構えぇえぇっ！ このままじゃいい的だ！ ちっ！ 崖上を目指すにもここからじゃ位置的に不利っ……崖の上にいたこっちの兵も、おそらく全員やられた！ なら一旦っ……林の中に、身を隠すぞ！ 頭上の矢に注意しろぉ！ ゆくぞ！ おれに、続けぇ！」

号令を発し、勢いよく馬の腹を蹴る隊長。矢の雨の中、騎兵隊が林へ雪崩れ込む。

盾で矢を防ぎきれなかった騎兵は林まで辿り着けず、続々と転倒していった。

「……よし、もう大丈夫だ！　撃ってこない！」

林の中に入ると、隊長は騎兵の速度を落とさせた。

隊長の横に馬首を並べる騎兵が、背後を振り向く。

「……けっこうやられましたね。あの黒い豹人……隊長、どう思います？」

「相当やるな。しかし逆に、ここであれを取れればでかい」

まだだ。

「さて……我々はここからどう打って出ますかね？」

「向こうがこの林に火でも放たん限りは、ひとまず様子見だな……あるいは他の騎兵隊が到着すれば、逆に挟み撃ちにできるかもしれん」

……まだ。

「我々の現状を他の騎兵隊に伝える手段があればいいのですが……」

「第二か第六あたりなら、おれたち第三の状況を察して動きを合わせてくれるかもしれん。ただ、この林の中だとおれたち騎兵の本領は発揮できない。もしあの黒豹どもが追ってきたら……下馬して、懐かしの密林戦だ」

「隊長、遠くに魔物の気配があります。かすかに、鳴き声も」

「ああ、おれも感じ取ってる……動いてはいねぇが、近づいてきたらやるしかねぇな。偵察がてら……もう少し、進んでみるか」

――、…………もう、少し。

「しかし……亜人風情に、見事に裏をかかれましたねぇ」

「もしあの豹人に妻でもいたら、目の前で寝取るとかでもせんと……これは、気が済まんよなぁ」

――――まだだ。

引きつけろ。ギリギリまで。

ごく微細な息遣いが、耳へ届く。周囲から伝わる、全身の肌を打つような緊張感……。

あと、もう少し――

「ほっんと昔っから人のもんを奪うのが好きですよねぇ、隊長……」

「盗賊時代からの生きがいだからな。普通なら興味を抱かんものでも、人のものとなるとなぜか欲しくなっちまう。性分だな」

「というか……隊長が奥さん強引に寝取ったから、この前グレイが自殺しちゃったじゃないですか！　あいつ、日に日に痩せ細っていって……」

「ぶはははは、あれはグレイに悪いことしちまったな！　だがなぁ……ほれ、あいつだって盗賊時代には襲撃した村で、ヒくほどひでぇことを――」

「――――今だ」

ガササッ！

弓矢を構えた豹人がそこかしこで、立ち上がる。

「あぁ?……、――ッ!?　こ、ここにも伏兵を――置いて、やがっただとぉお!?　しかも、こんな近くにだぁ!?」

豹人たちが、一斉に矢を放つ。

「ぐっ!?　まさかこいつら、最初からこのつもりでっ――」

俺はすでに【パラライズ(麻痺性付与)】を、放ち終えている。

豹兵たちが雄叫(おたけ)びを上げ、続々と武器を手に駆け出す。

「いや、待て!　こいつらよく見ると数は大して――、……がっ!?　あぁ!?……身体(からだ)、が……動か――ね、え!?」

やや後方で待機させていた魔物たち。

その魔物たちには、あえて存在感を出させた。

そして敵は、しっかりそっちの魔物の気配に注意力を奪われた。

だから、より近くに潜んでいた俺と豹兵の存在感が薄れたのだ。

次のスキルの発動態勢に入りながら――俺は、敵の隊長に言ってやる。

「浅い」

第三騎兵隊に勝利後、俺は再びジオらと後方の陣へ引き返した。

今回は負傷者をほとんど出さず勝利をおさめられた。予備戦力にしておいた魔物部隊も使わずに済んだ。まあ、敵の注意を引くという意味では彼らも働いてくれたわけだが。

「……なんつーかな。おまえと一緒に戦ってると、負ける気がしねぇ」

ジオが言った。

「俺は天才だからな」

「こうまで結果が出てると、普通に否定できねぇんだよ……」

「フン……ま、実際は小細工が運良くハマってるだけだ。相手がもっと賢かったり勘がよかったりすりゃ、こう上手くはいかねぇだろうさ」

そう、たとえば……エリカとか、ネーアの姫さまとか。他には、高雄姉とか……戦場浅葱とか。あの辺が相手だと、これほど上手くハマらない気もする。

「豹人の目と耳のおかげで遠くにいる敵の動きを逐一摑めたのもでかい。他の兵団をけなすわけじゃないが、あんたの豹煌兵団は特に動かしやすい」

「豹煌兵団は四戦煌最強のこのオレだけの兵団じゃねぇってことだ。どいつもこいつも、ずっと厳しい訓練につき合ってくれた連中だからな。まあその、なんだ……感謝しかねぇよ、オレについてきてくれたあいつらには——ん？　ありゃあ、伝令か？」

「報告します！　ニコ様のいる左翼方面にて——神獣を、発見したと！」

反射的な動きでジオが前へ出る。

「神獣だと!?」

「……例の第六が、いよいよ動き出したのかもしれねぇな」

ミカエラの情報では、神獣は第六騎兵隊の所属となっている。

「どうする、ドリス？」

「…………」

「どうした？」

「――その周辺に、第六騎兵隊らしき連中の姿は？」

伝令に聞く。

「い、いえ！　どうも第六ではなく、第五という情報があり……」

眉根を寄せるジオ。

「他の隊に第六が神獣を貸し与えてるってことか？」

「あるいは、あえて第六が第五に化けているとか――」

「ほ、報告！」

と、別の伝令が息せき切って飛び込んできた。今度は、中央方面の伝令。

「我々が先ほど第三騎兵隊を撃破した戦場の近くにて、神獣を見つけたとの報告がありました！　命令通り深追いは避けていますが……い、いかがいたしましょう!?」

ジオが「あ？」と片眉を上げ、俺を見る。

「どういうことだ？　敵には、神獣が二人も――」

「ほ、報告いたします！」

今度は、右翼からの伝令――

「ロア様とケンタウロスたちの奮戦により、右翼方面――第十一騎兵隊を押し返した模様！　なお、こちらの被害は少ないとのことです……ッ！　さらに――」

まさか、

「押し返したのち周囲を偵察していたところ――神獣の姿を確認したと、報告が！」


ジオが「あぁ!?」と眉を顰（ひそ）める。

「右翼にも神獣だぁ!?　どういうことだ、そいつは！」

……実は神獣が何人もいた？　いや――おそらく違う。

これは誘い込むための罠（わな）。

逆手に取ってきた。敵は、こちらの最優先目標を〝釣り餌〟にしてきたのだ。

だがこの敵の釣り餌作戦……実は、敵の手の一つとしてニコの増援へ行った時にその可能性は思いついていた。ゆえにニコには伝えてある。

深追いだけはするな、と。

だから、まず安心だとは思うが……一応、改めて指示を出しておくか。

「……今すぐ、各方面へ通達。指示が出るまで、神獣らしきヤツを見つけても追うな。一旦守りを固めろ。これは敵の罠の可能性が高い──高すぎる」

すぐさま、伝令を各方面へ放つ。

ほどなく直近の中央方面は後退を開始。

あとは、両翼……。

やがて、左翼方面から伝令が戻ってきた。

「ジ──ジオ様……蠅王(はえおう)様！　蠅王、様！」

窘(たしな)めるジオ。

「おい、豹王装の時のこいつを呼ぶ時は──」

俺はジオの前へ腕を突き出し、制した。

決めてあった呼び名を意識できないほどの狼狽(ろうばい)ぶり。伝令の血の気は完全に失(う)せている。

俺は、促した。

「報告を」

「ニ、ニコ様たちが──」

その時、

「報告しますっ！」

今度は右翼方面からの伝令が割入るように飛び込んできた。

ロアたち右翼方面は深追いを避け、後方へ移動を開始したという。

反射的に追ったりしなかった。

よし。ロアは、冷静に判断できている。が、

「で――ニコが、どうしたって？」

改めて、ジオが聞く。

左翼方面から来た伝令はガタガタ震えていた。今にも倒れそうだ。

「もう一度聞く――何があった？」

凄（すさ）まじい迫力で詰め寄るジオ。しかし伝令は、それでも言葉が出てこない。

〝口にするのもおぞましい〟――そんな、感じで。

俺はその間、応急処置ができる者を含む豹兵を何人か募った。

「案内しろ」

俺が言うと、ジオが己の刀に手をやった。

「オレも行く」

「だめだ。あんたはこのまま、中央の指揮を執れ」

「…………ッ」

ジオは歯噛みし、再び伝令に詰問する。

「なら、せめて教えろ……ニコに――ニコに一体、何があった!?」

「ぃ……い、ろ……ろ――……、――ぃ……」

伝令は怯えきっていて、呂律が回っていない。

それでも――伝令はどうにか、告げた。

「第六、騎兵隊」


俺は何人かの豹兵たちと左翼方面を目指した。

そして伝令が〝それ〟を目撃したという場所へ、向かう途中――

「あ……」

伝令が、足を止める。

俺の傍にいた女豹兵が、息を呑んだ。

両手で自分の口を塞ぎ、停止している。吸った息を――吐き出せていない。

「ぁ……や――ぇ、ぁ……何、あれ……」

「う、嘘……あれって、まさか……」

「豹王、殿……あれは、あれは――なんなの、ですか……」

蝿の、

……ブゥン、ブゥウン……

羽音が──

……ブゥウン、ブゥン……

していて。

「──……──」

効果的。
効果的では、ある。そう──実に。
恐怖か。
怒りか。
恐怖で、戦意を削げればよし。
怒りで冷静さを失わせられればそれも──よし。
どちらでも、いいのだ。

まあ――そうか。ああ、そうだな。

やれる。やれるさ。やろうとさえ、思えるなら。

実行、するのなら。その効果を――狙いたいなら。

で、やったのか。

そこまでやったか。

やりやがった。


「ニコ様ぁぁぁあああぁぁぁぁあああ――――――――――ッ！」


「……急げ」

「！」

斜め後ろの応急処置の担当兵に、俺は手を差し出す。

「ハサミを」

「は、はい……」

「全員ッ！」

活を入れるように、号令をかける。

「急いで、切り離せ……ッ！」

ニコたちは十数人の集団で歩いていた。すべて、竜煌兵団である。
先頭のニコは首から一枚の板を紐でぶら下げていた。
そう、まるでそれは――メッセージボードのような。
両手を縛られ、足には重りを着けられていた。彼らはそれを引きずって歩いていた。
矢の刺さっている者もいた。短刀が刺さったままの者もいる。
が、それ以上に――惨かったのは。
縫い付けられていたのだ。
手が、腕が、尻尾が。その手や、腕や、尻尾は……おそらく――
竜兵の、死体。
死体からそれらの部位を、切り離したのだ。
そしてそれを、生き残った者の――腕に、足に、口に……身体の、どこかに。
太い糸――あるいは、紐で。
固く、縫い付けた。
眼球を抉り取られている者もいれば……まぶたを縫い付けられている者まで、いて。
おそらく彼らはあの状態で目指していた。ジオたちのいた、中央方面を。
パチンッ！
傷に障らぬよう、ハサミで紐を切り離していく。切り離しながら、確認する。

「ピギ丸、周囲の気配は？」

「ピギギッ！」

ピギ丸が感知していない。なら、おそらく敵は近くにいない。

〝ニコたちで気を引いておき、隙をついて襲う〟

今のところその心配はない――はず。

「ピ……ピ、ギィィィィ……ッ」

ピギ丸が、怒りに打ち震えていた。豹兵の中には紐を切り離しながら嗚咽を漏らす者もいた。嘔吐している者もいる。

パチンッ！

「――ベル、ゼギ、アッ」

ニコは、仲間の尻尾の一部を〝噛まされ〟ていた。猿ぐつわのように。

今、その尻尾を切り離したところだった。俺の偽名云々は、今に限ってはどうでもいい。

「何があった」

「追、ったのだ」

パチンッ！

「神獣をか？」

「竜煌兵団の一部の者が『あれさえ捕まえられれば、この戦いを終わらせられる』と……

某の制止を無視し、神獣を追ってしまったのだ。某の性分では、あやつらを放っておくことはできん。それにこの結果は、貴様の忠告を事前に他へ徹底できていなかった某の怠慢……追わぬ理由が、なかった」

パチンッ！

――見捨てることができなかった、か。

ニコは震えていた。恐怖が身体と意識を支配しているのだ。

だが彼女は、それでも気丈に情報を伝えようとしていた。

「蝿王よ……あやつらを、責めないでやってくれぬか？　あやつらは、もう……同胞の死者を出したくなかったのだ。あやつらは、ここで終わらせられればと……ッ！　だから、某も――、それ、がし、も――、……だって、だって――」

曇りのない澄んだ竜眼。そこから、涙がこぼれ出した。

四戦煌ココロニコ・ドラン。

普段の話しぶりは、いわば武人のそれである。気質は無骨。

身の丈ほどもある長大剣を振り回す剛力の女。が、それでも――

パチ、ンッ！

優しく傷つきやすい、一人の若者でもあって。

今それを、強く認識させられた気がした。

「某の決断が、左翼の仲間全体を……危険に、晒した……ふぐ、ぅ……魔物部隊は先に退避させてあったが、竜煌兵団は……ぐすっ……バラバラに、なって……ぅ、ぐ……」

パチンッ！

「やったのは第六――第六、騎兵隊か」

「ぐす……ああ。第五と名乗っていたが……実際は違ったようだ。隊番は確認できぬようになっていて……しかし〝これ〟をされている時、第六だと言っていた……某、たちは……気づけばわけもわからぬうちに、取り囲まれていて……わけのわからぬうちに……蹂躙、されていた……わけの、わからぬうちに……」

「ニコ」

パチンッ！

「今回、あんたに起きたことは最悪だ」

「…………」

「最悪、だが――」

バチンッ！

最後の紐を、切断する。

「あんたが生きててくれたのは、よかった。俺は今、心からそう思ってる」

…………

……

――、……

――、――――――、…………第六、騎兵隊。


縫い付けられていた部位は、すべて切除した。

手の拘束を解き、足の重しも外す。

次いで、可能な限り応急処置を施した。

が、もっと後方で処置すべきだろう。負傷した竜兵を運ぶ人数も足りない。

伝令を出し、応援を呼びにやらせた。

竜兵たちはというと、今は簡易的な処置を受けていた。豹兵たちは豹兵たちでショックを受けているようだ。中には戦意を喪失している者もいる。

多分、最果ての国のヤツらには刺激が強すぎた。

俺は一人、ニコが首からぶら下げていたボードを確認していた。

誰も俺に話しかけてこない。近づいてくる気配もない。

ボードに書かれていたものの一つは、他の騎兵隊への伝言だった。

要するに〃こいつらは敵への見せしめなので、手を出さないこと〃と書いてある。

ここへ向かう途中で仮に他の騎兵隊がニコたちを見つけても……あの状態のニコらが殺されることはなかった、というわけだ。

伝言の他に書いてあったのは、降伏勧告。

最果ての国側に降伏を勧める文言が綺麗な字で書かれていた。

オフィシャル感、というか。公式文章っぽいお堅い文章である。

が、途中でその字は露骨に乱雑になっていく。文章から堅さが消え、正反対に、乱暴な文字が踊る。堅い文章を綴るのに、途中で飽いたみたいに。

〝どこまでも追い詰めてやるぞ！　どうか殺してくださいと懇願するその時まで！　どこまでも！　どこまでも！　残された道は、大切な人との殺し合いか自殺しかないぞー！　よろしくお願いいたしまぁぁあああす！〟

とてもまともな人間の書いた文章とは思えない。いや――少し、違うか。

読んだ人間が、嫌悪感を抱くように。

恐怖、するように。怒りを覚えるように。

これはそんな心理効果を狙った、実に考え抜かれた文章とも言えるかもしれない。

……理解し難い。

ニコたちを生け捕りにしたのなら、それを利用して俺たちをおびき寄せればいい。人質の命が惜しくば云々……な手だって使える。

が、そうしなかった。最も実利的な戦術として、利用していないのだ。
これは果たして、何を意味しているのか?
単に、やりたかったのだ――これを、したかったのだ。
優先、したかったのだ。
人質として利用した方が効果は高い。しかし第六は〝心理的効果〟の方を選んだ。
煽りにきた。自分たちの嗜虐心を満足させる方を、真っ先に選んだ。
そうとしか、受け取れない。
加えて……感じ取れるのは、絶対的な自信。慢心――とは、違う気がする。
いわば公然たる事実。人質を利用した小賢しい策など取らずとも――
第六騎兵隊にはどうあっても、勝利しかない。
だからこういう実利を捨てた悪趣味を、押し通してくる。通した。
そして――成功しちゃ、いる。
心理的効果。感情を煽り、怒りで冷静さを失わせる。
ああ――成功してる。大成功と言っていい。
事実、俺は隠しきれぬ怒気を発している。それを豹兵たちも感じ取っている。
俺は怒気で味方を緊張させ、不安がらせている。
場をまとめ指示を出す人間としては、失格――失格、している。が、だが、俺は。

これでハラワタが煮えくり返らねぇほど――人間、できちゃいねぇ。

「………」

正しいとか間違ってるとかは――横へ、置いておいて。

気に食わない。単純に。やり方が。

極めて〝俺〟を不快にさせた。単に、それだけ。ああそうだ、どうしようもなく……

「気に食わねぇ」

そうかよ――第六騎兵隊。

なら、追いつめてやるよ。

どうか殺してくださいと懇願する、その時まで。

ひと呼吸し……指の動きで、豹兵を呼ぶ。

「あっ――ハッ！　お、お呼びでしょうか!?」

「俺の副長を呼べ」

テメェらにはもはや――残された道すら、ない。

「第六騎兵隊を潰す」

スレイに乗ったセラスが到着した。
俺は一度、中央のジオのところへ引き返していた。
あのあと応援が到着し、傷ついた竜兵たちを後方へ運んだ。
そして――ジオがニコの件を知った。
ジオが怒り狂ったのは言うまでもない。
そのままジオは単身、左翼方面へ向かおうとした。
豹兵が十数人がかりでジオを抑え込もうとするが、それでも止められない。なので、
「【眠性付与(スリープ)】」
俺は、ジオを眠らせた。ジオを心配する豹兵たちに俺は言った。
「安心しろ、眠らせただけだ。起こそうと思えばいつでも起こせる」
竜煌(りゅうこう)兵団に起こったことを知り、豹兵たちも戦慄していた。
手当てを受けている当人たちがここにいるのだ。隠しようがない。
セラスが俺の隣に来た。厳しく引き締まった顔をしている。
「……ニコ殿の話、聞きました」
悲壮な表情になって、薄い唇を噛むセラス。が、それ以上は何も言わなかった。
怒り狂うジオを見て逆に冷静になったのかもしれない。
……まあ、セラスも胸の奥の怒りは隠し切れちゃいないが。

「殺し合いに、綺麗も汚いもない……まあ、一理ある。俺たちはその殺し合いをしている。が、んなことはどうでもいい……第六騎兵隊のヤツらは〝俺の気に食わねぇやり口を使った〟――これだけで、十分だ」

正義やら倫理やらのお題目を唱えるつもりはない。

俺が〝不快〟ならそれがすべての動機となる――動機と、する。

「……ま、怒りに任せて無闇に突っ込んだりはしねぇさ。第六騎兵隊は強い。頭も回る。俺みたいな〝弱者〟は策を用いて――ハメ殺さねぇとな」

まずセラスに今後の方針を伝えた。同時に、必要そうなものを豹兵に用意してもらった。

熱意すら覚えるほど彼らは協力的だった――本当に。

〝自分たちの怒りもあなたに託したい〟

そんな気持ちが、伝わってきた。

手もとの蠅王（はえおう）のマスクに視線を落とす。

「……手段は問わず、か」

「ピギ？」

フン、と鼻を鳴らす。

「ま……意地でもやってやる、ってことだ」

「準備が整いました、我が主（あるじ）」

セラスと二人でスレイに騎乗する。

そしてここを離れる直前にジオの【スリープ】を解除した。

目を覚ましたジオは、しばらくぼんやりしていた。

と、急速に意識が覚醒してきたらしい。何か俺に言おうとした。

が、もう一人――この間に目を覚ましていた〝彼女〟が、ジオに声をかけた。

そのせいか、どうにかジオは感情を抑え込んだようだった。

「第六騎兵隊は……彼らに任せるのが最善であろうよ、ジオ」

「……ちっ。怪我人は寝てりゃあいいんだよ、ニコ」

俺とセラスを乗せたスレイが、この場を発つ。背後から、ニコの声が聞こえてくる。

「寝てもいられん。某はまだ戦えるゆえ、な」

「馬鹿かてめぇは……無茶なんだよ」

「ジオ」

「……んだよ」

「第六騎兵隊と遭遇した時、某は勝ち目がないと感じた。この戦争そのものにさえ、な。某たちとはあまりにも異なった凶悪さを持った相手……我らが持ちえぬ邪悪さに、某は心の底から恐怖したよ。ただ、その時だ……同時にふと、ある思いが奔った」

ジオは黙っている。俺の背後――ギリギリ会話を拾える距離で、ニコが言った。

「こちらにも〝あの男〟がいる、と」

「……凶をもって凶を制す、か」

「第六騎兵隊との戦いは、おそらく――某たちが出られる幕ではない。本能で、わかった」


「あー？　なんだ、あれはー？」

「人影のようです。何か……担いでいますね」

「ふーん……いよいよ出てきたか、狂美帝ー」

「？　人間では、なさそうですが……」

「じゃあ亜人かー？　でも、たった二人だぞー」

「いや、ありゃあ……おそらく違いますぜ、フェルエノク殿。あれは――」

フェルエノクと呼ばれた男が、立ち上がる。

「蝿王の、被り物ー……？　まさかー」

「もしそうだとすれば、なぜあの男がここに？」

「さあなー……おーい、そこまでだー！　止まれー！　おれたちは、アライオンの第六騎兵隊だー！」

フェルエノクと呼ばれた男が、頭上でブンブン両手を振る。

「噂の呪術が怖いー！　けど、うちの隊長の考えだと一定の距離を取れば防げるー！　つまり、無闇に近づくのは危ないと言われているー！　そしておまえたちが本当に蠅王ノ戦団なら、近づいていいのは、そこまでだー！　そこの三日月みたいな細い岩ー！　話がある！　今は、危害を加えるつもりはないー！」

蠅王装の俺と、蠅騎士装のセラス。今回、セラスはすでに精式霊装を展開していた。

言われた岩のところで、足を止める。

一帯が戦場と思えぬほど、この辺りの岩場は静かだった。

騎兵隊の馬は離れた場所に繋がれていて、全員下馬している。

第六騎兵隊は休んでいたように見えた。事実、休憩中だったのだろう。

リラックスしている。あんなことを、した後だというのに。

返り血は——残っていた。

……こいつらか。

第六騎兵隊はここから移動する様子がなかった。この間、他の方面の戦局も動いている。

できることなら、ここであまり時間をかけたくはない。

「…………」

この一帯は見晴らしがよく、遮蔽物がない。

つまり、物陰に隠れての奇襲などは不可能に近い。

ピギ丸の合体技で奇襲するにも遠すぎる。合体技を警戒された場合、射程外へと逃げられる恐れだってある。あれは一度使ったらしばらく使えない。ＭＰも馬鹿食いする。

確実に決められる時に使うべき、奥の手だ。

と、前列の兵たちが弓を構えた。叫ばずとも互いの声は届く距離……。

だがしかし、【パラライズ】（麻痺性付与）の射程内ではない。

隙もない。

特にあの男――フェルエノク。ミカエラの情報だと、あいつが副長だったか。

「――――」

しかし……本当に、隙らしい隙がない。

他の兵にしてもそうだ。明らかに今までの騎兵隊と質が違う。少数精鋭なのか、数は他より少ない。が、この距離でわかるほど一人一人の質が高い。

幸いなのは……【パラライズ】の対象数の制限内ってとこか。

神獣の姿は――ない。

神獣はこの戦争を終わらせてしまうカードである。

それを知っているからこそ、別の場所に隠しているのだろうか？

それから――隊長のジョンドゥは、どいつだ？

特徴がないのが特徴だという。

距離の問題もあるが……ここからでは、わからない。

何も感じない。

フェルエノクはわかる。確かな存在感がある。強者の空気が、ある。

が、それ以上の存在感を持つヤツがいないのだ——何も、感じない。

フェルエノクが前へ出てくる。20メートル以上、こちらと距離を置いている。

あれだと、30メートルは距離を置くよう言われてるっぽいか……。

「第六騎兵隊の皆さま、お初にお目にかかります。ワタシは蠅王ノ戦団を率いる、ベルゼギアと申します」

名乗りを終え、尋ねる。

「先ほどの言いぶりですと、フェルエノク殿……あなたがここの隊長ではないようですが、隊長はここにいらっしゃるのですか？」

「んー？　ああ、いるぞー」

フェルエノクが後方を指で示す。

「中列のあそこにいるのが、この第六騎兵隊の隊長ジョンドゥだー。だが、今回の交渉はおれに一任されているー。隊長は、おまえを観察するー」

……なるほど。

平凡だ。驚くほど、平凡。印象は薄く——どこまでも、薄く。

そう、まるで〝モブ〟そのもののような……。

何も特徴のない男が、その口を開いた。

「初めまして、であります。お会いできて光栄であります。先ほどフェルエノクが紹介した通り、わたしが——」

あいつが——

「第六騎兵隊長、ジョンドゥであります」

2．歪んだ合わせ鏡

――違う。

隣のセラスからのさりげない合図。

〝嘘〟を示す合図。

違うのだ。あの男は――ジョンドゥじゃない。

ジョンドゥはおそらく、他の兵に紛れて〝その他大勢〟になり切っている……。

多分、様子を窺っているのだ。

何かを観察するには最適な立ち位置――他でもない俺が、よく知っている。

しかし……どいつだ？

観察しているといっても、俺たちを注視しているのは第六騎兵隊全員……。

にしても、こういう時マスクは便利だ。視線の動きを読まれにくい。

が、油断は禁物。嘘に気づいているとバレないように振る舞わねばならない。

「さて、まずもっともな疑問が一つある――」

フェルエノクが尋ねた。

「蝿王ノ戦団がなぜ、この戦場にいる――？」

「狂美帝の首が、土産になるかと思いまして」

「我々は先の戦いにおいて、かろうじて大魔帝軍の側近級に勝利しました。しかし同時に、この身をもって邪王素の恐ろしさを知りました。邪王素を持つ敵は、やはり異界の勇者に任せるべきでしょう」

腕を組むフェルエノク。

「続けろー」

「先の魔防の白城の一戦からもわかる通り、ワタシは神聖連合の味方にございます。大魔帝は討つべき邪悪……ゆえに、神聖連合にはがんばっていただかなくては困る。さて、ではその神聖連合の役に立つためにワタシは何をすればよいか？　ワタシは考えました。そんな時知ったのが、こたびのミラの反乱です」

「そうか、わかってきたぞー」

「神聖連合のまとめ役のヴィシス様を、今、最も悩ませているものは何か？　おそらくミラであり、狂美帝であると判断したのです」

「確かにー」

「そして……狂美帝率いるミラの勢力ですが、どうやら最果ての国と組んでいるようなのです」

「それは隊長もすでに察しているー。しかし……おまえが絶対に味方であるという保証はないなー。もしかしたら今のはすべて嘘で、本当は、おまえはミラ側なのかもしれないー。言葉だけなら、なんとでも言えるー」

引き継ぐように〝ジョンドゥ〟が、口を開いた。

「味方だというのなら……何か、納得のいく材料が欲しいでありますな」

「そうおっしゃるかと、思いまして――」

俺は、担いでいたずだ袋を担ぎ直した。

「これを、ご覧になっていただきたい」

言って、中身を地面にぶちまける。

「！」

第六騎兵隊側が、強い反応を示した。セラスが――息を呑(の)む。

「……驚いたー。なるほど、なー……それは、証拠としては強いー」

「確かに、であります……」

地面に散らばっているもの――それは、豹人(ひょうじん)の身体部位の一部だった。

たとえば、切断された手。耳や指、牙……尻尾もある。どれも、まだ切断面が新しい。

「ここへ来る途中でワタシたちが殺してきた豹兵たちの、ほんの一部です。どうやら騎兵隊の皆さまは中央方面の豹兵に手こずっている模様……確かに、強敵でした。他の亜人と比べると、彼らは明らかに練度が高い。この戦い、豹人兵には特に注意すべきでしょう」

「実際、豹人の死体は少ないー。報告でも全然見ないと言っていたー。おまえの言う通り、豹兵は強いらしいー。が、おまえは余裕で倒してきたのかー」

「一応……本物かどうか、確かめるであります」

〝ジョンドゥ〟に言われ、一人の兵が前へ出る。その兵が振り返った。

「副長……もしこれが罠でおれっちが殺されたら、ちゃーんと骨は拾ってくださいよ？」

「拾うー」

俺に殺されるパターンは一応想定している、か。しかし、怯えはない。

兵は俺たちの手前まで来て、豹人の切断部位を検め始めた。

再び後ろへ首を巡らせ、兵が手を振る。

「本物です、これ！　血も本物！　切断面も戦闘で斬り落とされたやつです！　防御創とかも確認できます！　躊躇い傷とかもないです！　なので豹兵があえて自分らでやったものでもないかと！　個体差もありますんで、一つの死体をバラしたってわけでもないです！」

「数を揃えねば、証拠としては弱いですからね……ですので、これだけの数に。ただし亜人であっても例に漏れず頭部は重いので、運びやすい部位に絞りました」

「筋は、通っているであります」

「戻ってこいー！」

確認した兵が呼ばれて戻っていく。

パァンッ！

兵はフェルエノクとハイタッチを交わし、再び、列に紛れた。

「隣の女の反応を見ていたー。袋から豹兵のあれこれが出てきた時の反応……おまえ、その女に黙って持ってきたなー？」

「彼女には少々、刺激が強い証拠ですので」

これが策の一つだとバレるか、否か。それを心配する空気がセラスから出るのはまずい。

だから、セラスにはあえて教えていなかった。

……まあ、伝えてなかったのはそれ以外の理由も一応あったのだが。

「部位がもし豹兵でなく竜兵のものだったら、疑っていたであります。竜兵であれば、その辺に新鮮なのが転がっているであります」

……やはり、偽物の切断部位では駄目だったか。

欺けなかった。そして、マスクで表情が隠れているのは幸いである。

なんというか――やってやったぞ、みたいな。

そんな、気分だった。

今の俺は多分、そんな表情をしている。

□

当初、こんな策を使うつもりはなかった。

それは、ニコの件で憤慨したジオを眠らせた後のこと――

俺は頭をフル回転させ、一人黙って策を練っていた。

と、二人の豹兵が声をかけてきた。一人は片手を失っていた。

そして、もう一人の風貌には心当たりがあった。あの状態のニコたちを見つけた時、

『あっ――ハッ！　お、お呼びでしょうか!?』

『俺の副長を呼べ』

このやり取りをした豹兵だった。その豹兵が尋ねた。

「第六騎兵隊を潰す、とおっしゃっていましたよね？　あなたはこれから、第六騎兵隊を？」

「そのつもりだ」

「お願いがあります。どのような策を考えておられるのか……少し、教えていただくわけにはいきませんか？」

なぜそんなことを聞くのかわからなかった。

が、その男の目と声で理解できるものもあった。何か、考えがあるのだ。

どういう手を考えているか、俺はかいつまんで話した。最後に、

「今はまだ組み立ててる最中だがな。どうも、取っ掛かり部分のあと一手が……足りない気がする」

と、二人の豹兵が互いに目を見合わせた。次いで、二人は頷き合った。

そして二人は何やら覚悟を決めた表情で、再び俺を見た。

「お話があります」

話を聞き終えた俺は、唸った。

「それは……確かに、できなくはないが」

「我々豹兵は今回の件でとさかにきています。ですから一矢……一矢、報いたいのです」

豹兵の提案は、驚くべきものだった。

負傷兵の失った身体部位を〝戦果〟として第六騎兵隊に提示する。

これによって蠅王ノ戦団を敵に〝味方側〟だと信じ込ませる。

確かに、この戦場で蠅王装はまだ披露していない。

「今回の戦いで我々はたくさんの負傷者を出しました。中には……この彼のように手を失った者もいます。耳を斬り落とされた者も……負傷者に比べればずっと少ないですが、死者も」

「〝俺がやったことの成果〟としてそれらを持っていき、敵の懐に潜り込むわけか……」

これはその〝成果〟が竜兵だと無理な策だろう。

なぜなら竜兵はたくさんの死体がある。敵はそれを知っている。

自分たちが、やったのだから。

が、豹兵の現状は……第六は知らない。そして豹兵は確かに〝死者数〟が圧倒的に少ない。こいつらの提示してきた数なら……死体から集めてきたとも思われにくい、か。

「それに切断面を見れば、戦いでやられたものだとわかるはずです……ッ！」

「だが、それは――」

……俺は、気が引けているのか？　いや、そうだ。

どうやら俺は気が引けているらしい。そう、この策は……さすがに――

「おれの失ったこの手はもう朽ちるしかありません……ですが、あなたがこの手を――この手を、にっくき第六騎兵隊を倒すのに役立ててくれたら！　おれも、竜兵たちの無念を晴らすためにわずかながら力添えができたと――やってやったと、思えるのです……ッ！

どうか……どうかッ！」

と、他の負傷兵たちが群がってきた。

「わ、わたしからもお願いします！　この斬り落とされた耳が、第六騎兵隊を一泡吹かせるのに役立つのなら……どうか、お使いくださいッ！」

「我々のこの気持ちも、どうか、あなたと共に……ッ！」

「…………」

俺は、セラスの方を振り返った。

セラスは離れた場所でニコの具合を見ている。

ここで何が話されているかは――わかるまい。

……この手を使うのなら、セラスは知らない方がいいかもしれない。

これを〝策〟と知らぬ方が……素の反応も、引き出せる。

それは。

その〝何も知らぬ〟という反応は、時に――敵を欺く。

「わかった」

「は、蠅王殿！　ありがとうございます！」

「…………」

「あ、豹王殿……でした。ははは……」

「ただ、準備はこっそりとだ」

セラスを示す。

「特に、あいつには悟られないように……あいつはきっと、こういう策をすぐに受け入れるのは難しいだろう。心情的にな」

「あ、なるほど……」

ま、別の意図もあって隠すのだが。ただ……今のもまた、事実。

セラスの心情を考えるのなら、これは俺だけで進めた方がいい。

「あの……申し訳ありません」

「ん？」

「ご反応でわかります……乗り気では、ないのですよね？」

「……まあな。効果的だとは思うが……さすがに味方のこういうのを利用するってのは、な」

と、

「あなたは……」

そうやや湿った調子で切り出し、豹兵が視線を伏せた。

「ニコ様たちに起こったあの悲劇を見た時……わたしたちを寄せつけぬほど、怒っていらっしゃいましたね？」

「あの時は悪かったな。多分、無駄に怖がらせたし……気を遣わせた」

「い、いえ！　違うのです……ッ」

「？」

「実を言いますと……わたしは、嬉しかったのです」

「嬉しかった？」

「確かに最初はあなたの怒気の激しさに、近寄るのすら恐ろしいと思いました。ですが……ふと、気づいたのです」

「…………」

「この人は亜人であるわたしたちに起きたことで、心の底から、本気で怒ってくれているのだと」

「…………」

「あの時、それに気づいたわたしは……なぜか、嬉しいと思ってしまったのです」

他の豹兵の俺を見る目がいやに──優しい。

「そんなあなただから、我々も今回の策を提案しようと決めたのです。あなたはきっと──とても、優しい人間だから。あなたのような人間がいる。だから我々は……まだ人間と手を取り合うのを諦める気には、なれないのです」

ここへ向かう準備をしている時……だから俺は、こう思った。

〝熱意すら覚えるほど彼らは協力的だった──本当に〟と。

▽

豹兵、おまえたちの勝ちだ。

「よし、信用してやるー」

蠅騎士装のセラスが俺を窺う。俺は頷きを返した。セラスも、頷きを返してくる。

〝疑うことはありません。私は、あなたを信じます〟と。

……これがマスク越しでわかるってのも、すごい話だが。

一歩、前へ踏み出す。

「――待つであります」

〝ジョンドゥ〟が、ストップをかけた。

「何か？」

「もう一つだけ……この戦場へ来た理由は、わかったであります。ただ、この戦場には他にも騎兵隊がいるであります。なぜ蠅王殿は、この第六騎兵隊のところへ？」

〝ジョンドゥ〟の瞳がジッと俺を見据えている。俺は言った。

「実は、ミカエラ殿にお会いしたのです」

フェルエノクの片眉が上がる。

「んー？　ミカエラー？　あれ、死んでないのかー」

「我々はずっと向こうの方角で、第一騎兵隊が亜人の罠にかかっているところに遭遇しました。その時、危機に瀕していたミカエラ殿を我々が救出したのです。総隊長、と名乗っていたものですから」

「で……そのミカエラはどこにー？」

「はい、一旦は救い出しましたが――途中で、見捨ててきました。そして彼は、敵に殺されてしまいました」

「……んんー？　なんだとー？」

「正直申しますと……失望したのです。かの国が誇るアライオン十三騎兵隊とは、この程度なのかと……この程度の者が総隊長を務めるほど質の低い軍隊だったのか、と」

「それで見殺しかー。ひどすぎるー」

「いえ、はっきり申しまして……あれでは、いるだけ邪魔と言う他ありません。全体の指揮官としても質が低すぎる。そこで確かめたくなったのです。では、噂に名高い第六騎兵隊はどの程度なのか……と。第六も同程度ならアライオン十三騎兵隊も大した戦力にはなるまい……そんなわけで、この目で確かめようと思いました。まあ……実を言うと、それ以外にも第六に会いたかった理由はあるのですが」

　神獣の話は、まだしない方がいいだろう。無用な疑心を生みかねない。

「……くくく、そうかー。ミカエラ、やっぱり死んだかー」

　フェルエノクが、笑った。

「いや、こっちも安心したー。もしあのミカエラを評価するようなやつなら、程度が低いと言わざるをえないー。むしろ、よくやったー」

　ミカエラの名が出た時の反応で、嫌っているのはすぐにわかった。

「ワタシも安心いたしました。こうして実際にお会いしてみれば、明らかに第一とは質が違うのがわかる。やはりアライオン十三騎兵隊は、あなたたち第六あってこそのようです」

「なるほど、納得いったであります――フェルエノク」

〝ジョンドゥ〟が副長を促した。

「おお、わかったー。こっちも明かすー。実は、女神がおまえたち蝿王ノ戦団を味方にしたがってるー。味方に引き入れられそうなら、連れて来いと言われてるー」

　ああ――それでか。

　最初のひと声から、向こうには会話の意思が見られた。

　そう、まるでそれはこちらに事情を説明するような話しぶりで。

　いやに融和的に応じるとは、思っていたのだ。何かあるのだとは思っていたが……。

　そうか、クソ女神のヤツ……。側近級を倒した呪術に――蝿王ノ戦団に、
　こういう形で目を、つけてきやがったか。

　始まりは黒竜騎士団の壊滅だろうか？

　神聖連合は先の大侵攻でも多くの戦力を失った。

　要するに――使える女神の手駒が減ってきたのだろう。しかもここへきての狂美帝の反

乱である。腐れヴィシスとしては、手駒を補充したいわけだ。

〝蠅王ノ戦団は味方である〟

先の戦で女神はそう判断した。誘いを断ればまず邪魔者として始末しにくるだろう。

が、使えそうなら……おそらく配下に置く気だ。

蠅王ノ戦団にはセラス・アシュレインがいる。ネーア聖国や姫さま関係を勧誘材料として持ち出せば引き込める――あのクソなら、そう考える可能性は高い。

……いや、待てよ？　これは、上手く利用すれば……あのクソに――

女神に近づく、糸口となるのか？

そしてこの時、俺たちはすでに――足を、踏み入れていた。

射程、圏内に。

――入った。射程圏内に、第六騎兵隊が。

しかし、ここだと全員を範囲に収められない……。

今回は一撃で決める必要がある。そのためには、もっと近づかなくてはならない。

「そういえばー……質を確かめることの他に、おれたちに会いたかった理由があると言ってたなー？　なんだー？　気になるー」

……食いついた。

「とあるダークエルフの集落の噂を耳にしまして。その確認を、と」

この話題をこちらから露骨に出すのは避けた。先ほどは、さりげなく餌を撒いた。

第六の方から食いつくのを待ったのである。やはり〝相手から切り出してきた〟より〝気になって自分から尋ねた〟の方が疑念を薄くできる。

「ダークエルフー？」

「シャナティリス族、という名に心当たりは？」

「……あー、あれかー。あったなー。懐かしいなー……で、それがどうしたー？」

「実はシャナティリス族とは浅からぬ因縁がありまして……我々は、彼らに復讐する機会を狙っていたのです。正確には復讐を考えていたのは彼女——セラス・アシュレインですが」

俺は、隣のセラスを示す。

「そいつが噂のセラス・アシュレインかー。ネーアで騎士団長をしてた美人で有名なハイエルフだったなー……で、それがどうしたー？」

「なぜ彼女が、ネーアへ身を寄せていたと？」

「知らないー。ネーアにいる理由には、口を閉ざしていると聞いたがー」

「追放されたからです」

「追放かー」

「彼女は生まれた国を追放され、ネーアに身を寄せたのです。そしてその追放の原因となったのが、とあるダークエルフの部族だったのです」

「──シャナティリス族、でありますか」

〝ジョンドゥ〟が言った。

「なるほど、繋がった――。国に戻れなくなったなら恨んでも仕方ないー。しかし、隊長ー？」

「そうでありますな。シャナティリス族は我々第六が殲滅したであります。しかし……ベルゼギア殿が我々のところへ来たということは、つまり……」

〝ジョンドゥ〟が、セラスを見る。質問に答えるように、セラスは言った。

「はい。第六騎兵隊がシャナティリス族を滅ぼしてくださったと耳にし……それが真実か、確認しに来たのです」

俺は、セラスの言葉を引き継ぐ。

「見捨てる前にミカエラからも確認を取りました。が、やはり当人たちに直接会って確認せねばならない。そして……せめて当人たちに礼の一つでも、と思ったわけです」

偽りであっても、セラスの言葉にはやや悲痛がまじっていた。

こんな話を口にすること自体、辛いのだろう。

となると、セラスが喋る頻度は少ない方がいいか。

ただまあ……声にかすかにまじるその悲痛さは〝追放に苦しんだ身の上を思い出してい

るから〟と勘違いさせる効果はあるかもしれない。

「律儀だなー。確かに、あいつらはおれたち第六が全滅させたー」

当人から、言質を取った。

「しかしそういうことならもっと痛めつけて殺すべきだったなー。隊長も〝楽に殺してやったのは失敗だった〟って言ってたしなー」

セラスが、膝をつく。

「ですが……これでようやく胸のつかえが取れた気分です。あなたがた第六騎兵隊の皆さまには、心よりの礼を」

俺も、一礼する。そして、

「実は……セラスが恩人一人一人に〝礼〟をしたいと言っていまして」

立ち上がるセラス。

「……はい。言葉ではなく、行動で……私なりの〝感謝の意〟を、示したいのです」

ここで、兵たちの反応に変化があった。

唾をのむ者がいて——セラスの身体を見る視線にも、変化が起こる。

舐めまわすようにジロジロ眺める者が明らかに増えた。想定外の棚ぼた、とでも思っているのかもしれない。フェルエノクですら、強く唾を飲み下したのがわかった。

兵が交わし合う控えめな声……

「あのセラス・アシュレインが、おれたちに……?」「美貌で高名なあの姫騎士が……な、何をしてくれるというのでしょうか?」「ごく……よく見れば実にそそるカラダをしていますよ、彼女……」「顔が、見たいぞ」

が、一人だけ……〝ジョンドゥ〟だけが、変わらない。

これは――ミスと言えるだろう。

その他大勢（モブ）に、なり切るのなら。

相手に、舐められたいのなら――――他の兵と同じ反応を示すのが、正解だった。

ですが、と切り出すセラス。

「私が〝感謝〟を示すのは、あくまでシャナティリス族の襲撃に加わった方のみと考えています。申し訳ありませんが、襲撃に参加していない方には〝感謝〟を示すことができません」

「――全員参加であります」

被（かぶ）せるように〝ジョンドゥ〟が言った。

「第六騎兵隊がここまで少数精鋭なのは、発足当初から人員を補充していないからであります。新しい顔ぶれを入れると純度が落ちる……これが、我々第六の考え方であります」

ニヤ、とフェルエノクが細めた目でセラスを見る。

「つまりー」

「全員、参加であります」

──決まりだ。

セラスが、蠅騎士の面に指をかけた。

「承知、いたしました」

皆の視線が、セラスへ集中する。〝大陸全土に響き渡る美貌〟の実物を生で見られる。

しかもこのあとには、その美貌の持ち主による妖しげな〝感謝〟まで待っているらしい……。

セラスが──マスクを、脱ぐ。

彼女は髪を軽く振り、マスクを手に第六騎兵隊を見た。

そして、誘い込むように──しかし備わった上品さを決して、損なうことなく。

セラスは誰もがその心を奪われるほどの……そう、ある種の恐ろしさすら覚える──

嫣然とした微笑みを、浮かべた。

「────────」

「では皆さま……これよりわたくしセラス・アシュレインより、この身をもって──「【パラ、ライズ】」──心よりの〝感謝〟の意を、示したく思います」

真っ先にこちらの異変を察知したのは、フェルエノク。

「すぐに、この二人を殺――」

が、い、い、もう遅い。


――――ピシッ、ビキッ――――ピシッ――

△

『トーカ殿』

『ん？』

『その、私は………』

『なんだ、言い辛い話か？』

『あの、そんなにも……美しい、でしょうか？』

『へぇ……珍しいな。おまえがそんな風に言うなんて――で、本題は？』

『ふふっ……さすがでございます。実は、ご相談したいことが』

『おまえもか』

『？』

『いや……で、相談ってのは？』

『あ、はい。私のこの顔や……この肢体の魅力を使い、敵の気を惹けるのでしたら……た、たとえばそれを利用して敵の気を逸らすなどは……可能、なのでしょうか？　その……客観的な意見を、いただきたくて……』

『ま……やり方によっちゃ可能だろうな。けど、そういうのはおまえの流儀には合わないんじゃないか？』

『……さすがに、今回ばかりは許せないのです』

『竜煌兵団の件か』

『シャナティリス族の件もです。私は心から──彼らが、許せません』

『……おまえからそういう案が出てくるとはな』

『ふふ──あなたに、染められたのかもしれませんね』

『だとしても、染まり切る必要はないさ。おまえにはおまえのよさがある。それを捨てちまうのは、もったいない』

『だとしても、今回は──』

『わかった。とすると、その美貌を活かすなら……蠅騎士のマスクが使えるかもしれない。ここぞという時まで隠されてる方が、効果は高いからな』

そしてあとは、セラスなりの演技力で──

▽

フェルエノクの対応は間に合わず、第六騎兵隊全員が【パラライズ】にかかる。

俺以外の誰もがセラスの笑みに、見惚れていて——見蕩れていた。

完全に心を、奪われていた。

希代の美貌を備えたハイエルフの姫騎士、セラス・アシュレイン。

覚悟を決めた——その一世一代の演技。

あの時……ニコたちの姿を目にした時、露骨には感情を表に出さなかった。

が、セラスも豹兵と同じだったのだ。

第六騎兵隊をどうしても許せなかった。

自分の流儀を曲げてでも、倒したかった。

「目……的は……なん——だぁー……？　なん、だぁ……これ、はー？」

非致死、設定。

「【ポイズン】」

関係、ねぇ。

「お、まえぇー……ここ、で……裏切る、の……かぁー……ぐ、えぇー……」

どれだけ強かろうが――これさえ決めちまえば、いつだって〝終わり〟。

本物のジョンドゥがどこに紛れていようと関係ない。

ここにいるヤツら、全員まとめて麻痺させちまえば――それまで。

全員を射程範囲に収める――まとめて終わらせるための、この距離。

そう……激戦も、死闘も、必要ない。

騙し、欺き――不意、打って。

型にハメちまえばすべて、それまで。

この枠外のハズレ枠の状態異常スキルは〝そういうもの〟だ。

早速、俺は合図の音玉を――

「…………」

「やりましたね、我が主」

「――――」

「あ、あの……？」

俺は――何を、見落としている？

何か、妙だ。そう、何か……、

「……フェル、エノク」

俺の戦意に気づき、あの中で真っ先に反応した者は……副長のフェルエノク。

フェルエノクは俺の異変にいち早く気づいた。

戦意に気づき、俺たちを殺せという命令へすぐさま転じた。

どのみちこちらの方が速かったわけだが……瞬時に異変を感じ取り、唯一、反応してみせた。この中で、そう……唯一。

しかし、だ。ジョンドゥがいたなら——反応していなければ、おかしいのではないか？

隊長のジョンドゥが副長より鈍い？　反応速度だけは、副長の方が優れている？

どうにも——しっくりこない。それとも……考えすぎか？

この【パラライズ】を食らった中に、普通にいるのか？　本物のジョンドゥが。

いや、どうも……違う気がする。何か——妙な。違和感が、あって。

「セラス……周囲を、警戒しろ」

「え？　は、はいっ」

「ピギ丸、後方を頼む」

「ピッ！」

この見晴らしのいい地形……。

隠れる場所などない。どこから襲ってきても奇襲にはなりえない——はず。

あるとすれば超遠距離からの攻撃か。が、それならセラスが反応できるだろう。

おそらく【スロウ】（遅性付与）も間に合う。ただ、見方を変えればこの状況……

「セラス」

「──はい」

「隊長のジョンドゥは、元々、こいつらの中にはいなかったのかもしれない」

「え？　と、いいますと……？」

「ここには例の神獣もいなかった……ジョンドゥは、神獣と一緒に別行動を取っている可能性がある」

敵にとって、神獣は扉を開く唯一の鍵──

「まさか、第六騎兵隊を囮にして……隊長のジョンドゥは扉の中へ!?」

「ありうる」

こうなると……こいつらに早くとどめを刺して、すぐに戻るべき──

「──────────」

こい、つ……

こいつ、

どこから、現れやがった？

5メートルほど先に、突如、男がなんの前触れもなく──出現している。

男を認識した瞬間、俺は、ほとんど反射的といっていい動作で腕を向け――

いつだ？

一体、いつ？

いつ、近づかれた？

この、距離――

「疾ッ――」

「【スリ――

――プ】」

澄んだ硬質音が、鳴って。

スキル名を、言い終える。

が、いない。

「――【パラライズ】ッ」

前方へ発動。さらに左右、後方へ向け【パラライズ】を放つ。

が、眠った男の姿が現れることはない。麻痺した男が現れることもない。

男は、文字通り〝消えて〟いた。

どこへ消えた？　あるいは、睡眠や麻痺した状態で〝消えて〟いるのか？

「ご無事ですか⁉」

剣を構えたまま、セラスが声を上げた。

「ああ……おかげで、助かった」

俺が目にした映像……

男の剣をセラスが己の剣で受けたインパクトの、瞬間――剣と剣が衝突したその瞬間、男が〝消えた〟。

あれは……異常なほどの離脱速度、と判断すべきなのか。

剣と剣がぶつかり合った時、俺は【スリープ（眠性付与）】を発動していた。

しかし――スキル名を言い終える前に消えた。一瞬で。

「おまえの反応速度に、救われた」

「ただ、精式霊装（せいしきれいそう）の状態でも防ぐのがやっとでした。正直……ゾッとする速度です。自分の目を、疑うほど」

「確かにあれは――速すぎる」

周囲を見渡すが、やはりいない。身を隠すような場所はない……ない、はず。

「ピギ丸、どうだ？」

「ピ、ピニュィ〜……」

ピギ丸も、感知できていない。

「セラス」

「申し訳ありません……気配がまるで、見当たりません」

そう、

「気配そのものが、ない……？」

テレポート能力？

……姿自体は目視できないが、範囲内にいるなら効果が及ぶかもしれない。

そう思い、先ほどひとまず【パラライズ】を撒いた。

しかし、そもそも敵は最初から〝呪術〟の射程を約30メートルと読んでいた。

なら……近くにいるとしても30メートルは距離を置いている、か。

何よりスキルを決めるにはまず〝認識〟という問題がのしかかる。

【スロウ】以外のスキルは相手を〝認識〟する必要がある。腕を対象へ向けた状態で、

認識↓スキル名を口にする↓発動

この過程が必要となる。

テレポートだとしても、あの離脱速度では——俺が〝認識〟してからでは、遅すぎる。

どうする？　ヤマをはって、先行入力のような形でスキルを——いや、無理か。

やはりこの場合〝最初に認識が必要〟という条件が、ネックとなる。

「……これが、ジョンドゥ」

幸いなのは——防御限定だが、セラスがギリギリ反応できる。

では、こちらからの攻撃はどうする？

ピギ丸との合体技は……効果的とは言えまい。まず見た目の変化で危険と判断される確率が高い。発動した時点で、そのまま遥か遠くへ距離を取られる可能性がある。

この敵……状態異常スキルと、相性が悪すぎる。

発動の前提条件となる認識そのもののハードルが、高い。

いるのかいないのか——それすら、わからない。

足跡での把握も難しい。すでに第六騎兵隊がつけたものがたくさんある。

また、音の把握にも問題がある。転がっている第六の連中のうめき声だ。

わずかな足音や呼吸音があっても、これでは察知できない。

いや——だとしても。

踏み込みの足音くらいは、聴き分けられるはず……。

もはや、音すら認識できない能力なのか？

そう思うに足る理由もあった。敵が手にしている剣や装備すら見えないのだ。まるで、〝ジョンドゥに関する事象や物体における認識すべて〟

それらが、阻害されているかのような。

まさか……足跡ですら、5メートル以上先のものは認識できないのか？

「セラス」

俺は、現状分析をセラスに伝えた。

「――瞬間転移……もしくはジョンドゥに関する〝認識〟そのものの全阻害、ですか」

「だが、転移だとすると相当遠くから転移してきてることになる。なら、どこかで様子をうかがっているはずだが……」

近辺に障害物がないこの見晴らし。

転移能力なら相当遠い場所にいる、ということになる。

が、そこまで遠いとなると……俺たちを視認できるだろうか？　で、あれば――

「濃厚なのは、認識阻害の線か……」

「ですが……攻撃時には、姿を現していました」

「それは……」

数拍、考え込む。

「〝他者の数メートルの範囲まで近づくと能力が無効化される〟とか……そういう性質を持つ可能性が高い」

近づいた時にわざわざ能力を解除する意味はない。なら、そう考えるのが妥当だろう。

気配……。

そう、能力の本質が〝気配〟なのだとすれば……それは、近づけば近づくほど消しにくくなるものだ。つまり、あの能力は限界まで気配を希薄にし——

存在そのものを認識させなくする能力、ってことか？

「………」

なんだ、それは。極限までモブ化し存在そのものを消す、みたいな。

セラスの耳もとに寄り、囁く。

「転がってる第六の連中は敵にとって〝障害物〟になる。こいつらのおかげで攻撃しやすいルートはそれなりに限定されるはずだ。つまり、攻撃してくるルートをいくつかに絞れるかもしれない」

セラスは前を向いたまま声を潜め、

「なるほど……確かに」

ともかく問題はあの攻撃と離脱における異常な速度だ。

あれに対応できない限り、勝利は難しい。

俺は、セラスの背に触れる。

〝今から【スロウ】を使う〟

今の行動で、セラスは察してくれたようだ。

俺の半径約1メートル以内なら【スロウ】の範囲内でも動ける。

また、俺と〝接触状態〟と判定されても動ける。たとえばピギ丸は〝接触〟しているので普通に動けるわけだ。これなら、どこから来てもピギ丸の反応速度の方が速くなるはず。

セラスは半径１メートルの範囲から出たら遅くなる。

ゆえに剣を振れる距離や動ける範囲は限られる。が、範囲内にいるうちは普通に動ける。

俺は、腰の短剣に触れた。

あるいは……俺が動いて仕留められそうなら、それでもいい。

【スロウ（遅性付与）】の難点は発動中に他のスキルが使えないことだ。

ただし、すでに発動したスキルの効果が消えることはない。

なので、周りに転がっている第六連中のスキル効果は持続する。

他の難点は、発動中に消費される膨大なＭＰだろう。

さらに〝ＭＰ５０００〟分を消費すると一旦打ち止めとなる。

そして、クールタイムが発生する。が、今は安全に策を練る時間もほしい。

少なくともＭＰ５０００分の【スロウ】中の時間は、

「――【スロウ】――」

安全度が高められ――思考に、集中しやすくなる。

この間に敵の能力を見極め、対応策を捻（ひね）り出す。もしくはこのまま――俺かセラスが遅性付与状態のジョンドゥを斬り伏せ仕留められれば、それでいい。

「ステータス、オープン」

ＭＰ消費を確認するため、ステータスを表示。さて……

どう出る、ジョンドゥ？

◇【ジョンドゥ】◇

第六騎兵隊は、どうでもいい。

(が、しかし……)

あの蝿の王は、あ、あ、あまりに、危、険、すぎ、る。

(……あの蝿王)

初撃時、あの姫騎士より速く反応していた。

身体速度では姫騎士の方が上らしい。だから姫騎士が防ぐ形となった。

しかし、こと反射速度に限れば——自分の存在に気づき先に動こうとしたのは、蝿王の方だった。

あれは、危険だ。

フェルエノクらと蝿王のやり取り……あの〝パラライズ〟とかいう呪術を放つあの一瞬まで、蝿王の語り口はすべてが〝真実〟だった。

普通、嘘を口にする時はどこかにごく微細な違和感がまじる。

ジョンドゥはそれを感じ取る。本能ではなく、技術的に感じ取る。

が、あの蝿王には直前までその違和感が微塵もなかった。

あれはおそらく直前まで〝信じている〟のだ。喋っている時は口にしている言葉通り仲間になる気持ちになっている。つまり、自分すらも――騙（だま）している。

異常者だ……異常すぎる。

蠅王の語りだけなら自分も騙されていたが、セラス・アシュレインの方の反応で嘘と看破できた。あの姫騎士は蠅王ほど演技が巧みではない。まあ、高潔そうな魂の持ち主だ。

自らのカラダを心から第六の者たちに許すような発言は難しいだろう。

ただ、そう……嘘と看破した時点で第六を救うこともできた。

二人に近づき、殺しを試みることもできた。

しかしジョンドゥは――そうしなかった。

〝未知の力である呪術の情報を把握する方が最優先〟

ジョンドゥは第六を切り捨て、確実性を取ったのである。

敵の手の内をしっかり把握してから、行動するために。

〝第六騎兵隊の者たちに思い入れはないのか？〟

そう問われても〝ない〟と答えるしかない。今まで共に戦ってきた仲というだけの関係だ。

彼らにとって不幸なことが起きた。今回の話は、それだけの話でしかない。

究極、ジョンドゥは戦場においては己一人でかまわないと思っている。

ゆえに〝仲間の仇（かたき）をとる〟といった感情は微塵も湧かなかった。

が、役には立った。いくらかは呪術の正体を見定めることができた。

地面でうめき苦しむフェルエノクたち。彼らには〝よくやった〟程度の感想は、湧く。

「…………」

別の遠い場所に神獣を待機させていたのは正解だったといえる。

蠅王はかなりいい線をついていた。

竜兵に施したアレで敵が怒り狂うかもしれない。少なくとも将軍級と思しき四戦煌とやらが敗北したのだ。それを受け、第六のところへ主力を送り込む流れはありうる。

協力している狂美帝とミラの精鋭部隊が来るかもしれない。そこで第六を囮にし、その間に自分は神獣をつれ、他の騎兵隊と共に扉の中へ突入する――そして狂美帝と組むと決めた者を、殺す。決定権を持つ王に値する者を殺し、最果ての国の意思決定力を奪う。

悪くない案と、思っていた。

しかしである。

ジョンドゥにとってここで完全な想定外が起こった。

あの蠅王はここで、仕留めねばならない。

本能でわかった。

あれは自分と〝同じ〟だ。

似ている。

相似していて——酷似している。

違うといえば違う。異なる点はたくさんある。

が、あの蝿王は……どうしようもなく自分と本質が〝同じ〟なのだ。

かつて他の誰にもこんな感覚を抱いたことはなかった。同じ血を持つ〝人類最強〟にすらこんな感覚を持ったことはない。この世界で〝こんなの〟は、自分だけだと思っていた。

が、違った。他にも〝あんなの〟がいたとは。

ゲロを吐きそうだ。

事実、嘔吐(おうと)感があった。

なぜか〝自分〟があそこにいる。敵として。

初めて出遭った。こんなにも自分と近しい存在に。

ゲロを、吐いてしまいそうだ。

勝手に〝自分〟が動いて——勝手に、行動している。

この気持ち悪さ。具合の悪さ。眩暈(めまい)すら、覚える。

——これ以上、あれの存在を許してはならない。

あれがこの世にいる限り、自分はこの気持ち悪さと戦い続けねばならない……そんな気がして、ならない。

後で始末すればいい？

だめだ。今ここで、消さなくては。なんとしても、いち早く殺さなくてはならない。

ゲ——ゲロが。

いっときも早く、ここで。

しかし、冷静さを失うのはまずい。冷静にだ。

実際、かろうじて冷静さは保てている。

そう、意識の集中だけはなんとしても維持した。大きく意識が乱れれば〝認識阻害〟が解除されてしまう。それだけは、絶対に避けねばならない。耐えねば、ならない。

「…………」

ゲロは一旦飲み込み——相手を、よく観察しなくては。

自分と同質存在である以上、生半な相手でないのは確実。

蠅王は必ず何か狙ってくる。今も攻略法を探っているはずだ。

何かやる。絶対に。

……見ろ。

すでに何か、考えている。

呪術。

たとえその性質をこちらに読まれようと、絶対にどこかで使ってくる。

すべての呪術を確認したわけではない。

使ってくるとすれば……まだ、こちらに手のうちが割れていない呪術か。

（それにしても、攻撃を防いでくるとは……やはり――）

どうもこの嘔吐感と眩暈が技のキレを鈍くしているらしい。

が、これらがおさまりさえすればキレが戻ってくるはず……。

ただし、それまで何もせずジッと待つわけではない。その間、様子見の攻撃を使って敵の癖や性質を摑む。攻撃を防がれようとも、そこから得られる情報は多い。

警戒しながら攻撃を繰り返し、空隙を探り出す。

同質存在を殺す――まるで、自殺だ。

笑える。いいや、
笑えない。

◇【三森灯河】◇

「ベルゼギア様――ッ」

出やがった。

姿を、現した。

やはりスキルは食らってなかったようだ。

と、再び男は姿を消した。ヤツが姿を現したのは【スロウ】の効果範囲ギリギリ――効果範囲のいわば〝端っこ〟。

姿を消す直前、ヤツは後ろへ下がり〝離れて〟いった。近づいてくる、のではなく。

……野郎。効果範囲に入った瞬間、違和感を覚えやがったか。

刹那、風切り音が〝出現〟し――

キィン！

剣。

姿を消したまま――剣を、投擲してきやがった。

【スロウ】効果で剣は〝遅く〟なっている。

セラスがそのまま、飛んできた剣を弾き飛ばす。

覚えた違和感の――こちらの【スロウ】の正体を探ってやがるわけか。

このまま時間が経てばＭＰ５０００分は底をつく。

……しかし。

さっき一つ、不思議なことが起こった。

初めての攻撃時……ヤツが姿を現したのは、約５メートル先だった。

が、さっきは【スロウ】の範囲ギリギリに姿を現した。

５メートルどころじゃない、ずっと先で姿を現したのである。

あそこで姿を現す必要はないはず……。

そう、出てくるメリットが思いつかない。

ではなぜ？　一時的に解除された？　なら、何が原因で？

……動揺？

確かに初めて【スロウ】を体験すれば驚くだろう。性質を即時に理解できるヤツほど〝ヤバい〟と思うはずだ。だからヤツは、一瞬で後方へ〝離脱〟した……。

もしかすると姿を消し続けるには……精神集中した状態でなくてはならない？

【スロウ】の範囲に入った瞬間、ヤツの意識が乱れた？

精神的な揺さぶりをかけられれば――ヤツの能力を〝解除〟できるのか？

それに、精神集中し続ける必要があるなら……ヤツは通常より他へ意識を割きにくい、とも言える。そこに、ヤツの空隙を見つけるチャンスがあるのか……？

この間、敵は完全に【スロウ】の性質を理解したらしい。
セラスが投擲された剣を何本か叩き落としたあと、ピタリと攻撃が止んだ。
ステータス画面を一瞥。
「…………」
時間切れ。MP5000分が、消費された。【スロウ】が、解除される。
ここからはクールタイム。しばらく【スロウ】は、使用できない。
時間が、流れていく。
耳が拾うのは、第六の連中の耳障りなうめき声だけ……。
——ヒュッ——
再び、剣が投擲された。これもセラスが叩き落とす。
今回……剣は、遅くなっていない。
明白だ。今のは、効果が持続してるかを確認するための一撃。
しかし【スロウ】のおかげで敵能力の性質は把握できてきた——気がする。
……攻略の糸口は〝逆手〟かもしれない。
そう、ヤツの能力によって生じるアレを、逆手に取れれば——
「…………」
そして、あの三人。

俺は、とある記憶を探り出す。

「セラス」

「はい」

「防御を……任せていいか」

「はい。私は――」

セラスの氷剣の霜が、濃度を増す。

「そのための、あなたの騎士です」

出、現。

斜め後方――いち早く、セラスが反応する。彼女は素早く腰を捻(ひね)って、流し斬りを浴びせかけた。が、結果としてセラスのその攻撃は〝防御〟となった。

彼女の刃が、ジョンドゥの剣を受け止める。俺は、

「【ダ――】」

【ダーク(闇性付与)】を使用。所持スキルの中だと決め手としてはやや弱いスキルだ。

たとえば、相手が目を閉じても戦える場合などには無意味と言える。

が、三文字で言い終えられる最速スキルでもある。

しかし――言い終える前に、ジョンドゥは姿を消していた。

……【ダーク】でも、間に合わねぇか。

〝視認〟

〝腕を向ける〟

スキル名を口にするのは、この二つを確保してから。

腕の向きは多少なりとも当てずっぽうが成立したとしても、

視認→口頭によるスキル名

やはり、この過程がどうしてもネックとなる。

ジョンドゥは続けざまに攻撃を仕掛けてきた。今回もギリギリ、どうにかセラスが防ぐ。

「ピピー！」

ピギ丸も必死に感知しようとしている。

姿の見えない敵となると、どうしても後方が気にかかる。しかし敵はそれを理解した上で攻撃を組み立てている感じだった。だから、前方や左右からの攻撃もまぜてきている。

にしても――感覚がおかしくなりそうだ。

姿を消した後は、まったく何も存在していないに等しい。

言うなれば、存在と不存在が交互に明滅しているような感覚である。

………にしても、こいつ。

俺はその時、ジョンドゥにある一つの奇妙さを覚えていた。

と――ジョンドゥが、出現。

刹那、
パァン！

弾けた。

そうきたか。

野郎――

「くっ!?」

どうにかセラスが反応し、斬撃を防ぐ。が、今回は完全にギリギリだった。

「大丈夫か」

「う……申し訳ありません。これは、少々」

「――目かッ」

野郎……地面に倒れている兵を踏み潰しやがった。飛び込んで踏み込む際、あえて仲間の頭部を踏み潰したのだ。その際、血や色々なものが勢いで破裂的に飛び散った。

破裂した血や何やらが、一瞬視界を奪ったのである。

そして、セラスがその飛散した血で目をやられた。

カシャッ

セラスの額当てのバイザー。それが、下がった。久しぶりにこの機能を見た気がする。

「ですが……大丈夫です。私にとっては、目に映るものだけがすべてではありません――

いけますッ」

事実、

「疾ッ」

「【ダ――

キィン！

セラスは次の攻撃を、防いだ。防ぎやがった。

〝視界に頼らない方が神経が研ぎ澄まされ、気配に敏感になる〟

いわゆるバトル漫画とかでよく見るアレだが……実際にそれをやるヤツが、目の前にいるわけか。これには一瞬、さしものジョンドゥも驚きによって、動きが止ま――

――ーク】」

……ら、ねぇか。

ジョンドゥは、すでに離脱している。激しい動揺はなかったようだ。

状態異常スキルは……やはり、間に合わない。

「チッ」

にしても――ここまで、速いか。

斬り込んだ直後の離脱。
いや、直後っつーか……もはや攻撃と離脱を同時にやっているレベルだ。
離脱がここまで速いってのは、異常すぎる。敵は気配を消せるだけじゃない。
あの速度も、ジョンドゥの強力な武器の一つなのだ。
……しかし、だ。
今のでほぼ、確定した気がする。
ジョンドゥ、
こいつ。

「…………………」

あるとするなら。
そこが――――ヤツの、空隙(スキ)か。

◇【ジョンドゥ】◇

（蝿王……これほどまでに、油断のできない相手か）

蝿王は先ほど、第六と偽ジョンドゥにまとめて呪術をかけた。

しかし蝿王はそこで油断しなかった。警戒を、解かなかった。

あれで〝勝った〟と思い油断してくれれば、決まっていたのだが。

今、向こうも勝ち筋を探っている。

すでにこちらの能力もある程度は把握しているだろう。

しかし、こちらもわかってきた……。

呪術は発動までにいくつかの条件と段階を必要とする。

そして〝今〟のジョンドゥの速度に敵はついてこられていない。

攻撃に反応はできているが、身体速度が伴っているのはあの姫騎士のみだ。

それも防御するのが精一杯。

先ほど第六の兵の血を使って目を潰したが、あの姫騎士は視界を失っても対応できるらしい。構え方に不安がない。視界に頼らずとも、やれるわけだ。

幸いなのは、防御一辺倒なことか。

それから……あの蝿王のローブの中に、スライムが潜んでいる。

戦闘に秀でた魔物ではなさそうだ。背後の感知役といったところだろう。
ひとまず攻撃能力はないと見なしていい。
となると——やはり、どこかで呪術を仕掛けてくる。
狙っているのだ。呪術を仕掛ける、その瞬間を。
何度かジョンドゥが攻撃を続けたあと、敵に動きがあった。
蝿王が姫騎士に何か声をかけた。
『俺に合わせられるか？』
『やってみます』
聞き取れたのはそのくらいだったが、大まかな推察は立つ。
何か、閃（ひらめ）いたのだ。
斬撃が——交差。ジョンドゥは、瞬時に離脱。
敵から見ればまるでこちらが転移しているように映るかもしれない。
攻勢は、続く。
その間、ジョンドゥは敵能力の把握に努めた。
敵の能力をはじめとして——癖や速度、型……。
様々なものを見極めようと攻勢で揺さぶり、それらを引き出していく。
「ピッ」

（……？　さっきから——なんだ？）
姿を消しつつ、続けざまに攻撃を繰り出す。
「ピピッ」
（？）
攻撃のたびに、スライムが鳴くのである。
刃と刃の衝突音が澄んだ空気を打った。
今、姫騎士がジョンドゥの攻撃を防いだのだが——
（反応速度が……上がっている？）
攻撃、
「ピッ」
攻撃、
「ピピピッ」
奇妙な鳴き声が続いた。
どうやらあの鳴き声……姫騎士の動きと、連動しているらしい。
（ひと鳴き……三鳴きまである……）
蝿王は何かを把握したのか？
こちらの攻撃の癖あたりを摑まれた？　この短時間で？

ジョンドゥは、攻撃を続ける。

(――なるほど、わかってきた。やはりあの鳴き声は姫騎士の動きと連動している。蠅王はあの鳴き声で姫騎士に〝何か〟を伝えている……)

姫騎士の反応速度がいよいよ、目に見えて上がってきた。

このままだと追いつかれかねない。では、

(何を……把握された？)

わからない。自分の癖とは、他者に指摘されないと意外とわからないものだ。

スライムの鳴き声――あの合図は〝何を〟伝えている？

ただ、わかることもある。

〝あの鳴き声と姫騎士が連動している〟

ということは、である。

逆に向こうはそのせいで動きを〝定型化〟させてもいるのだ。

相手がこちらの動きに連動する、ということは。

こちらも相手の動きを把握しやすい、ということ。

そこに――空隙をつく糸口の生まれる芽が、ある。

……向こうの狙いも、わかってきた。

蠅王はこちらの癖なり攻撃の型なりを摑んだ。

スライムの鳴き声を合図とし、姫騎士を動かしている。

先ほどの『俺に合わせられるか？』とは、つまりはそういうことだ。

あの合図が積み重なっていくことで、敵は対応力を増していくらしい。

「…………」

が、わかっている。

スライムと姫騎士の連動は、あくまで布石でしかないことを。

ジョンドゥはずっと観察していた――蝿王を。

本命は、呪術。

確実に決めるなら呪術しかない――真に警戒すべきは、やはりあの蝿王。スライムと姫騎士の動きに気を取られているところへ、別の何かを仕掛けてくる算段のはず……。

わかる。自分たちは〝同じ〟なのだから。

（しかし……どうする？　どうやって、このわたしに呪術をかける？）

呪術の発動には最低三言（みこと）――そう、三文字分の発声が必要と思われる。

しかも〝認識〟し、かつ、こちらへ腕を向けている必要があるらしい。

この性質を把握してしまえば戦い方は簡単とも言える。

呪術の性質に合わせた速度で動けばいい。

何より、敵は見誤っている――すでにこちらの術中に、ハマっている。

そう……布石を打っているのは、こちらも同じ。

これまで繰り出してきた攻撃――実は、ジョンドゥの〝最高速〟ではない。

今までの攻撃は、ジョンドゥにとってすべて布石となっていた。

〝これまでの攻撃がジョンドゥの最高速である〟

敵にそう思い込ませるため、特にこの数回に限っては速度を抑えて攻撃を続けていた。

初撃時は無理だった。しかし〝今〟ならもっと速度を出せる。なぜか？

数分前から、いよいよ嘔吐感と眩暈が鎮まってきているためだ。

だから――今なら〝最高速〟を、十全に出せる。しかしあえて〝最高速〟を出せる状態に回復しても、ジョンドゥはずっと初撃時に近い速度で攻撃を続けていた。

最善の一撃をもって、確実に仕留めるために。

勝負の刻は――近い。

問題は、蝿王がどこでどのように呪術を使ってくるか。

こちらにどうやって呪術をかけるつもりなのか。

マスクを被っているため、その表情は読めない。

危なかった、と安堵する。

同質だからこそ、わかった。同じとわかったからこそ表情が読めずとも〝読める〟。

手にとるように、敵の考えがわかる。ある意味、現在進行形で蝿王と思考を同期できる。

わかる。蝿王の、その危険さが。

「セラス」

蝿王が、言った。

「ここからは完全に俺に合わせろ」

「承知、しました」

「セラス・アシュレイン」

「はい」

「俺のために……命を捨てる覚悟は、あるか？」

「はい、もちろんです」

腕を突き出し、蝿王が、構える。

「おまえの覚悟に、感謝する」

（…………）

ジョンドゥは姿を消したまま、蝿王をジッと見据えた。

何か狙っているのは、わかる……。

油断は禁物。見逃さない。

その、一手を。

その、思考を。

その時、完全に——嘔吐感と眩暈が、消えた。
ジョンドゥは——これが最後の一手となるであろう攻撃を、仕掛けた。

□

内心、ジョンドゥは感嘆した。
そういう、ことか——蠅王。
認識される距離へ飛び込み、ジョンドゥは攻撃を仕掛ける。
そうして剣を振るおうとした瞬間、ジョンドゥは——
すべてを、理解した。
姫騎士の剣で〝防御〟された場合、
〝剣身同士が衝突した時点で、ジョンドゥはほぼ同時に離脱を行う〟
ゆえに蠅王の呪術は、間に合わない。
呪術名を言い終えた時点でジョンドゥはすでに姿を消している。
紙一重で、間に合わないのだ。
が、斬り伏せたなら？
間に合うと、踏んだのだ。

セラス・アシュレインに防御の気配がない——防御の初動が、ない。
このまま、斬られるつもりだ。蠅王に呪術を決めさせるために。
肉を斬らせて骨を断つ。仲間を斬らせて——敵を、断つ。
〝定型化した型を崩す〟
これは不意を打つ行為である。ゆえに相手から隙を引き出しやすい。
蠅王はここで〝防御〟という〝定型〟を崩してきた。
が、ジョンドゥは驚かない。
何度でも、心の中で呟く。
わかっている。
ああ、わかっている、わかっているさ……おまえとわたしは〝同じ〟なのだから。
ジョンドゥは、時が停止したかのような感覚状態の中——
もう一人の〝自分〟を、確と見ている。
わたしたちは——そう、俺たちは。
〝仲間〟を簡単に切り捨てられる冷酷さを、持っている。
『俺のために……命を捨てる覚悟は、あるか？』
先ほどの蠅王の言葉。
その通りだ。わたしたちは、そういうやつだ。姫騎士を犠牲にしてでもおまえは呪術を決める。わたしが第六の者たちを犠牲にし、おまえの呪術を観察したように。

が、しかし。

蠅王――おまえは不幸を呪うしかない。このジョンドゥと〝同じ〟だったことを。

ゆえにおまえはその策を――思考を、読まれた。

この間、実に一度の瞬きにも満たず。敵の狙いをほとんど脊椎反射的に察知したジョンドゥは、すでに攻撃対象を、蠅王へと絞っている。

「【ダ――

見破った。

お前の作り出すはずだった空隙は、生まれない。

姫騎士にはフェイントを入れる。

そして本命の蠅王へ、最後の剣撃を浴びせかける。

▽

――ザシュッ――

「――――――――――――――――」

？
なん、だ？
斬ら、れた……？
この、速度――
――ーク】――【麻痺性付与（パラライズ）】……ッ！」
離脱。
離脱、を――
「――」
動、けない。
（そうだ、あの呪術は確か……体の動きを、奪う――）
そうしてここで、ようやく――ジョンドゥは〝それ〟へ、意識を注ぐ。
姫騎士。
「ようやく――捕えた」
蝿王のそのひと言はさながら、重荷でもおろすような調子だった。

「最高速の、温存……そいつをやってたのはテメェだけじゃなかったってわけだ。何より、テメェは……」

血を迸(ほとばし)らせるジョンドゥを見据えながら、蠅王が言った。

「目論見(もくろみ)通り――もう〝俺〟のことしか、考えられなくなっていた」

◇【三森灯河】◇

途中、俺は気づいた。

ジョンドゥの意識が——やたらと〝俺〟にばかり向けられていることに。

攻撃を防いでいるのはセラスだ。

しかし……常に意識を注いでいるのは〝俺〟の方に見えた。

つまり俺が何か仕掛けてくると思っている？

裏を返せば向こうはセラスを〝盾〟としてしか意識していない。

言い換えれば〝剣〟とは思っていないわけだ……。

また、セラスの微細な変化にも俺は気づいていた。

少しずつジョンドゥの攻撃に慣れてきている。反応速度が上がっているのだ。

俺は策を練るのにリソースを使っているが、セラスはジョンドゥとの直接的な攻防にすべてを注げている。このかすかな予兆に、ジョンドゥは気づいているだろうか？

セラス・アシュレインの、この天才的な戦闘センスに。

あの三人——

当初、あの〝人類最強〟が将来の宿敵として期待を寄せ。

最強の血闘士イヴ・スピードが天才と評し。

四戦煌最強のジオ・シャドウブレードが、異質と評した。

この、ハイエルフの姫騎士の戦才に。

セラスはあのシビト戦から〝開花〟と呼べるレベルで成長している。派手さこそないかもしれないが、陰ながら活躍し、その才を異様な速度で花開かせていた。

セラスは俺と経てきた激戦にずっとついてきたのだ――ついてきて、くれた。

五竜士、アシント、金棲魔群帯、金眼の魔物、人面種、大魔帝軍、勇の剣……。

共に、潜り抜けてきた。

この副長に……賭けて、みるか。

途中、俺は賭けに出ることに決めた。

まずジョンドゥが姿を消している時、セラスに声をかけた。ごく小さな声量で。

敵の認識阻害は約5メートル内で無効化される。

逆に言えば、5メートルは常に距離があるわけだ。なら、ヒソヒソ話レベルなら聞かれる危険が少ない。それに【スロウ】から逃れて姿を現したあの時……相当な慎重派らしく、かなり距離を取っていた。なら、敵は大分遠くにいる確率が高い。

さらに、ジョンドゥの攻撃の間隔も次第に摑めてきていた。

攻撃間隔は一見ランダムに思えるが、次の攻撃までには意外とそれなりの時間がある。

攻撃後、何か思考していると思われる。おそらく敵は攻撃を繰り返すことで何かを測っているのだ。であれば、聞かれる危険をそれなりに排し——セラスに〝内緒話〟をする時間を、作れる。射程を気にして距離を置くことを〝逆手〟に取れる。

この〝内緒話〟は俺が一方的に伝えるのみ。

俺はマスクだから口もとが動いているかは目視だとわからない。

一方、セラスはマスクを外している。会話のためにここで着用するのは不自然だろう。

だからセラスの着用はやめた方がいいと判断した。

時おり、セラスは声を発しない合図で返答する。普段やっている真偽判定の時と似たようなやり方だ。セラスもすぐにそれらを了解してくれた。

このあたりはもう、阿吽(あうん)の呼吸と言っていい。

そしてこの方法で〝最高速〟を隠す案も伝えた。最高速の一撃に賭けたい、とも。

『どうもあいつは俺にぞっこんらしい……試してみる価値は、あると思う。大丈夫だ。お膳立ては、してやる』

セラスは〝了解〟の意を示した。が、彼女からは一抹の不安が見て取れた。

『そう気張るな……失敗してもいい。その時は、次の手を考える。ただ……俺は賭けてみたい。あのシビトが、イヴが、ジオが認めた——そして、この俺が本物と感じる……おまえの、その戦才に』

このひと言で、セラスの不安感は消え去った。覚悟が、決まったらしかった。

『何度でも言ってやる。おまえは、最高の副長だ』

ここからピギ丸の鳴き声をフェイクとして使った。

敵がピギ丸の声に気を取られてくれればいい。さらに、このピギ丸の鳴き声で俺がコソコソ行っているセラスへの指示もいくらか覆い隠せるかもしれない。

それから、もう一つ……俺はローブの中で、指を使ってピギ丸に指示を出した。

一～三回の鳴き声。セラスの動きに合わせて鳴くよう指示を出した。

そう——〝セラスがピギ丸の鳴き声に合わせている〟のではない。

その逆で〝ピギ丸がセラスの動きに合わせている〟のである。

敵がもし前者の方だと勘違いしてくれれば御の字だ。

しかし実際は、セラスが自らのセンスで敵の速度に適応していっているだけ。

俺が何かを読み取っているわけじゃない。鳴き声に合図の意味など、何もない。

が、こうすることで敵は〝俺〟が何かを読んでいると思うはず。

より〝俺〟へと意識を向けさせることができる。

要するに今回の策の目的は〝いかにセラスから敵の意識を外させるか〟にあった。

セラスへの認識を阻害する——これもある意味、こちらから仕掛けた〝認識阻害〟と言えるか。

また、俺はずっとさりげない演技も織りまぜていた。

超然とし、何かを狙っている雰囲気を出し続けた。

〝セラスではなく、俺が決める〟――そんな雰囲気を。

が、露骨にではない。あくまで〝それを隠しつつ〟の雰囲気を装った。

そして、ここまでの情報から俺は敵の人物像を分析していた。敵はおそらくちゃんと思考するタイプ……慎重派で、相手の思考の裏まで読もうとするタイプだ。なら、

〝セラスとスライムのアレは、本命の蠅王が何かするためのフェイク〟

そんな結論へ思い至る可能性は、高い。

しかし――それこそが落とし穴となる。

これは、いわばカードゲームの〝伏せカード〟みたいなものだ。

人は伏せたカードがあると、

〝何かある〟

そう思い、伏せたカードに気を取られ続ける。

要するに俺は〝伏せカード〟を演じ続けたわけだ。

他にも色々とジョンドゥが勘違いしてくれそうな〝餌〟を撒いた。

そうすることでジョンドゥは、意識リソースのそのほとんどを俺へ割くことになる。

セラスが〝最高速〟を隠していると思い至ることはなく。あるいはヤツの価値観では、
俺がセラスを犠牲にしてでも勝利をもぎ取ると読むかもしれない。

第六を平気で見捨てたヤツだ。十分、ありうる。だから、

『俺のために……命を捨てる覚悟は、あるか？』

あえてジョンドゥに聞こえるよう、そう言った。

そしてこの時——すでに、決めの一撃の準備は整っていた。

『ここからは完全に俺に合わせろ』

あの時の〝完全に〟という一語。

これこそ事前に伝えていた〝決めにいけ〟という合図だった。

つまり〝次の一手はセラス自身の判断で攻撃に転じろ〟という合図だったのである。

これにより、ここでセラスは今までの完全防御態勢を崩すこととなる。

敵はこう思うかもしれない。

〝あえてセラスを斬らせることで、繰り返したパターンを崩し、そこに生じた空隙（スキ）をついて呪術をかけにくる〟

と。

そして、結果——最後はどうやら、すべてが噛（か）み合ったらしい。

ほぼ意識外にあったセラス・アシュレインが——重ねた攻防によって敵の動きに適応した姫騎士が、ジョンドゥ以上の最高速をもって、

斬り、伏せた。

セラスが身を犠牲にして斬られる以上に、これはジョンドゥの意識を乱したらしい。
さらに、セラスの与えた傷は深い。となれば当然、お得意の離脱も――
「【闇性付与（ダーク）】」
遅れる。
それでもどうにかジョンドゥは、離脱しかけるも――
最速スキルが、まず間に合う。あの傷ではもはや意識集中ができないようだ。
俺はしっかり認識できる。
逃が、さない。
負傷と動揺のせいか、離脱速度にも以前のキレがない。なら20メートル離れる前に、
「――【麻痺性付与（パラライズ）】……ッ！」
――――ピシッ、ピキッ――――
決まる確率も……遥（はる）かに、高い。そして、
「ようやく――――捕えた」
ああ。ある意味その通りだ、ジョンドゥ。
最後は、俺が決める……ある意味それは、嘘（うそ）じゃない。
なぜそこまで俺だけを意識したのかは、わからない。
なぜそんな能力がありながら一旦この場を離れなかったのかも、わからない。

が、

「最高速の、温存……そいつをやってたのはテメェだけじゃなかったってわけだ。何より、テメェは……」

おまえの敗因は、

「目論見通り──もう〝俺〟のことしか、考えられなくなっていた」

それだ。

▽

ジョンドゥは、片膝をついた姿勢で麻痺していた。

動く気配はない。距離はある。そして、あいつの目は見えていない。

「セラス」

肩に手をのせ、少し力を込める。

「よくやった。おまえに賭けて、正解だった」

セラスが唾をのみ、喉の調子を整えた。緊張感が解けたのだろう。

肩の強張りがわずかに抜けたのがわかった。

カシャ、とセラスのバイザー部分が上がる。今はもう、普通に目が見えるようだ。

「――はい。ですが、これもあなたの策です」

「いつも言ってるだろ。実行できるヤツがいなけりゃ策なんて机上の空論にすぎない。俺じゃなく、俺たちの勝利だ。ピギ丸も、よくやった」

「ピニュイ〜♪」

「……さて」

一応、確認しとくか。

「まったくしゃべれねぇってわけじゃ、ねぇだろ」

「……あ、あ」

会話の意思はある、か。

「改めて聞く。おまえはジョンドゥか？」

「あ、あ」

「姿を消す能力は、今は使えない？」

「あ、あ」

「魔導具はあるか？」

「？　いい、や」

「ここから……おまえが、反撃できると思うか？」

「……？　いい、や」

セラスを見る。嘘は、ない。

「…………、——そう、か。嘘が……わかる、のか。便利な、力……だ」

見抜いたか。

「今からしゃべれるようにしてやる……返答次第では、楽に死なせてやらない」

周りでうめき苦しむ第六の連中を見やる。

「これからの、こいつらのようにな」

頭部のみ【パラライズ】を解除。まずは、

「神獣はどこにいる？」

「……別の場所に待機させている、であり——もういい」

ジョンドゥは、何か言いかけてやめた。が、特に重要なことではなさそうだ。

言い直すジョンドゥ。

「……別の場所にいる。戦闘中の事故で万が一にも神獣を失えば、わたしたちは撤退せざるをえないからな……」

「場所は？」

意外にも、ジョンドゥは素直に居場所を吐いた。

ただ、もうその場所にはいないかもしれないとのことだった。

「指定した時刻までにわたしが来なければ、第九のところへ行くよう指示してある。時間の猶予はおまえと戦わずそのまま向かっていれば合流できる程度しかない……」

時刻を確認。つまり、

「今からそこへ向かっても間に合わない可能性は大、か」

神獣はおそらくすでに移動している。行き先は——第九か。

しかし……なんだこいつ？　もう、生きることを諦めているかのような……。

覚悟が、決まっている。

「色々と……吐いてもらうぞ」

「吐きそうだ」

「？」

「もうだめだ。耐えられない。吐く——」

ジョンドゥが嘔吐した。傷のせいか、ゴブッ、と血も同時に吐いた。

「わたしには、わかる……おまえは〝わたし〟だから、な。わたしはここでおまえに殺される。かまわない。自分に殺される……他の誰にでもなく、自分に。死に方としてはそう悪くない。笑えるか、どうかというと……難しいが」

こいつ……俺に〝自分〟を見てるわけか。

なるほど——〝同じ〟か。確かにこいつにはどこか似たものを感じなくもない。

徹底してモブに徹するところ、とか。

「テメェらが竜兵たちにしたこと……あれがこっちの連中に火をつけた。テメェらにとっちゃ、悪い意味でな」

「本質は違う」

「？」

「やはりすべては——おまえだ、蝿の王」

「………」

「おまえがいたから最果ての者たちはここまで戦えている。おまえが否定しようと、それは厳然たる事実……そこの姫騎士も、否定はできまい……」

ジョンドゥは質問をしない。

俺がなぜ最果ての国側についているのか、とか。

さっきの戦いの駆け引きについて、とか。

「一応聞いといてやる。シャナティリス族や竜兵たちにしたこと……悔いる気持ちは、あるか？」

「……あのダークエルフたちにこだわっているようだが、あれは失敗だった。普通に殺してしまったからな。わたしもまだ若かった。彼らにとっては、幸運だったのかもしれんが」

「………」

「竜兵たちの方は、フェルエノクたちの趣味に合わせただけだ……わたしは竜人たちに施したあの〝細工〟にそれほど興味はなかった。なぜなら――あれには、自発性がない。信頼者同士による互いへの嫌悪の発露や、精神的な苦しみの果てに起こる自殺の性向がない……あれは敵の感情を煽るだけの、つまらない見世物にすぎなかった……くだらん」

セラスは困惑していた。

今ほど、ジョンドゥが口にした言葉。

怒りを抱く以前に――ジョンドゥが何を言っているのか、理解が追いつかないらしい。

……が、俺にはわかった。こいつの趣味が。

「反吐が出るほどゲス野郎だな、おまえ」

「そっちの姫騎士にはわからぬだろうが……蝿王、おまえならわかると思った」

「その達観した態度は、気に食わねぇが……」

懐中時計を取り出し、見る。

「こっちもそうたっぷり時間があるわけじゃない。吐いてもらうもんは吐いてもらうぞ――ゲロじゃなくてな」

やはり、ジョンドゥは不気味なほど素直に情報を吐いた。

拍子抜けと言ってもいい。もう、死を覚悟しているからか。

痛めつけるにも苦しませるにも――こいつはもう、覚悟が決まってしまっている。

生にもう執着がないのだ。受け入れている。あるいは〝自分〟が相手では生き残る道はない、とでもいうのか。

何より、負った傷は深い。この出血量とあの様子では助かるまい。

そう遠くないうちに死ぬ。ジョンドゥ自身もそれをわかっているのだ。

だからこれほど達観めいているとも言える、か……。

「本望だ。女神からの次の褒美で楽しめなかったのがいささか心残りではあるが……もう十分、楽しく生きた。何よりここで死ねば、もうおまえの存在を気にせずに済む。わたしの側が消えても……まあ、この気持ち悪さは消えるわけだ」

そうしてジョンドゥは、素直に情報を提供し出した。

「………」

なんつーか、今の言い草……勝ち逃げされる感覚も、なくはない。

しかし今のこいつには何を言っても響くまい。響く言葉が、思いつかない。

言い換えれば――ジョンドゥにとっての〝地雷〟が、思いつかない。

たとえばそう……俺にとっての叔父さんたちのような。

そういう響くポイントが、思い当たらない。

と、

「……、――何？」

ジョンドゥが吐いた情報の中に、気になるものが四つあった。

一つ目は、ジョンドゥがクソ女神から狂美帝の暗殺命令を受けていたこと。

二つ目は、やはりこの侵攻による腐れ女神の狙いは禁字族だったこと。

三つ目は……驚くべきことに、なんとジョンドゥはあの〝人類最強〟シビト・ガートランドの異父兄弟だという。これには、普通に驚いた。

が、次にジョンドゥが口にした四つ目の情報が――先に、気にかかった。

「トモヒロ・ヤス？」

安？

来てやがるのか、安智弘が――この、戦場に。

しかし……聞いた感じ、安はどうも戦える状態にないようだ。

途中で捨ててきた、とジョンドゥは言った。

もう死んでいるかもしれない、とすら言った。

なら――今すぐ対処する必要はなさそう、か。

そうだな……粗方、聞きたかった情報は得られた。

苦しみもがいている第六騎兵隊の面々を一瞥する。

こいつらはいい。が、ジョンドゥは今なお危険な気がする。

機会のある時に始末しておかないと、大きな障害となりうるかもしれない。

「時間だ、ジョンドゥ」

死や苦しみに対する反応がここまで薄いと――どうにも、溜飲(りゅういん)の下がる感じがない。

言うなれば〝ざまあみろ〟とならない。

……ま、ここで俺の快か不快かにこだわっても仕方ねぇか。

その時、だった。わずかにジョンドゥの口端が、緩んだ。

「しかし――なるほど」

「?」

「シビト・ガートランドを倒しただけはある。このわたしと互角以上に攻防を繰り広げたということは……今や、セラス・アシュレインもその領域に達したと考えていいわけだ」

「?」

俺は疑問符を浮かべた。するとその反応に、ジョンドゥも「?」と疑問符を浮かべた。

「そういえばおまえ……あのシビトの兄弟、って言ってたな」

「……異父兄弟だがな。そして、あの説明がつかぬとされた強さの秘密……答えは、わたしたちの母にある。エインヘラルの姓。その〝血〟こそ、やつとわたしの強さの秘密。ゆえにシビトはわたしと同格――いや、あるいは認識阻害の能力を持つ分、わたしの方が優位だったかもしれない。……、――なんだ、姫騎士」

「――いえ、それは……その……違うかと、思います」

「………………なんだと？」

一度、セラスは俺を見た。次いで彼女は、ジョンドゥに向き直る。

「私たちは確かに五竜士を従えたシビト・ガートランドと相対し……こちらの我が主の策によって膨大な戦闘能力の差をどうにか埋め、勝利しました。私は……その時相対し、肌で感じたのです――〝人類最強〟の強さを」

「…………」

「私は……自分がもっと強くなれば、シビト・ガートランドとの差を縮められると思っていました。事実……あの頃より、ずっと強くなったと思います。ですが……」

ほのかに悔しげな表情で、セラスが胸に手を添える。

「強くなればなるほど――より遠くに、感じるのです」

そう。

俺も、同じ感覚だった。

シビトが――遠い。

強くなれば差が縮まっていくと思っていたが……強くなるほど、ヤツの強さの〝異常さ〟に気づかされるばかりで。たまに眠る時、ふと思う。

〝俺は、なんであいつに勝てたんだ？〟と。

成長すればするほど、その感覚は強くなった。

シビトに勝った直後くらいの頃はそこまでじゃなかった気がする。多分、セラスも同じだったのだ。強くなればなるほど……より、あいつの強さの〝異常さ〟がわかってしまう。

際立って、しまう。

「その、ですので……あなたとシビト・ガートランドは、強さという意味では……同格ではない、と思います」

「！」

その時、初めてジョンドゥの顔が――歪んだ。

「あなたは確かに速かった……ですがご存じの通り、私が防げる範囲でした。感覚が慣れれば、逆に攻勢へ打って出られるほどには。ですが……」

セラスが、唇を噛む。

――悔しい。

言葉にせずとも、彼女の感情が伝わってくる。

「あのシビトと近接戦をしても――いまだに防ぎ切れるか、自信がないのです。防御に徹しても、やれるかどうか……」

「まあな。ジョンドゥ……正直、おまえがもしシビトと同格の戦闘能力を備えてたら……最初に姿を現した時の、あの一撃で――」

これは虚偽でもなんでもない、確かな事実。悔しいが――

「セラスの防御も間に合わず、おそらく俺は死んでいた」

ジョンドゥの顔が、個性的なシワを刻んだ。

表情がある。

歯ぎしりをし、

「では、なんだと――」

その目は、血走っていた。

「シビト・ガートランドの強さの秘密はッ……では、一体ッ……なんだというのだッ!?」

「そいつは、俺が知りたいくらいだ」

そうか……こいつは直接シビトと対峙(たいじ)したことがない。一戦交えたことが、ない。

だから――ヤツの強さを、正しく知らなかった。ジョンドゥは自分たちの母親が強さの秘密だと信じていた。そして自分が〝もう一人の最強〟だと思っていた。

本気を出せばシビトに勝てる。むしろ認識阻害がある分、自分の方が有利だと。

普段はモブとして気配を消していても、本気を出せばやれる。

が、それは違った。

崩れたのだ――その認識が。

実際は、シビトとの間には埋めがたい差があった。それに、気づかされてしまった。

「…………」

いびつなヤツだ、と思った。

自分と〝同じ〟俺に殺されるのはかまわない。

しかし、シビトの強さの秘密が〝意味不明〟なのは受け入れられない。

――ああ、そうか。少し、わかった気がする。

こいつは多分〝理解できるもの〟を恐れないのだ。

ジョンドゥにとって同じ存在である俺は〝理解できるもの〟。

そしてこれまではシビトも〝理解できるもの〟だった。

出自の謎も知っている。強さの秘密も理解している。そう思っていた。

しかしここで――シビトが突如、理解不能な〝恐怖対象〟へと変異したのだ。

「母で、なければ……父？　はぁ……はぁ……し、しかしやつの父親はっ……母によれば、平凡な元貴族の男……出自も、はっきりしている。以前、調べてみたが……ぜぇ、ぜぇっ……その元貴族の、家系には……ぐっ……そ、そんな異常な強さの人間は、いなかった……では、本当になんだと――ご、ぶっ!?」

ジョンドゥが、さらに吐血した。白目を剝いている。

死期が、近いのか。ジョンドゥの目の端から――血が、流れ始めた。

「わたしたち、は……おれたちはッ……おれは同格、だとっ……やろうと思えば――ご、ぼっ!?　ぐぶっ……いつでもやつを殺、せると……ッ！　あ、あまつさえっ……もう一人の〝自分〟と、遭遇しっ……存在理由まで、揺さぶ、られてっ……げぼぉ！　な、なんてっ……末路っ……げぼぉっ！　げぶぅっ！」

ドボドボとジョンドゥの口から血が溢（あふ）れる。

その一部が血泡となり、歯の隙間からはみ出ていた。

壮絶な姿と言えた。まるで、血の涙でも流しているかのような……

「だ、だが……お、おまえ……蠅王（はえおう）は、いいっ……げぶっ！　受け、入れよう！　じ、自分自身に……殺される〝自殺〟は……かま、わん……ッ！　ぐぼぁ!?　し、しかし……おれ、は……シ、シビトが――シビ、ト……理解、できないっ！　蠅王以上に、き、気持ちが――悪いッ!?　げぼぉぉお！　お、おれは……影の、ように……か、隠れて……この世、すべてを……理解し……観察、し……楽しむ、側……ッ！　本来、最強に……ふさわしい実力がある、がっ……あえて隠、してっ……ぐっぼぁ！　おげぇえ！　な、名もなきっ最、強っ……そ……それが、おれのっ……か、んぺき……な……生き、か――、……、――シビ、ト……ほ、本当、に……ではッ……ぉ、おまぇは、ぃ、一体……な、ん……だ、った、と……、――、――」

ジョンドゥはそこで――こと切れた。

膝を、ついたまま。

セラスが息を呑（の）む。

「我が、主……この男は、一体……？」

セラスには理解が及ばなかったらしい。なぜジョンドゥが、ここまで取り乱したのかが。

俺にはわかっていた。が、

「死んじまった時点で、これ以上こいつを理解しても時間の無駄だ。ま、俺たちにとっては……シビトと同格じゃなかったことは、幸運だったと言っていい」

ジョンドゥが本当にシビト級の強さだったら。

認識阻害と、あの異常な強さが合わさっていたなら――俺たちはやはり、負けていた。

「……さてと」

ジョンドゥから得た情報によると、神獣はもう第九と合流すべく移動した可能性が高い。

第六の連中を見る。意識がある者は少ない。

毒の苦しみで白目を剝き、気を失っている者が半数以上……。

ただ、意識がまだあるヤツは怯え切っていた。ジョンドゥが倒されたことが信じられないのか……あるいは、あっさり切り捨てられたことがショックだったか。

「ま、俺は戻るが……テメェらのやったことには、ケジメをつけてもらわねぇとな……」

ニコの――竜煌兵団の件。

リズの――シャナティリス族の件。

あっさり死んで終わりと思ってもらっちゃあ、困る。

俺の気が、済まねぇからな。

今度こそ俺は音玉に魔素を込め、合図を送った。

しばらくして、竜兵と魔物の集団がやってきた。

一緒に待機させていた連絡役のスレイもまじっている。

魔物たちは、ニコたちがアレをされる前に別行動へ移っていた左翼戦力だ。

残りは、戦いの際に散り散りになってアレの被害を免れた竜兵である。

あのあと、散った竜兵たちはバラバラに中央を目指していた。そして途中、俺たちは彼らと合流していったのである。まあ、どこかで遭遇するだろうとは思っていた。

「こ、これは……」

竜兵の一人がここの光景を見て、絶句した。魔物たちもやや不気味がっている感じがある。

俺はサッと記した走り書きを一匹の巨狼に渡した。

得た情報と、今後の動きを記したメモ書きである。スレイを除くとこの中ではあの巨狼が一番速い。次いで、巨狼に辿るルートを教える。意思疎通はピギ丸がやってくれる。

「ピピピピ！　ピギッー！　ピッピッピ！」

巨狼が走り去った後、俺は竜兵に尋ねた。

「おまえたちを襲撃した第六騎兵隊……こいつらだな？」

「は、はい……お言葉通り……ほ、本当にあなたたち二人で倒したのですか？」

「半信半疑だったか？」

「正直に言えば……は、はい。しかし……た、たった二人で……」

「三名だがな」

「ピギッ！……ピッ!?　ピ、ピニュィ～……」

一瞬〝そうだよ、自分もいるよ！〟みたいな反応をしたピギ丸だったが、直後に〝……あれ!?　で、でも自分はほとんど勝利に貢献してないかも～……〟みたいな感じになっていた。

「アホか」

言って、撫でるように手を添えてやる。

「おまえも十分、貢献しただろ」

「ピッ!?　ピ……ピニュイ～♪」

「で、例のモノは――、……ちゃんと、持ってきたようだな」

「は、はい……」

竜兵の一人が担いでいる背負い袋。

ガッ！

俺は振り向き、フェルエノクの顔を踏みつけた。

「こいつらに持ってこさせたのは……テメェらがニコたちに使った例の紐(ひも)だ。もちろん、縫い付けるための道具も一緒に持ってきてる……」

「！」

「理解したらしいな？　ああ、そうだ――」

俺は、嗤(わら)ってやる。

「テメェらにも同じことをしてやろうと思ってな」

苦悶(くもん)しているが、もがいて逃げようとしている風にも見える。

「あぁ？　なんだ……？　自分がするのはよくて、される側になるのは嫌だってか？　ハッ……テメェらみてぇのは、自分がされる側に回るとは夢にも思っちゃいねぇからな……」

セラスは黙って見ている。竜兵や魔物も、口を挟む様子はない。

「俺の生まれた場所じゃあ、罪人が自分の犯した行為と同等の行為――あるいはそれ以上のことをやり返されることは滅多にない。どんな悪逆非道を行おうと、被害者以上の苦痛を味わうことはほぼないと言っていい。私的な復讐(ふくしゅう)……私刑も認められてない。復讐をすれば、復讐を実行したヤツが罰せられるって場所だ。が、ここじゃあ違う。テメェにここで同じことをやり返しても、罰せられることはない。知ったこっちゃねぇんだよ」

「ぐ……ご、が……ぎ、ぎ……」

「血を飛ばすためにジョンドゥに踏み潰されたヤツと……それから、ジョンドゥの死体か。加えて、何人か慈悲で殺してやって――同じようにテメェらに、縫い付けてやるよ。腕やら足やらをな」

【ポイズン】の【非致死設定】。毒では死なない――死ねない。

が、他の要因が加われば死ぬ。

「運悪く死に損ない続ければ……そのうち、蛆が湧いて……蠅が、たかりはじめる。蛆と蠅……つまりだ？」

俺は前のめりになり、フェルエノクの顔を上から覗き込んでやる。

「俺の〝子どもたち〟がテメェらの面倒を見てやる、って言ってんだよ」

「が、ごっ……や、め……殺……し、て……」

「いいや、楽には――殺してやらない」

俺は上体を起こし、後ろを振り返る。

「ただ……残念ながら今の俺にはそんなことを悠長にやってる余裕がない。で、そこの復讐者たちに来てもらった。おまえらがアレをした竜兵たちの仲間だ」

竜兵や魔物には伝えてある。

仇を取らせてやる、と。

やり返す機会を作ってやる、と。

が、今の竜兵たちに——当初の激しい復讐心や憎悪は、感じられない。

この光景を見て気持ちに変化が起こったのだろう。それと……ニコたちがされた、あのおぞましい行為。自分たちがそれをやる側に回るという〝現実〟を今、目の前にして。

多分、覚悟が鈍った。

……ま、だと思ったが。

スレイに乗るよう、セラスを促す。セラスが騎乗。俺は、竜兵たちに問う。

「どうする？」

「……！」

「同じやり方で復讐を果たすか……それとも、ひと思いにここでとどめを刺してやるか。選ぶのは俺じゃない。あんたらだ」

竜兵たちが顔を見合わせる。魔物たちもおどおどし始めた。

ほどなく、彼らは互いの意思を確認し合った。

「も、申し訳ありません……あなたがこうしてお膳立てしてくださったことに対しては、本当に感謝しています。し、しかし……あのような行為をするのは、あまりに……」

「そうか」

だろうな。

こいつらは〝正常〟だ——優しくて、正常。

だから、こうなるんじゃないかと思っていた。

「ただ、俺はすぐにここを離れる。第六の連中はここから弱り続けるはずだし、弱り切るまで俺の呪術が解けることはないだろう。が、一応おまえたちだけを残していくのは避ける。殺すのも気が引けるってなら、まとめて俺がとどめを刺してもいい」

「…………いえ」

竜兵が、剣を強く握りしめた。

「この者たちがやったことと同じことはできませんが……許すことができないと思った自分の気持ちは本物です。それに……そこまであなたに甘えるわけにはいきません――みんな！」

竜兵や魔物たちが、呼びかけに頷(うなず)きを返す。

そして彼らは――第六騎兵隊に、とどめを刺した。自らの手で。

セラスも目を逸(そ)らさず、その光景を見ていた。

重々しく、雷鳴が轟(とどろ)いた。

厚ぼったい雲が垂れ込めてきている。ひと雨、くるのかもしれない。

「…………」

間違った考え方なのは重々承知している。

しかし世の中……綺麗事(きれいごと)だけで済ませちゃいけないことも――あるような、気がする。

……とか、まあ。

てのひらで自分のこめかみを叩(たた)く。

こういうところが、

「……ガキなんだろうな、俺は」

「?」

「悪い。どうでもいい、独り言だ」

これからアレと同じことをされるという示唆。

第六のヤツらを心情的に絶望へ叩き落とす効果はあったはず……。

そんなところで今回は、譲歩しておくとするか。

17：59――第六騎兵隊、壊滅。

小雨が降り出した。

俺はスレイに乗っていた。後ろにはセラスが乗っている。

今は二人とも豹王(ひょうおう)装に身を包んでいた。

俺たちの背後には竜兵と魔物たち。

豹王のマスクの視界を、一筋の雨水が流れていく……。

夕刻と呼べる時間はすでに過ぎていた。

ただ日が異様に長いせいか視界はまだ十分と言える。

「最大の懸案事項だった第六騎兵隊は潰したが、まだ他の騎兵隊も残ってる。神獣のこともあるしな……そういうわけで、俺たちは一旦ここを離れる」

そうしてまとめ役の竜兵に指示を出し、俺たちは彼らと別れた。

スレイを、走らせる。

安のことも気にはなるが……今は他に優先すべきことが多すぎる。

と、後ろから抱き着いているセラスが口を開いた。

「あと、もうひと踏ん張りですね」

「ああ——疲れてないか？」

苦笑するセラス。

「あの演技は、少々」

「疲れた分、完璧な微笑だったけどな」

「ああいう微笑が……お好みですか？」

「嫌いじゃないが……ああも完璧だと逆に不自然な気もしたな。セラスはやっぱり自然と出てくる普段の微笑みが、一番いい」

「そ、それは——、……」

俺を抱き締める腕に、さらに力がこもる。

「はい……ありがとう、ございます」

声の熱っぽさから、照れているのがわかった。しかしその火照りはすぐに引っ込み、

「第六騎兵隊を倒した件、リズには報告すべきでしょうか」

「……どうかな。リズにとっては、集落襲撃の一件はもう思い出さない方がいい過去なのかもしれない。だから……リズにはまだ、黙っておこう」

「はい。私も、その方がよいかと思います」

「ま……結局は今回のも俺の自己満足にすぎない。リズの仲間をやったヤツらがのうのうと生きてたら──俺の気分が悪い。それだけの話だ」

「いいえ、それは違うかと」

「？」

「今回は、私の自己満足でもありますから」

「……そうだったな」

にしても、ジョンドゥをあそこで仕留められたのは本当に幸運だった。

あの能力を持った男が今もこの戦場で野放しになっていたらと思うと……ゾッとする。

「あの……」

「なんだ？」

「あなたは……わかっていたのですね？　復讐を果たす際、竜煌兵団の者たちは第六騎兵隊と同じ方法はとらないと」

俺がフェルエノクに吐いた言葉。

セラスはあれを、あくまで脅しだったと思ったのだろう。ただ、

「どうかな……仮に竜兵たちが同じ手法でやると言ったら、俺は止めなかったかもしれない。あいつらはやらないだろうと予想してた面は、確かにあるけどな……」

「私も、彼らは同じ方法は選ばないだろうと思っていました。やはり……優しい方たちなのです、最果ての国に暮らす者たちは」

そう言って、セラスが俺の背に顔をあずけてきた。

——同じ手法で、復讐していたら。

セラスは彼らに失望したのだろうか？　彼らが同じ方法で復讐はできないと言った時

……確かに俺もある意味、ホッとした——気がする。

しばらく走ったあと、セラスが、再び口を開いた。

「この戦い……終わりは、近いのでしょうか」

「かもな。いずれにせよ、着実に終わりは見えてきてるはずだ」

無数の雨粒を弾きながら、灼眼黒馬が雨の岩場を駆け抜けていく。

残る他の騎兵隊……。

たとえば最大規模を誇るという第七騎兵隊。
ジョンドゥ曰く、まだ動いている気配はないらしい。
第九や第二ってのも気になる。
他にもある。
安智弘や神獣——当然、これらも気にかかる。特に神獣はなんとしても確保したい。
しかしどうも一つ、いやに気にかかっているのは——
「……狂美帝、か」
そう独りごち、俺は、スレイの速度を上げた。

◇【第九騎兵隊】◇

「どうにも、嫌な感じがする」

第九騎兵隊長ナハト・イェーガーは、鼻をひくつかせた。

「……嫌なニオイだねぇ、こいつは」

ナハトは垂れ目気味の色男で、口もとはいつも緩い。その亜麻色の長髪を後ろで一つに括っている。右目の下に泣きぼくろ。纏う空気もゆるゆるとしている。

主な武器は、奇をてらっていない大振りの長槍。

「いかがいたしましょうか、ナハト?」

尋ねたのは副長のスノー・ヴァンガード。

新雪のような白い肌。髪も同じく白いが、瞳の方は血のように赤い。

兎めいた印象を持つ女騎士である。ただし兎のような愛嬌はうかがえない。彼女の表情は常に冷淡にして希薄。その薄い唇が微笑をかたどったのを目にした者はいないという。

「ジョンドゥの言ってた神獣が来る気配はなし……上がってくる報告だと、他の騎兵隊は珍しく苦戦してる。こいつは一度撤退して……女神様に報告した方がいいかもなぁ」

「フハハハハ。臆病風に吹かれたか、ナハトよ」

笑いながら声をかけたのは、副長のスノーではない。

第五騎兵隊長ブランゾール・スタニオンである。彼の瞳は長い前髪で隠れていて、はっきり窺(うかが)うことができない。髪は赤毛で、もみあげと繋(つな)がったあごヒゲも赤銅色である。顔面には、戦でできた切り傷や火傷(やけど)の跡が多い。

異名である〝灰葬のブランゾール〟の名は、特に傭兵(ようへい)たちの間で広く知られている。

片目を瞑(つぶ)り、ナハトは苦笑した。

「あんたはさ……ちょいと死に急ぎすぎだよ。人生ってのは、命あっての物種だと思うけど」

「フハハハハ、まるで鎮火のように冷める意見だ。命とは、燃やし尽くすものだろう。そして好敵手の死体は燃やして灰にし……その灰を葡萄酒(ぶどうしゅ)にまぜ、飲み干す。すべては燃えるためにある。命も、人も。フハハハハ」

「ぼくは勘弁願いたいけどねぇ……戦いってのは〝戦い〟以上じゃなくていい。さっさと終わらせて、日常へ戻るに限るよ」

「フハハ、第六はもはや別枠として――アライオン十三騎兵隊において無類の強さを誇る第九の隊長が、何を言う」

「お褒めにあずかり光栄だけど、隊の総合力じゃ第二の方が上だよ。いや、隊長としても向こうの方が上じゃない？」

「フハハハハ、面白い。向こうは向こうでナハトを持ち上げ、ナハトはナハトで向こうを持ち上げている。一度くらい、どちらが強いか白黒つけてみてはどうかな？　お――おぉ!?　白と黒！　まぜると、灰か！　フハハハ！　亜人の灰はどんな味だーっ!?　フハハハハーっ！　ではな！」

ナハトとスノーは、そのまま第五騎兵隊を見送った。

「行ってしまいましたね。引きとめなくてよかったのですか、ナハト？」

「言っても聞かないのは、キミもわかってるでしょ」

「まあ、そうですが」

口端の笑みを消し、空を見上げるナハト。

「ひと雨来そうかねぇ、こいつは」

一つ呼吸し、ナハトは決断を下した。

「撤退しよう」

「よいのですか？」

「この戦場はどうにも――ニオイがよくない。まさかあのジョンドゥ率いる第六が負けるなんてことはないと思うけど……ここまできな臭いとなると……この戦場、ぼくたちには多分ちと荷が重い」

「他の騎兵隊にも通達しますか？」

「一応ね。警告だけは、送っておこう」

「かしこまりました」

「ただ、ご存じの通りぼくはこの第九さえ生き残ればそれでいいって人間なんでね。極論、他の騎兵隊がどうなろうと知ったことじゃない。アライオン十三騎兵隊の大半はまともじゃないから……正直、見ていてしんどいよ」

「十三の騎兵隊の中では、わたしたちの方が少数派ですよ」

「まともなやつから先に死んでくんだ、この世の中ってやつは」

「あら？　副長に手を出すような隊長殿がまさか、まともだとでも？」

「うははは……て、手厳しいねぇ。でもさぁ？　ぼくとしては一応、常に本気なんだけど……」

「それなりにでいいので、責任は取っていただきます」

「はいはい……ほんっと昔っから手ごわい副長さまだよ、スノーちゃんは……、――！」

ナハトとスノーは、瞬時にその方向を見た。

ここは戦場全体で見ればかなり後方である。いわば魔群帯の端っこだ。

つまり――ここは森の中に等しく、視界は開けていない。

この暗さと雨音も、接近に気づくのを遅らせたか。

「ナハト」

「ああ」

「――来ます」

一筋の冷や汗がナハトの頬を伝う。が、その口端は吊り上がっている。

「こりゃ……まいったね、どうも……」

第九騎兵隊の前に姿を現したのは、

「そうか。ジョンドゥの読み通り、やっぱりいたわけだ……あんたが」

ナハトは苦い笑みを浮かべた。スノーはすでに手で指示を出している。

第九騎兵隊が、戦闘態勢に入る。

「第六の陰に隠れてはいるが、第九騎兵隊の話は余の耳にまで届いている。最大規模とやらの第七は――まだ、動いていないようだな。最も警戒すべきは第六だが……ここで第九を先に滅しておくのも、この戦を有利に運ぶ一手となるであろう」

「狂美帝」

ミラの兵は横列を作っている。目視できる限りでは、数はやや第九側が優勢か。

「ですが、数を頼みにやれる相手ではありません。特に、あの狂美帝は」

「腰に差してるあの剣……あれが、白狼騎士団長ソギュード・シグムスの神魔剣ストームキャリバーと対を成すと言われる神聖剣エクスブリンガーか……」

しかも狂美帝はまだ剣を抜いていない。

「舐められたもんだね……ま、噂の狂美帝じゃ仕方ないか」

それにしても、とナハトは思った。

なんという——美しさか。

度を越えて、美しい。

少年が青年へと移り変わる中途に醸す独特の瑞々しさ。

印象が少年寄りなのは、その小柄さゆえであろう。

スノー以上に白く艶めかしい白磁の肌。細いあご。どこまでも深く澄んだ青の瞳。

切れ長の目は妖しく——鋭く。

滑らかな彫刻のそれと見紛わんばかりの唇。一本一本が上等な金細工めいた光沢を持つ髪。左右一つずつに結ばれた二つの髪束は、膝に届くほどの長さがある。

誰が見てもわかる上品な居住まい。

白を基調とした装いには、気品を感じさせる優雅さがある。しかし、ある種の皇帝たる威圧感は損なわぬ仕立てだ。すべてが調和し、落ち着いた威厳が放たれている。

齢20にすら満たぬというミラの現皇帝に、ナハトは賞賛に近い疑念を抱いた。

出せるものなのか？

あの年齢で、あの風格が。

耳朶を撫でる声は、凛とした鈴の音がごとく澄んでいた。そこへ妖しい包容力がひとさじほどまざり込んでいる。色香というか——蠱惑というか。そう、まるで相手を魅了しようとするかのように……。人を惑わす声だ、とナハトは少し恐ろしく思った。

妍麗にして、妖麗。

あれはもはや性別を越えた美しさと言っていい。

女と言われても受け入れてしまう独特の魔性すらある。

「嫌んなるねぇ……同じ男として、ここまで差があると」

「確かに」

「いや……そこは否定してよ、スノーちゃん」

「あれでは無理でしょう。さすがに実物は、美しすぎました」

「対抗できるとしたら、ほらあれ……あのセラス・アシュレインくらいだろうねぇ。一度生で見たことあるけど、あれを見てなかったら狂美帝が美しすぎて心臓止まってたかも」

「あながち冗談と思えないのが怖いですね。いやしかし、この距離で見ると……確かに少々おかしい美貌ですよ、あれは」

「けど今さ、状況的にはぼくたち命の危機だよ？　見惚れてばっかりも、いられないと思うけど」

「え？　ちゃんと殺しますよ？　惜しくはありますが」

「え、捕虜にするって考えはないんだ……スノーちゃん、怖っ……ま、でも――」

ナハトはそこで槍をひと振りし、馬上にて構えを取った。

「捕虜なんて甘っちょろいこと、言ってられる敵じゃないよね。美しさに気を取られてちゃいけない……聞けば、あれでミラ最強の剣士って話だ」

狂美帝がかすかにその細い首を傾け、剣の柄に手を置いた。

「おまえは――余と、したいのか？」

「ま、興味はあるねぇ……ぼくはこれでも腕にはそこそこ覚えがある。噂に聞く狂美帝が一体、どれほどのものか――、……ッ!?」

「ナハト」

「……ああ。けど……なんだ、あの一団？　何か、とてつもなく嫌なニオイが――」

「さてさて、よ～やっと浅葱ちゃんたちの出番ってぇわけですにゃぁ～」


少女だ。

年の頃は、狂美帝と同じくらいか。他にも何人か感じの違う少女たちがいた。

あの一団だけ、他の兵たちと雰囲気が違っている。

「ね、ねぇ浅葱……でもあの人たち、すっごい強そうなんだけど……」

「わははー、きっとツィーネ様たちがお膳立てしてくれるからダイジョブさー！　アタシたちはやれるっ……！　やれるんだあっ……！」

「な、なんか妙に気合い入ってるね……浅葱……」

「エェーっ!? そこはタバコを吸うポーズで『まるで……悲鳴だな……』って返してほしかったんじゃよー……とほほ……」

「? ま、まあっ……とにかく、ツィーネ様が頼りになるのはマジだよね！ あぁ、ツィーネ様……」

「んもう、すっかりうちの子たちはツィーネ様にメロメロですにゃー」

「も、もうやめてよ浅葱～！ それ、今する話!?」

「ふひひ、そう言いつつ照れとるくせに～」

「あ、浅葱さん……本当に、わたしたち……」

「お、ポッポちゃーん！ にゃはは、ほんとにチミは怖がりさんだなー。今は見違えて有能ちゃんなのにねー？」

アサギと呼ばれた少女の隣に胸の大きな愛らしい少女がいる。おずおずとアサギに声をかけた少女は名をコバトというらしい。アサギが、コバトの肩に手を回す。

「頼むよ～小鳩(こばと)ちゃ～ん？ 開花したチミの固有スキルは地味だけど、ほんと今のアタシには必要な能力じゃけん。今や浅葱さんグループにとっては、と～っても大事で、重要な鹿島(かしま)小鳩ちゃんなのじゃ～」

「う、うん……がんばる、ね」

「ほれほれ、気負わない気負わない。ほら、みんなも！」

少女たちにアサギが呼びかける。

「いつも言ってるように、これも元の世界に帰るためだよー！　デジタルデトックスな異世界ライフもまー悪くないけどさ！　一方で、やっぱり物足りないものもいーっぱいあるってのがわかってきたわけで！　そろそろ恋しくなるわけよ、元の世界が！　ほら……旅行ってむっちゃ楽しいけど、やっぱり家に帰ってきて〝やっぱ我が家がいちばんだわ～〟があってこそなとこ、あるじゃん？」

「た、確かに……」

「まだまだ若いアタシたちにとっては前の世界でやりたいことがいっぱいある——戻りたいんだよね、やっぱり」

「う、うん！　それ、すっごい共感！」

「じゃーがんばろー♪　ほら、アタシたちさ……ヨナトでのあの大激戦を、潜り抜けてきたわけだからさぁ……」

アサギの目に独特の昏さが灯った——気がした。口もとは、笑っているのに。

「あそこで……人が死ぬ姿とか、それこそ、ぐっちゃぐちゃになった死体とか……予習的にたくさん目にできたのは……ある意味、幸運だったよなー……」

人差し指を、アサギが唇に添えた。

「ただ、ほら……アタシたちはまだ、死体をたくさん見たってだけでさ。そして、敵は魔物、だった」

他の少女たちが強張り、ごくっ、と唾をのむ。と、アサギは一転して緩い空気を纏った。

「メ――メンゴメンゴっ！　浅葱さん、ちょっと空気読まずにシリアスモードになっちった！　今の時代、シリアスいくない。うん、いくないよ～……とまあ、そんなわけでさー……」

「！」

アサギが、第九騎兵隊の方を見た。

第九と相対しても彼女はまるで怯んでいない。

むしろ、あの顔……どこか獲物を前にした、凶獣のような――

「ちょいと、やってみるとしようかい」

アサギが、言った。

「人を殺す、練習」

3．勇者たちは、邪王素の中で

――アライオンの王都エノー。

十河綾香は、高雄姉妹と宿舎内の廊下を走っていた。

「でも、本当に大魔帝なのかしらっ？」

突然、異様な濃度の邪王素が周囲に満ちた。綾香たちはこれを大魔帝の襲撃と読んだが、

「いずれにせよ、この邪王素の濃度の中、王城周辺で今まともに動けるのは異界の勇者
――つまり、私たちだけということ。大魔帝であろうとなかろうと、この邪王素の発生源は叩く必要があるわ」

前を見たまま高雄聖がそう答えた。

（こういう時、冷静な聖さんがいると安心する……）

今、綾香たちが目指しているのは修練場だった。綾香グループの面々は最近特訓に精を出している。今日も朝から修練場に集まり、夕方まで特訓に励む予定だったはずだ。

（まず、彼らと合流して安全を確認しないと！　彼らがこの発生源と先に遭遇してしまったら、危険かもしれないっ）

彼らも以前より強くなった。しかし相手がもし大魔帝だとすれば、現状で対抗できるのはやはりS級勇者となるだろう。

「委員長、桐原のやつはどこかわかるか!?」

「ごめんなさい、樹さんっ。私も桐原君の居場所はわからなくて……っ」

　このところ桐原拓斗は単独で自由に行動している。

最近は女神のお呼びがかかった時だけ集まりに顔を出すくらいである。

「だけど、今は桐原君の力も借りないとっ……」

四の五の言ってはいられない。本当に大魔帝が現れたのなら、

「S級三人が、力を合わせないと！」

「ア、アタシもいるんだけど委員長っ……」

「い、いえ！　別に樹さんをないがしろにしてるわけじゃ――」

「ああいいから！　わかってるって！　もう可愛いなぁ――委員長は！」

「い、樹さん……」

　聖がそこで口を開く。

「――二人とも、前」

「「！」」

金眼の魔物。

　上半身が異様に発達した筋肉質の魔物が、二体いる。その頭部は三日月に似た形をしていた。三日月型の頭部の両脇に、半球的に金眼が飛び出ている。

口に歯や舌は確認できず空洞に見えるが、両腕の方に見慣れた人型の口がたくさんついていた。その口から蛇のような長い舌が何本も飛び出て、うねっている。

階段をのぼり切った金眼二体が足を止め、こちらを見る。

「ほォぉオおオお――ホろロろロろロろロろォおオおオお――――――――――ッ！」

「……姉貴、アタシがやろうか？」

「そうね、お願――」

「二人とも、そのまま走り抜けて！――【刃備え(ブレードセット)】ッ」

ザシュ――ッ！

綾香が槍に付与した魔素刃が、逆袈裟(けさ)に魔物の身体(からだ)を斬り裂く。

さらに綾香は通り抜けざまに宙で身体を捻(ひね)り――もう一撃。

前方の傷と、今つけた後方の傷。

両撃が前後から合わさり、一つの傷となる。

魔物が、真っ二つに割れた。

そして離れ際に、もう一匹の頭部へ――【内爆ぜ(インナーボム)】。

魔物の頭部が爆発し、血やら何やらが花火のように飛び散る。

魔物は二体とも崩れるようにして、床に沈んだ。

綾香はそのまま先を行く高雄姉妹を追う。

高雄樹が走りながら、こちらを振り向く。

「マ、マジかよ……なんだよ、今の委員長の動き……」

「もはや私たちの知る彼女じゃない、ということよ。正直、心強いわ」

二人に追いつく。

と、聖が窓際で足を止めた――ガラスなどの嵌(はま)っていない廊下の窓の前で。

「二人とも、ここから飛び降りるわよ。その方が、修練場に近い」

「え?」

綾香と樹も、聖に倣い急停止した。

「こ、ここから……? ステータス補正があるから、大丈夫なのかしら?」

「【ウインド】」

聖が固有スキルを発動するのと同時に、

「んなこと気にしなくて大丈夫ですよ、お姫様――よいしょ、っと!」

「きゃっ!?」

樹が綾香をお姫様抱っこした。身体がふわりと持ち上がる。

「ちょ、樹さ――」

「行くわよ」

迷いなく飛び降りる聖。綾香を抱えたまま、樹も続く。

思わず綾香は樹にしがみついてしまう。

あとから思えばステータス補正もあるし、そこまで怖がる必要もなかったのだが。

中空へ、飛び出す。

不安になるような独特の浮遊感——次いで、落下感。

が、地面が近づいた時だった。

見えないクッションにでもあたったみたいに、落下速度が格段に落ちた。

そして、着地。

樹から離れ自分の足で立ち、すぐさま三人で駆け出す。

「聖さん、今のって……」

「風を操る私の固有スキル。その能力の一つよ」

「樹さんが私を軽々と持ち上げたのも？」

「そう」

「つーか委員長さ……むっちゃ強ぇわりには身体、けっこう柔らかいのな。そことかそことか、ふにふにしてた」

「い、樹さんっ……」

と、聖が何かに気づく。人型の金眼の魔物だ。

その手に——人の首を二つ、持っていた。髪を引っ掴み、戦利品のように手にしている。

「……動けない城内の者を殺したみたいね。今や勇者以外は、無抵抗と言っていいもの」

「くっ！」

綾香の中に、凝縮された怒りが湧き上がる。

槍(やり)を、投擲(とうてき)。

豪速の槍が魔物の頭部を貫いた。いや、貫いたというよりは——破壊。

威力が強すぎたせいか頭部がなくなった。

通りすぎざま、壁に刺さった槍を勢いよく引き抜く。魔物の腕と一緒に地べたに転がった二つの首を綾香は一瞥(いちべつ)した。申し訳なさを覚えながら、駆け抜ける。

「……委員長、ほんとすごいな」

「聖さん！」

聖に呼びかける綾香。

「大魔帝だけじゃなく、他にも、王城の敷地内に魔物が……ッ！　そっちも対応しないと、このままじゃ王城周辺の人たちが無抵抗のまま殺されてしまうわ！」

「……そうね」

聖は何か、思考している。

「ここで考えるべきは……あの魔物が大魔帝と〝一緒に転移してきた〟のか——もしくは大魔帝が〝生み出している〟のか。そう、大魔帝には金眼の魔物を生み出す能力があると聞いている……前者なら、ともかく……」

綾香は理解し、唾をのんだ。

「後者、なら――」

「ええ。大魔帝を討たない限り、魔物は増え続ける」

「なら、分かれるってのはどうだ!?」

提案する樹。

「大魔帝とやる組と、周辺の魔物を退治する組にさ！」

「そうしたいところだけど――その判断は、まだ早いわ。大魔帝の強さが未知数な以上、下手に戦力を分散させるのは避けたい」

聖が綾香にチラと視線を寄越す。

綾香は唇を噛んだ。聖の言う通りだ。が、

（この周辺のアライオンの人たちが、ただ無抵抗に殺されるのをわかっていながら、何もしないのは……ッ）

わかっている。わかって、いるがっ――

「あなたの葛藤はわかるわ、十河さん」

「……ごめんなさい聖さん。私――私はっ」

「私にあなたの考えやポリシーを捻じ曲げる権利はない。そして、あなたにはS級にふさわしい力がある。この戦い……私はむしろ、あなたの力を借りる側ともいえるわ。要するに……あなたの行動の決定権はあなた自身にあるのよ、十河さん」

「聖、さん……」

「あなたは、あなたのしたいように行動しなさい。私も、そうするから」

嫌みでもなく、突き放すでもなく。ただ平板に——けれど少しだけ、優しく。

高雄聖は、そう言った。

「ただ、一つだけ提案をさせてもらえるなら……」

見えてきた——修練場。

「私と十河さんは大魔帝を探し出して討つ。そして——」

と、二瓶幸孝が修練場から出てきた。

中にいるらしい他の勇者を呼ぶ仕草をしている。次いで顔を出したのは、室田絵里衣。

そこに周防カヤ子が続く。綾香を認めた南野萌絵の表情がパッと明るくなった。

二瓶幸孝が手を振る。

「い、委員長ぉー！　ほら、高雄姉妹もいる！　な!?　言ったろ!?　やっぱり助けに来てくれたんだ！」

「ああもうマジ愛してる、イインチョ！」

「……よかった」

「綾香ちゃん！　無事だったんだね！　よ、よかったぁ……ぐすっ……」

他の勇者たちもぞろぞろ出てきた。聖が、先ほどの言葉を続けた。

「──王城の人たちの救出の方は、彼らと樹に託す。一応この案をあなたに提出してみるわ、十河さん」

綾香は、ぐっと唇を噛んだ。少し、泣きそうになったからだ。

淡々としては、いるけれど。聖は汲んでくれた。自分の気持ちを。

「聖──さん」

「ひとまず私たちS級二人で大魔帝と戦ってみましょう。大魔帝の強さは未知数だけれど、今のあなたならやれるのかもしれない。そのくらい、今のあなたは私の目に強く映る」

「……ええ、わかったわ」

綾香は、槍を握る手に力を込める。

「ありがとう、聖さん」

「礼にはまだ早いわ。それに私はあなたほど聖人じゃない。それなりに、ずるい女なの」

「ふふ、そういう言い方も……ずるいと思う。聖さんのこと──もっと好きに、なってしまいそうだもの」

前を向く聖。

「──大概お人好しね、あなたも」

綾香たちは聖のプランで動くことになった。

周防班、二瓶班、室田班——この三班の指示役は、周防カヤ子。

ここに加わる高雄樹は自由に動く。役目としては、他の勇者だと厳しそうな魔物を倒す。

聖は、てきぱきと指示を出していった。

「大魔帝と思われる敵を見つけたらすぐに逃げて——それから、これを」

「これは？」

「音玉という魔導具。実は前々から少しずつ集めていたの。貴重品なのだけれど……貴族から譲り受けたり、王都の裏路地の市なんかで手に入れたのよ。まあ、大半はちょっとした伝手で手に入れたのだけれど」

音玉の存在は閉架書庫の書物で知ったそうだ。

一定以上の魔素を込めると音を発する魔導具らしい。

この世界ではスマートフォンが使えないが、これを使えば即座に遠くの誰かへ合図を送れる。それにしても、と綾香は思った。

（ちょっとした伝手って……何かしら？）

そんな疑問を抱く綾香をよそに、説明を続ける聖。

「色によって音が違うから、事前に合図の内容を色別に決めておけば、音の違いで各自の状況を判別できるわ。たとえば〝ピンチだから助けに来てほしい時の音〟――とかね。音の発生方向や耳に届いた大きさで、大体の位置もわかる」

「ん？　てことは……〝大魔帝発見〟の色なんかを決めとけば、遠くにいる姉貴たちに発見の合図も送れるわけか」

「角笛より合図の多様性を持たせられるし、狼煙の本数で分ける方法は時間がかかりすぎる。旗を掲げる手もあるけれど、これは角度や高低差で見えなかったりするわ。暴風雨やひっきりなしの落雷でも来ない限りは、この音玉がかなり使いやすいはず」

　こうして、色による音の違いでいくつか合図を決めた。

「それじゃあ、健闘を祈るわ」

「あの、聖さんたちも……き、気をつけてね！」

「ありがとう、南野さん」

　萌絵が、ぽかんとする。

「聖さんが……わ、笑った？」

　綾香も、別れる前に声をかける。

「みんなも気をつけて。それと……この王城にいる人たちのこと、お願いします」

　樹が腕を頭の後ろで組み、鼻を鳴らす。

「ま、やれるだけのことはやってみるさ。委員長も、しっかりな」

「ええ、全力を尽くすわ」

「姉貴は、まあ……大丈夫だとは思うけど、一応、気をつけてな」

「あなたもね。彼らを頼んだわよ、樹」

「絶対って確約はできねーけど……姉貴がそう言うならアタシは全力でやる――任せとけ、姉貴」

「それじゃあいきましょう、十河さん」

「ええ、じゃあみんな――必ず全員、無事に再会しましょう！」

綾香はこうして聖と二人、王城の敷地内を再び駆け出した。

一度、振り返る。カヤ子たちは、もう見えない。

「今は、彼らの力を信じましょう。樹もついてる」

「え、ええ……っ」

(みんな、どうか無事で)

ふと聖が足を止め、城壁の物見塔を見上げた。

「あの物見塔からなら、高さと位置的に広範囲を見渡せそうね」

「ええ、無闇に駆け回るよりも早いかも」

「降りる時は、また私の固有スキルで降りれば早いしね」

物見塔へ入り二人で階段を駆け上がる。塔の中には邪王素で苦しむ兵たちがいた。
が、ここは心苦しさを押さえつけて駆け抜けるしかない。
最上階に到達。
確かにここからなら見通せる範囲が広い。
二人で身を隠しつつ窓の外へ視線を飛ばす。
綾香はそこで、ハッとした。無意識的に声を押し殺す。
「聖さん、あそこ」
「ええ」
人の大きさくらいの黒い霧のようなものが、いる。ゆらゆら、移動している。
距離はこの物見塔から３００メートルくらいか。噴水のある広場の辺りだ。
「！」
突然、黒い霧が膨れ上がった。
膨張した今ならはっきり目視できる。
巨大な口――白い歯や歯茎が、しっかり見えた。
よく目を凝らしてみると、口内に金眼らしき球体が確認できる。
口の中に潜むようにして、金眼がある。が、すぐにそれは口の奥へ引っ込んだ。
奇妙な光景だった。霧の中に、人間に酷似した口だけが存在している……。

そしてその口が——吐いた。

魔物を。


まるで、漁獲網から漁獲物がドバっと出てくるみたいだった。

大魔帝はああやって——吐き出し、産むのだ。

金眼の魔物を。

「あなたから聞いたところだと……大魔帝の他に金眼の魔物を生み出せるのは、その力を分け与えられた側近級の第一誓だけだったわね？」

「え、ええ……あの第一誓の口ぶりだと、その力を分け与えられるのは特別なことみたいだった。これまでの歴史でも、通常はありえないことみたいで……」

「そして、あの黒い霧のような姿……東軍に参加していた時、大魔帝として現れた巨大な生物要塞の〝コア〟の部分にいたものと——多分、同じ」

「つまり、あれが——」

綾香はそこで言葉を切り、唾をのみ込む。

魔物を吐き出し終え、萎んでいく黒い霧。聖は緩く腕を組んでそれを眺めながら、

「ええ」

確信した調子で、言った。

「決まりね」

綾香と聖は物見塔の階段を駆けおりた。当初は最上階から飛び降りる予定だったが、この距離だと大魔帝に気づかれる危険がある。聖が、そう判断した。

そして物見塔を出た二人は、今、アーチ状の大きな通路の前まで来ていた。

通路を塞いでいた扉は、最初から開け放たれたままだった。

この先の広場に、

（大魔帝が、いる）

綾香は壁に背をつけ、そっと様子を窺う。

（――いた）

幽霊のようにゆらゆら移動している。その周りには、五体の金眼の魔物……。

この距離で見るとわかる――大魔帝は多分、地に足をつけて歩いている。

二足歩行で移動しているのだ。

（つまり、あの霧の中に人型の本体がいる……？）

であれば朗報と言える。肉体があるなら、物理的に斬り伏せられる。

聖と視線を交わす。

「どう攻めるべきかしら、聖さん……」

「最大の攻撃力を持つ固有スキルによる奇襲……それがベストだとは、思うのだけれど」

そこで聖は口をつぐんだ。彼女はずっと、何か考えている感じだ。綾香は言った。

「私もそう思う。どの道、倒さなくてはならない相手だし……何より、あの大魔帝をここで倒せれば――私たちは、元の世界に帰れる」

「……そうね」

綾香は聖から、何か、いまいち踏み切れない空気を感じた。

「聖さん、何か気にかかることでも？」

「大魔帝がここで、死んでしまうと……、――いえ、ここで大魔帝を倒せれば大きいのも確かだわ……何よりあの生物要塞と戦わなくていいと考えれば……見方によっては、大きなチャンスなのかもしれない。ベストなタイミングを測っての、奇襲……そうね――やりましょう、十河さん」

「ええ。やりましょう、聖さん」

綾香はさらに表情を引き締め、槍を強く握り込んだ。次いで、聖に向き直って言う。

「私たちなら、必ず勝てるわ」

「そうね。互いの力を、信じましょう」

「ところで聖さん……あの周りの金眼の魔物は、どっちが……、——ッ！」

綾香は〝それ〟を目にし、思わず大きな声が出そうになった。

一方の聖は、思案げに自分の口もとへ手をやる。

「……どうしたもの、かしらね」


「————結局おまえに、行き着くわけだ」


ゆらり、と。

「………………」

大魔帝が〝そちら〟を、向いた。

「東軍の時に見たあのでかいのは、乗り物にすぎなかったってことか……やはりあの時見たおまえが本体だった、と。やれやれ……そしてこの異世界でのすべても、結局——このオレに行き着く。行き着かざるを、えない」

彼が、熱を逃がすみたいに息を吐く。彼はそのまま髪を撫でつけ、あごを上げた。

そして、不遜とも言える仕草で黒い霧を見据えた。

「やはり最後には、どうしようもなく……このオレに帰結する。どう足掻こうと帰結、しちまう。神はサイコロを振らないとか言うが——そもそもこのオレにはサイコロという概念自体、存在していない。サイコロとかいうザコ概念に足を摑まれた時点で……もはや神は、オレ以下と言わざるをえない」

　小さな金波龍を纏った——桐原拓斗。

　彼が現れたのは、今の綾香の位置から見て北東の方角だった。

「前の世界と……同じだぜ。強者にはその素質にふさわしい機会が巡ってくる——巡って、きちまう。ま、ウマい儲け話ってのも強者にしか回ってこねーって話だしな。世の中ってのはとどのつまり、勝つやつが勝ち続ける……ああ、自己紹介が必要か？　オレは——強者だ」

　大魔帝は、喋らない。

　人間のものと遜色ない口を備えているが、一度も言葉を発していない。

　側近級などの〝魔族〟に分類される者たちを思い出す。

　彼らは人語を介したが、大魔帝は喋らない存在なのだろうか？

　コミュニケーションが取れない。理解、し合えない。

　綾香はそこに、ある種の不気味さを覚える。

　ゆらり、と——大魔帝の霧が、揺らいだ。

　他の五体の金眼は戦闘態勢に入っている。しかし、まだ動く気配はない。

「……ちっ、急ぐしかねーか。鼠が、いやがる……」

聖の目が、細まった。

「彼、おそらく私たちの存在に気づいたわ。そして今の目の動きで――私たちがここにいるのが、大魔帝に気づかれたかもしれない」

「ならっ――行きましょう、聖さん」

「………」

「ここからなら互いの位置的に挟み撃ちに近い攻撃が可能だわ。桐原君の攻撃に合わせて、私たちも――」

「いえ、それはだめよ」

「聖さん!?」

「焦って気づいていないようね……それとも〝そんなことはありえない〟と思っているからかしら」

「え?」

「彼をよく見て」

「? 桐原君が一体……、――ッ!」

改めて桐原を見て、綾香は驚愕した。言葉を失った綾香を一瞥し、聖は視線を桐原へ戻す。

「――彼、こっちにも狙いを向けてる」

そう、桐原の左腕がこちらを向いているのだ。

獲物を――横取りされると思って。

この期に、及んで。綾香たちを協力者ではなく、

「彼は私たちを〝競争相手〟と見なしているのよ」

「そん、な……」

「私たちが大魔帝に攻撃を仕掛ければ、おそらく彼は躊躇(ちゅうちょ)なく固有スキルを私たちへ向けて発動させるわ」

綾香は、強く唇を噛(か)んだ。

(今こそ、三人で協力すべき時なのに……ッ)

そして桐原のもう一方の腕は当然、大魔帝へと向けられている。

その時、黒い霧の中から――

「………………」

黒い鎌のようなものが、のびてきた。どこか、カマキリの腕を連想させる形である。

大魔帝の圧が――増した。

急激な威圧感の膨張。肌を刺すような、強烈なプレッシャー(重圧)。

アイングランツの比ではない。

(なんて重圧……これが、大魔帝……ッ)

「どうやら、目にものってやつを見せざるをえない時が来たらしい。って、わけで……ここからが、目にものの最終決戦……さあ——」

桐原の纏う金波龍たちが輝きを増し、気勢を上げる。

「キリハラだ」

——【金色龍鳴波】——

大魔帝が——触手鎌を、振りおろした。

ズバァンッ！

大波を斬り裂いたかのような破砕音とでも、表現すべきだろうか。

真っ二つに、割れた——【金色龍鳴波】が。

勢いよく左右に割られた金色のエネルギー波。

目標を仕留めそこなった龍鳴波は、悲鳴のような音を迸らせながら大魔帝の左右を通り抜け、

ドガァアア————ンッ！

大魔帝の背後の城壁に激突し、石壁を粉砕した。

パラ、パラパラ……

粉塵が、舞い散る。

（き、桐原君の固有スキルが……）

少なくとも綾香は初めて目にした。桐原拓斗の固有スキルが防がれたところを。

しかも、大魔帝の背後にいた五体の金眼の魔物は全員無事……。

（まさか……周りの金眼の魔物に当たらないように、計算して斬り割ったとでもいうの？）

五体の魔物はというと、やや後ずさりしていた。

大魔帝以外の魔物にとっては、あの龍鳴波はやはり脅威と映るらしい。

「名に、恥じねーな……それでこそ大魔帝、ってわけか」

大魔帝は、桐原の方へ向いたままである。

「………………」

やはり、黙したまま。

「大魔帝の名は伊達じゃねーと、言いたいわけか。おまえにもやはり、一抹のキリハラ……」

圧倒的な攻撃力を誇る固有スキルを防がれたのに、桐原から動揺は窺えない。

いまだ、超然としている。

「普通の雑魚なら、ここで動揺しちまうだろう。しかし困ったことに、オレは違ってしまっている。なぜなら、固有スキルがこのオレのすべてじゃねーからな……先に謝っておくが、勝てる道理しか見つからない。見つからざるを、えない。どう足掻いても……固有スキルに頼り切りな他の勇者どもと、この、オレとでは——」

桐原が、刀を抜く。

「持って生まれた器が、違う……ッ、————【金色、龍鳴波】ぁ！」

再びの——【金色龍鳴波】。

前回よりさらに巨大な金色龍のうねりが、巻き起こる。

が、大魔帝も再び龍鳴波を——断ち割る。

「！」

その時、綾香は見た。

刀を振りかぶった桐原が大魔帝の眼前まで、肉薄しているのを。

使用者がエネルギー波の中に隠れられるのか——あるいは、エネルギー波を追いかけたのか。いずれにせよ、

（龍鳴波を、自分の身を隠すのに使ったんだわ……ッ！）

先ほど放った龍鳴波は、あくまで敵の視界から自らを隠すため。

桐原の纏っていた数匹の金波龍が膨張し、周りの魔物たちに襲いかかる。

桐原は他の魔物には構わず、金色のオーラを纏わせた刀を中空で振りかぶっていた。

援護すべきかを聖に尋ねかけ、綾香は気づいた。

聖が――ほんのわずか、唇を噛んでいることに。

〝このままだとまずい〟

まるで、そんな感じで。

まずい？　まずいとは、何がだろうか？

そんな疑問が湧くも――今はそれどころではないと、すぐに気を取り直す。

今は目の前の大魔帝を倒すのが、最優先。

と、その時だった。

聖の表情に変化が奔（はし）った。綾香は視線をそのまま、聖の視線の先へと向け――

「！」


吹き、飛んでいた。


桐原拓斗が、殴り飛ばされたのだ。

綾香は見た。黒い霧の中から巨大な黒い肉塊（にくかい）が現れ――

こぶしのごとく、桐原を殴り飛ばしたのを。

肉塊の出現は一瞬のことに映った。そしてどう考えてもあの霧の中に隠せるサイズではない。霧の〝中身〟が攻撃時に急激に膨張したとしか、思えない。

（確か、魔物を吐き出した時も霧が大きくなっていたけど……）

ある程度までならサイズを操作できるのかもしれない。大魔帝は霧の中の〝本体〟を膨張させることができる——しかも、あの攻撃は厄介だ。

突然、予兆なく霧の中から射出される。

攻撃の前兆が読めないだけに〝いつ攻撃が来るか〟が非常に読みづらい。

「き——桐原君ッ！」

吹き飛んだ桐原は、すぐに姿が見えなくなった。

破砕音——続き、轟音が響いた。

砲弾のごとく吹き飛んだ桐原が、城壁にぶち当たったのだと思われる。

粉塵のようなものが宙に浮かんでいるのが遠くに見えた。

音の感じからして、石壁をいくつか突き破ったらしい。

それにしても一体、どこまで飛ばされたのか。

（いえ……）

どころか——生きて、いるのか？

と、聖が綾香の肩に手を置いた。

「無事だと、信じましょう……それに攻撃を受ける瞬間、彼は咄嗟に防御姿勢を取っていた——ようにも、見えたわ」

綾香はその防御姿勢を見ていない。聖の言い方は曖昧な……ひどく、曖昧な調子で。

「わかっていると思うけれど、十河さん……残念ながら、今は彼の安否を確認している余裕はないわ。次は――」

大魔帝がゆらりと、こちらを見た。

「私たちよ」

聖が音玉に魔素を込める――音玉が、鳴った。

今の音玉の合図内容は、

〝大魔帝を発見。音の方角への接近は避けること〟

樹やカヤ子たちがここへ駆けつけるのを〝防ぐ〟ための合図。

奇襲案が消えた以上、もう大きな音が鳴っても問題はない。

元々あの音玉は、綾香たちが奇襲を行った直後に使う予定だった。

スッ、と――大魔帝の触手鎌が、綾香たちを差し示す。

すると、かろうじて金波龍から逃れた五体の金眼たちが戦闘態勢を取った。

ちなみに桐原を吹き飛ばした肉塊は、もう引っ込んでいる。

金眼たちが一斉に――こちらへ、駆け出す。

「桐原君のおかげで大魔帝の奥の手の一つを見ることができた。攻撃速度も、多少は把握できたわ」

「それは……ええ」

「あの向かってくる金眼はおそらく私たちの動きを見るため……捨て駒にしてこちらの動きや能力を測るつもりよ。十河さん、力をセーブして戦える？」

「え、ええ……多分」

まだ本気を見せるな、と聖は言っている。

「それじゃあ――行くわよ」

「は、はいっ」

聖が先に駆け出す。

（確かに今は桐原君の安否を確認している余裕は……ないっ！）

迫りくる金眼。しかし、

「疾ッ」

綾香が三体。

聖が、二体。

片は、一瞬でついた。この程度の金眼ではもはや相手にならない。

三割程度の力でも、十分。

「さすがね、十河さん」

「聖さんこそ」

「あの霧の中に本体があるとして……まずは、物理攻撃が有効かどうか確かめましょう」

「わかったわ」

「左右から挟み込むようにして、いくわよ……、――【ウインド(サンダー)】」

スキル名を口にし、聖が加速。固有スキルで加速したらしい。

電撃系のスキルを用いた加速。妹の樹の能力と似たようなことができるらしい。

綾香も、

(負荷が消えた、ばかりだけれど……ッ)

――――ミシッ――――

極、弦――――トップ、スピード。

「………………」

黒い霧の中から、触手鎌が何本も出現した。

(まだ、あの触手鎌の数を増やせるんだわ……ッ、――来る！)

「……ッ、――【武装戦陣(シルバーワールド)】――ッ」

綾香の頭上に巨大な銀球が出現。

ゆら、とそれを見上げる大魔帝。

銀球はすぐさま、様々な武器へとその姿を変化させていく。

綾香はその中から固有剣を一本、引き寄せた。

パシッ

右手に、槍(やり)。

左手に、剣。

固有武器の難点は、他の攻撃スキルの付与ができないことだ。

が、普段使いの槍であれば付与できる。この槍だって、立派な武器の一つ。

複数の触手鎌が綾香めがけて襲いかかる。

すべての軌道を――眼球の動きで、確認。

刹那、衝突によって生じた火花が綾香の周囲で巻き起こった。

触手鎌〝すべて〟に――宙に浮いた武器たちが応戦。

ツヴァイクシードを倒した時、綾香の固有スキルは進化していた。

〝範囲内であれば己の意思で自在に固有武器を動かせる〟

いうなれば、かの多腕のヘカトンケイルにも似た戦い方が――可能となる。

間断なく生ずる互いの武器の衝突による火花の明滅。

両者の速度は――加速、していく。

と、そこで〝それ〟が起こった。

何本もの触手鎌が、さりげなく綾香を導いていた。

〝ここが空いているぞ〟と。

綾香は固有武器を従え、そこへ飛び込んでいく。
が、すべては大魔帝の思惑通りだった。
肉塊が――杭打ち機（パイルバンカー）のように射出される。
大魔帝はあえて隙のある場所を用意した。綾香を〝そこ〟へおびき寄せるべく。
誘導し、誘い込んだのだ。
綾香自身がルートを選んだようでいて。
実は、選ばされていた。
そしておびき寄せたところを――肉塊にて、粉砕。
綾香は、
「それも、読んでた」
肉塊を回避。
射出された肉塊を、固有剣で切り裂いた。
「――――」
手ごたえ。
血。
赤い、血だ。大魔帝の肉塊が流したのは――赤い血。
攻撃が、

(通った)

迫る触手鎌を浮遊武器で防ぎつつ、綾香は大魔帝の〝本体〟目がけ続けざまに斬撃を浴びせかける。触手鎌がすべて、防御に回った——聖の方へいっていた触手鎌も、すべて。

「————ッ」

さすがにこうなると、綾香も攻めきれない。どころか、

(防御に回られると、私の方の隙が大きくなってる——ッ)

不利と判断し、一旦跳び退く。ザッ、という靴底が砂を噛む音。

聖も下がり、綾香の隣に位置取った。

「……十河さん、あなた」

「？」

「大魔帝の攻撃が……完全に、見えているの？　あの肉塊の射出も……肉塊が現れてから、避けたように見えたけれど……」

「え？　ええ……どうにか。あの……聖さん？」

時おり視界の端で確認していた聖の姿。

彼女も、大魔帝の動きに対応していた風に見えたが。

「私は、ギリギリ。私も【ウインド】で氷武器を急造して似たようなことをやってみたけれど、強度がまるで足りなかった」

確かに聖の氷武器は触手鎌とぶつかると、砕け散っていた。

「意外とMPを食うから、私の方は長期戦になると厳しいかもしれないわ」

「私の方はスキルレベルが上がって消費量が大分減ったから……長期戦も、いけると思う」

大魔帝は動きを止めている。肉塊がまだ出たままになっていた。

血を流す肉塊をぼんやり眺めているようにも見える。ただ、ダメージがあるようには見えない。あの肉塊は〝本体〟判定ではないのかもしれない。

「私の方は防戦一方で、余裕を持てそうにないわ。十河さんのように攻勢に出る余裕なんて微塵もなかった。そう……戦いながら何度も様子を窺えるほどの余裕も、なかった」

綾香は聖の様子を少しずつ確認していた。聖にはその余裕がなかったらしい。

臨戦態勢を維持し二人で大魔帝を見据えたまま、

「……動かない、けれど」

「そうね。何か考えているのか……あるいは、様子見をしているのかもしれないわね。十河さん……例の極弦というのは、まだ持続できる？」

「え？　ええ。実は前より、負荷も軽い印象で……側近級を倒してステータス補正が上がった影響もあると思うんだけど、なんというか——そもそも身体が、極弦に慣れてきてる感じがあるの」

どこか呆れたみたいに、一瞬、聖が吐息まじりの微笑を漏らした。

「持って生まれた才能、かしらね」

「？」

聖はそのままジッと大魔帝を見つめた。やはり高雄聖は〝何か〟をずっと考えている。

「十河さん……これは本当に無茶を承知の上で、聞くのだけれど」

「え、ええ」

「あなた一人で時間稼ぎ――なんて、できたりする？」

「え？　私、一人で……？」

改めて大魔帝を見る。

「大魔帝の戦闘能力が今のままなら……ええ、し、しばらくなら稼げると思う。ええっと
――ステータス、オープン」

ＭＰ残量を表示。いざという時のための予備ＭＰ。それを残すと想定した上で……

「最大で、そうね……1時間くらいなら、もたせられると思う」

息をつく聖。

「想定以上の答えよ……本当に規格外ね、十河さん」

「そ、そんな私なんてっ――あ、ごめんなさい……過度な謙遜は、よくないんだったわね」

またも聖が、微笑む。

どこか感傷を引きずったような笑みではあるものの――今の聖は、よく笑う。

「もし、私の助力が必要だと思ったら音玉で合図して。他の合図も、手短に伝えておくわ」

聖はそう言って、音玉の新たな合図を綾香に短く伝えた。

「あの、聖さんはどこに？」

「どうしても今、一つだけ確認しておきたいことがあるの」

今でなくてはならない確認。なんだろうか？

「あえてあなたには伝えないでおくわ……それと、これを」

聖が、折りたたんだ紙片を綾香の懐に滑り込ませた。

「これは？」

「大丈夫、今読むものじゃないわ。必ず、私が〝戻らなかった時〟に読んでちょうだい。読み終わったら燃やすなりして処分してくれるとベストね」

待っ、て。

「あの……聖、さん？　戻らなかった時、って……？」

「万が一の時の話よ。安心して、ちゃんと戻ってくるつもりだから。ただ、私は最悪の事態も考えておくタチなの。知っているでしょ？」

「え、ええ……」

この間、二人は一時も大魔帝から視線を外していない。

あの肉塊は引っ込んでいる。そして、まだ大魔帝が動く気配はない。

「どこまで責任を負えるかはわからないけれど――できる限り、責任は取るつもりよ」

（責、任？）

綾香は言葉の意味を測りかねた。責任とは、どういうことだろうか？

聖が、身を翻す。

「それじゃあ、ここをお願い」

「あ、あの聖さんっ――」

立ち去りかけた聖を呼び止める。聖が、振り向く。

「いいわよ。なんでも、聞いて」

「そ、その……もし、よ？ もし、倒せそうだったら――倒してしまっても、大丈夫……？」

「――――――」

聖が、目を丸くした。これこそ初めて見る表情かもしれない。さらに、

「クスッ」

聖が、吹き出した。これもだ。あんな自然な吹き出し方は、やっぱり初めてで。

「本当に――あなた、規格外なのね」

「ご、ごめんなさいっ」

「いいのよ。そうね……これも、渡しておかないといけなかったわね」

言って、聖は首飾りを綾香に渡した。

「あ――」

聖が女神から託されたという例の黒水晶の首飾り。

根源なる邪悪はその心臓部に特殊な邪王素を宿しているという。

元の世界へ戻るには根源なる邪悪の持つその特殊な邪王素が必要となるそうだ。そして、もし戦いによってその特殊な邪王素を貯蔵する心臓部ごと消滅させてしまった場合――その際に心臓から放出される邪王素を吸収し、保管するのがこの首飾りなのだという。

「根源なる邪悪の本体が倒されると、その際に邪王素は単なる巨大エネルギーのようなものに変換されるのじゃないかしら？　おそらく膨大なエネルギーだけが残って、無害化されるのだと思うわ」

そう自前の分析を述べたあと、聖が微笑みかけた。

「この首飾り……あなたに託すわね、十河さん」

「え、ええ……わかったわ」

「大魔帝が倒されたら邪王素が無害化されて、それがこの一帯に及ぼしていた影響も消えるはずだから……その時の周囲の変化で倒されたことはわかるかもしれない。けれど倒せた時は一応、私を呼ぶ時の音玉を使って。それと……」

一度、桐原が吹き飛んでいった方向を見やる聖。

「桐原君が気絶しているだけだとすれば、目覚めた彼が乱入してとどめを横取りするかもしれない。だけどとどめは絶対にあなたが刺すこと。これだけは、約束して。とどめだけは〝あなた〟でないと、絶対にだめ」

「わ、わかったわ！　必ずとどめはっ……私が刺す……ッ！」

一瞬、聖が停止した。

「十河さん」

「は、はい……」

「一緒に召喚された中にあなたがいて、本当によかったと思うわ。心から」

言って、聖は再び身を翻した。

駆け去って行く聖の気配。綾香はこの時、奇妙な不安感に襲われていた。

多分、急に独りになった心細さのせいではない。

（聖、さん……）

別れる直前、聖は笑みを残していった。

どうしてだろう。

もう二度と、聖とは会えないのではないか――なぜか、そんな気がして。

なぜそんな風に思ったのかはわからない。

あるいは、あんなにも素敵な笑みだったからこそ……特別な時に浮かべるような、あんな笑みだったからこそ。ありえないと思っていた、初めてだったからこそ。

逆に綾香の胸を、不安感が満たしたのかもしれなかった。

その時――

「！」

大魔帝が、動いた。近づいて、くる。

（私が一人になったから？　もしかして……私が犠牲になる覚悟で聖さんを逃がしたと思ったのかしら？）

再び、

――ミシッ――

極弦の強度を、増す。

綾香の周囲に浮かぶ固有武器――【武装戦陣（シルバーワールド）】

すべて、戦闘態勢へ移行。

（……今は、聖さんを信じる。戻ってくるつもりだって、言っていたじゃない。だって、あの聖さんだもの……何か、とても大事なことをやろうとしているに違いないわ。そしてそれはきっと、私たちのため。だから今、私は――）

綾香も槍と固有剣を、構え直す。

「私のやるべきことを、やる」

◇【高雄聖】◇

高雄聖は足音を抑えつつ、静かな城内を駆けていた。

足を、止める。この時間は〝ここ〟にいる可能性が高い。と、

ギッ……

ドアが、開いた。

「――あ、あら？　あらあらあらぁ～？　ヒジリ、さん……ではないです、かぁー……」

女神ヴィシス。

ひどく青ざめて見える。ドアを開く動作も、ひどく弱々しい。

普段の女神と比べて見る影もない。ただ、女神特有の笑顔だけはそのままだった。

「う、うふふ……突然、満ちた……この、異様すぎる濃度の邪王素……わかりません、ねぇ？　いえ、おそらく……大魔帝なのでしょうけれど。しかし……なぜこの王城、に？　どう、やって……？　う、ふふ……」

身体に力が入っていない様子である。

「このまま、だと……危険、かもと思い……別の場所に退避をと、考えたのですが……あぁ……出会えたのがあなたで、幸運でした。……大魔帝、ですね？」

「ええ、おそらくは」

「先の戦いから……想像以上に、今回の勇者が手ごわいとみて……勇者の成長を恐れたのでしょう。だから直接、乗り込んで……始末しに、きた。う、うふふ……思ったより大魔帝は、追い詰められているのかも……しれません、ねぇ……」

弱々しいが、雰囲気はいつもと変わらない。怯えている様子もない。

聖は、肩を貸した。

「おやまあ……ありがとう、ございますー。う、うふふー……ここであなたたち勇者が、大魔帝を倒してくれれば……願ったり叶ったり、なのですが……」

「大丈夫ですか？」

「情けない話ですが、さすがの私も……邪王素相手では、この通り……ふふふ。できれば……向こうの方角へ、お願いできます？」

小刻みに震える指で女神が示した方角は、大魔帝がいた場所から離れていく方向だった。

少しでも離れることができれば、ごくわずかでも負荷を軽減できるのかもしれない。

「女神様が今より動ける距離まで避難したら、十河さんや桐原君と合流しようと思います。そしてもし、大魔帝が来ているのなら——倒す方向で、動いてみようかと」

「うふふ……素晴ら、しい……素晴らしいですよ、ヒジリさん……」

「今、この邪王素の発生源の位置を特定すべく妹が動いています。位置がわかれば、合図があるはずです」

「合、図？」

「音玉（おとだま）というものを自前で集めました。合図にはそれを」

「あ、あらあら……そう、でしたか♪　有能、なのですねぇ……♪」

「邪王素の影響下だと、女神のあなたでもこうなってしまうのですね」

「う、ふふ……お恥ずかしい限り、です……しかし、だからこその……異界の勇者です……よくお分かりに、なった……でしょう？」

「はい」

「ですが、よくぞ……来てください、ました」

「私たちが元の世界へ帰還するには、あなたの存在は必要不可欠ですから。ここで死なれては困ります。あなたにはまだ、聞きたいこともあるので。女神様には――」

聖は一歩、女神の指示した方角へ踏み出す。

「生きていてもらわなければ、困ります」

「ふふ、ふ……そう、ですね。私、たちは……運命、共同体……ですから、ね――……」

と、女神がよろめきかけた。

聖はそれを支えるようにして、手を、女神の胸に添える。

「【グングニル】」

□

高雄聖の固有スキル【ウインド】。

【ウインド】は他属性をまぜ込むことができる。複合属性のような使い方ができるのだ。

しかし——聖は一つ疑問を抱いていた。

なぜベースが風属性なのか？

ただ、進化したこの固有スキルを習得して納得いった気がした。

勇者のスキル名などは主に元の世界のゲームがベースだという。この固有スキル名もゲームに多く使われるモチーフなのだろう。そもそもゲームでなくとも〝グングニル〟の名は広く知られている。北欧神話の主神が所有する有名な槍の名だ。

さて、そのグングニルの持ち主である主神オーディンは〝風の神〟でもある。

【ウインド】から——【グングニル】へ。

スキルの主軸が風属性だった意味。納得できる進化、とも言える。

その【グングニル】の能力は至極単純である。

超高威力のエネルギー槍を撃ち出す能力。

一撃の威力を限りなく高めた極攻撃特化スキル。

忙しさゆえか——あるいは、傲慢さによる怠惰ゆえか。

このところ女神は勇者のステータス確認を怠っていた。
綾香（あやか）の【武装戦陣】の進化も知らないのではないだろうか？
特に、聖は信頼され切っていた。
そのためか最近、本当にそういったステータスチェックとは無縁であった。
ゆえに【グングニル】は女神も知らぬ進化スキル。
そして、女神は――

▽

……、――シュウゥゥゥウウウ……
「どう、して……こ、う……人間という、ものは――こう、も……」
吹き、飛んでいた。
女神の右半身が――高雄聖が放った固有スキル【グングニル】によって。
女神は、ギリギリ回避行動を取った。
おそらくは、あらん限りの力を振り絞ったのであろう。
ゆえに、全身を破壊するには至らず。
右半身の断面に、ミミズに似た無数の触手が這（は）い回っている。

多分、身体を修復しようとしているのだ。が、修復速度はひどく遅い。

邪王素の影響と思われる。

女神は残った身体中に汗をかいていた。顔面も汗に塗れている。

右半分の顔面は肉が剝き出しになっていた。保護するもののなくなった眼球も剝き出しに近い。が、左半分の顔と口もとは――まだ、笑んでいた。

読めない。追いつめられているのか、否か。

「ヒジリ、さん……なぜ、でしょう？　あな、たは……元の世界、に……戻りたく、は――」

「【ウインド】」

旋風と絡み合いながら渦巻く大炎。

女神を焼き尽くさんがごとく、炎が躍りかかる。

仕様上【グングニル】は連発できない。時間を置かねばならないのだ。

女神の右半身が、炎を浴びた。回避が間に合っていないのを確認。邪王素の影響でほとんど動けていないようだ。聖は聖で、そのまま剣を手に斬りかかる。

女神が、後ろへ跳んだ。またも、残された力を振り絞った感じだった。

女神の背後は――手すり。

今、聖たちは二階廊下にいた。手すりの向こうは一階広間になっている。

つまり、広間は一階から二階まで吹き抜けになっている。

二階廊下の手すりから一階広間が見おろせる造りだ。逆も然(しか)りで、一階広間から見上げれば、普段ならば二階の手すり付近にいる人物と言葉を交わすこともできるだろう。

女神が手すりから——そのまま、落ちた。

落下した。一階へ。

逃げようとしているのか。

聖は【ウインド】による加速そのままに、迷わず追う。一足で、手すりを飛び越える。

——いない。

手すりを飛び越えた先に——一階広間に、女神の姿がない。

大して動ける様子ではなかったはずだ。……いや、違う。

女神は炎に左半身を焼かれながら咄嗟(とっさ)に〝何か〟を懐から取り出し——飲み込んだ。

聖は、確かにその瞬間を見たのである。

「————」

落下しながら、聖は見た。

二階廊下の真下。逆に一階から見ると、二階廊下の真下にあたる天井部分。そこに、

女神が逆さに、張りついている。

重力を無視した張り付き方である。さながら、ツルツルした壁にも張り付ける昆虫のようだった。

汗をダラダラと流しているのはそのままだが……再生、している。

肌はまだ形成され切っていないが、手足の骨がすでに再生を終えていた。

さらには、目が——金眼と白目であった部分がすべて、真っ黒になっていた。

その黒く塗りつぶされた目に、一瞬、金の網の目のようなものが浮かぶ。

が、それはすぐに消えた。まるで、緩慢な明滅のように。

そして再び——その目が、黒一色に染まった。

「ほとほと……ほとほと、愚かです。あぁ、しかし……〝これ〟をここで、使うはめになろうとは。あぁ、本当にまさかですよーヒージーリーさぁーん？　まさかまさかの、あらあらうふふ♪　うふ？　うふふ……ニン、ゲン——」

ニィィ、と黒き瞳の白き女神が笑んだ。

「——風情が」

聖は、天井に張り付く女神へ炎渦を放った。

女神が天井から跳ぶ——さながら、ゴキブリめいた動きで。

女神は広間から二階へとのびる階段近くの床に着地。

階段前には深紅の絨毯が敷いてある。

女神の背後にある階段は、上へ向かう途中で左右に分かれていた。

その背後の壁に——巨大な肖像画が、かかっている。

女神ヴィシスを描いた肖像画だ。清らかさを放つ肖像画の女神……。

そして今やそれと同一人物とは到底思えぬ女神が——聖へと、向き直る。

「さてさて、これは一体どういうことなのでしょうか？　ここで私を裏切って、心の底からどういうつもりなのでしょう？　あーあー……あなただけは本当に信じていたのですよー？　ほぉら、ニンゲンはすぐに裏切る……本当に、理解に苦しみます！　あぁ、私が本当にかわいそうで……あーあ！　ヒジリさん、やっちゃった！　あーあ知ぃーらなーい！　もう！　知りませんよ～？」

……今は、言葉をスラスラ話している。さっきは言葉を紡ぐのも難儀そうだった。

そう、明らかに先ほどとは違っている。

聖は観察する。

修復のための触手はまだ動いているが、すでに筋肉が形成され始めている。

修復速度で見ても目に見えて上がっている。動きにしても、普通に動けている。

今の女神の状態……。

やはり先ほど飲み込んだあの〝黒い玉〟の影響で、まず間違いない。

あの黒玉は完全な想定外である。まさか女神があのような能力増強策を隠していたとは。

しかし、

「…………」

実は、意外と女神は追い詰められているのだろうか？

あの大量の汗……。

まだ汗が止まっていない。

黒玉を飲む前と比べれば、女神が動けている方なのは明らか。

が、やはり邪王素の影響は今なお大きく受けている――そう見ていいのではないか？

女神の跳んだ方向……。

あるいは、気のせいかもしれないが。

邪王素の発生源――大魔帝がいる方角と逆へ跳んだ。

跳ぶ直前、女神は確認したのだ。邪王素はどっちの方角から放たれているかを。

聖は、女神のその一瞥を見逃さなかった。

あれは、少しでも邪王素から離れたかったのではないか？

つまり……パワーアップしたとしても、変わらず邪王素は嫌がっている？

今の女神は表情こそ笑みを浮かべている。言葉も余裕綽々といった感じだ。

が、あれは虚勢という線も出てきた。

あえて余裕を見せ、修復を終えるのを待っているという線である。

今、追撃をかけるべきか否か——聖は、考える。

そして、問いを投げた。

「今、あなたは……追い詰められているのかしら？」

「あら？　おやおやー？　今までずぅぅっと黙っていらっしゃったのに、いきなり話しかけてきました！　どういう風の吹き回しなんでしょう!?　じ、自分に都合がよすぎます！」

「………」

「私こそ、改めて聞きたいのです！　なぜこんな愚かなことをしたのですか!?　ひどい！　ひどすぎます！」

「あなたが私のスキルから逃れる直前に飲み込んだ、あの黒い玉……まだ、いくつかあるのかしら？」

女神が一つ、瞬きをした。すると目が、以前の状態へ戻った。

しかし——威圧感や状態は、変わらず。

「あ。……あーっ！　なる、ほどー……」

目が据わり、女神が少し首を傾けた。

「——————おまえ、嘘がわかるな？」

見破られた。やはり少し、露骨すぎたようだ。

女神が両手を合わせた――片腕は、まだ再生し切っていないが。

「変だと思ったのです……さっきまで黙って殺しに来ていたのが、突然話しかけてきて……本当に、気持ち悪くて。……あーそうか、あの時ですか。ほら、けっこう前に私の部屋に来て……本当に元の世界に帰れるのかとか、ピーチクパーチク質問した時……あれで〝勘違い〟したんですねー？　ひどいですー……その場の真偽だけでわかった気になって、話し合わず、私を一方的に嘘つき呼ばわりして――あまつさえ、殺しにくるなんて！　うぅ……えぐっ……ひどすぎます」

この期に及んであれを〝聖の勘違い〟で処理しようとする女神。

およそ、まともな神経ではない。

聖は言った。

「私の読みでは、神族はあなた一人ではない」

「あー……なるほど。私を殺せば代わりの神族が送り込まれると思った？　あーなるほど、なるほど！　私より話がわかる神族の存在に期待しているわけですかーっ！　いるかどうかもわからないのにーっ!?」

「………………」

騙せた。

ヴィシスに頼らない帰還方法は、今ヴィシスが考えたような他の神族頼りではない。

もう少し確実な手段。が、期待通り勘違いしてくれたようだ。

「はーでも……残念♪　この私を、仕留め損なっちゃいましたね♪」

聖は、観察を続ける。

「……さてさて。なぜ私は、ギリギリ回避できたのでしょう？　私に肩を貸していた時、あなたほんの一瞬……うふふ……私が指を差した方向と逆へ行こうか迷ったでしょう？　こう思ったのではないですか？　たとえば〝邪王素の発生源の方へ一歩でも近づいて少しでも弱体化させた方が、仕留める確率が上がるのでは？〟とか」

当たっている。

「しかしそこであなたの中に、ほんのわずか迷いが生じた……邪王素の発生源側へ近づこうとすれば、それはそれで不意打ちに気づかれてしまうかもしれない。ただ……残念でした♪　私は、あなたが葛藤をちらつかせた時点ですでに怪しく思ったので……ギリギリ半身だけのぶっ、とびで済んだのでした！　神を舐めるな」

「………………」

「うふふ。さっきの【グングニル】とかいうスキル……乱発はできないのでしょ？　少なくともある程度、時間を置かねば次は撃てない……なぜならあなたは一度撃ったあと〝普通ここで使うでしょ？〟という場面でいまだに使っていませんから♪　うふふ、なんですかあの【グングニル】のあとに出した風と炎？　本気で殺す気があるのでしょうか？

あのぉ……だ、大丈夫ですか？　正気を疑って、いいですか？」

この時、高雄聖はある一つの仮説に達していた。あくまで仮説ではある、が。

「うふふ……ちょっと気に入りませんねー♪　仕留め損なった上、私がこんなすごい強さを発揮しているのに……まったく表情が変わらないのはとっても嫌な気分です！　ヒジリさん、もっとソゴウさんみたいに驚いたり絶望してもらわないと、張り合いがありませんよーっ⁉」

聖は跳んだ――機先を、制するようにして。

【ウインド】の力を使い、一足にて女神へと迫る。

緩くではあったが――女神が、構えを取った。

無事な方の女神の左腕に、メリッ、と黒い脈が浮かび上がる。

その左腕が、変形した。それは、大魔帝の触手鎌にも似ていた。

しかし聖は止まらない。女神が――完全に、構えを取る。

「――来るか、ヒジリ・タカオ」

女神の懐へと迫る。聖は、剣を振りかぶった。

ガキィン！

攻撃してきた触手鎌を、打ち払う。

「あら⁉　絶妙にこちらの力を、逃がされたッ⁉　あらあら！　なかなかやるじゃあーりませんかヒジリさん！　で、す、が――」
まるで花開くように、女神の腕がパックリ割れた。
左腕がさらなる変態を遂げる。さらに二本、触手鎌が増えた。
女神が、パチッ、と瞬きをした。再びその目が黒一色に染まる。
そのままもう一つ、瞬き。通常の目に、戻った。
「これで、終わりです」
風圧――局所的な暴風が、巻き起こった。
想定していなかったであろう突然の暴風の発生である。
ドヒュッ！
新たに発生した二本の触手鎌――それらが風圧で女神の背後へ、押しやられる。
「！」
一閃(いっせん)。
聖の長剣の刃が、女神の右半身の肉を斬り裂いた。
刃にはかまいたちのような乱風刃(らんふうじん)を纏(まと)わせてある。
ゆえに攻撃範囲も、やや広い。
場合によっては、ごっそりと削(そ)ぎ取るような当たり判定になりうる。
そして――再生しかけていた女神の頭部近くが、ごっそり、持っていかれた。

「……、――やってくれますねぇ、ヒジリさーん」

間髪を容れず剣撃を浴びせかける聖。しかし、戻ってきた二本の触手鎌がそれを迎撃。

女神が跳び退き、距離を取る。聖は、

「――【ウインド】――」

追撃を、選んだ。

パリィン！　パリン――パリンッパリィンッ！

連続する、氷塊の破裂。

「これは……視界、が……？」

生成した氷は風の力で細かく砕かれ、周囲へ〝爆散〟していく。

さながら氷の砂塵めいたそれらが――視界を、覆い尽くした。

清冽な風切り音。

ザシュッ！

今度は触手鎌を生成している方の女神の左腕を――刃にて、断裂。

聖は次の攻撃のモーションに入りながら、

「あなたの方こそ、おしゃべりがすぎたわね」

聖は先ほどの女神の状態を、こう読んだ。

〝あの長々としたお喋りは、おそらく時間稼ぎ〟

では、なぜ時間稼ぎを？

〝もっと再生しないと、まともに力を発揮できないから〟

そう推察したのである。

つまり今の状態であれば――まだ、勝機はある。

賭けにも近かったが、聖（ひじり）はそれを選んだ。

幸いなことはもう一つ――通常の剣撃が、通る。

あの黒玉をのみ込んだ後の女神。通常なら、足もとにも及ばない力差があるに違いない。

しかしこの〝邪王素（じゃおうそ）の影響下〟という……

限定的な弱体化状態であれば、あるいは。

そして切断された女神の左腕が、
ドチャッ！

地面に、落ちた。


「ここであなたを、始末する」

「クソガキが」

タイムリミットは――一時間。

4．風よ吹け、白き女神の笑顔と共に

ヒジリ・タカオは〝覚悟〟を決めている。

女神ヴィシスは、それを理解した。

長広舌も時間稼ぎだと看破してきた。見込み通り、抜け目がない。

そして、舐めている。

この時ヴィシスが真っ先に取った行動は、離脱であった。数歩で階段を駆け跳ね、二階廊下に着地する。階下から追ってくるであろうヒジリ。どう動——

いない。

背後。固有スキルの能力か——階段を使用せずの、跳躍。

おそらく風の能力によって立てる音も限りなく消音されている。

振り向きざま、ヴィシスは右腕の骨を斧に変形させた。そのままヒジリの剣を切り払う。

が、ヒジリ・タカオの怒濤の攻勢は——止まない。

固有スキルを織り交ぜて攻撃を続行してきた。手を緩める気配がまるでない。

攻撃に、絶え間がない。

ヴィシスは誰にも聞こえぬような小声で、呟く。

「小賢しいこと」

ヒジリの攻撃は常に大魔帝(たいまてい)のいる方角へ誘導しようとしていた。

しかしその誘導を避ければ今度は攻撃を食らう。

きっちり、組み立てている。

この双子の姉、やはり賢(さか)しい。固有スキルやステータス補正にとどまらない。ここまでの能力を備えていながら、とヴィシスは素直に思った。

「実に、惜しい……惜しかった。よい駒に、なりましたのに……」

ヴィシスは――逃げる、逃げる、逃げる。

現状、防御に回ることしかできない。今は少しでも邪王素の発生源から離れる。

再生力もそれで上がるはずだ。

根源なる邪悪――実に忌々しい存在である。

まず邪王素が濃い場所では神級魔法が使用できない。

〝神命の炎球(ファイヤーボール)〟一つ撃てなくなる。

身体(からだ)をぶつけながら、虫のように廊下を跳ね回るヴィシス。

不格好ではあるが、最善の逃げ手。

着地。

今いる建物と隣の建物を繋(つな)ぐ回廊。石造りの回廊には窓があり、何も嵌(はま)っていない。

周囲を観察する。ヒジリの姿が、消えた。

「……しかし、秘蔵の黒紫玉（こくしぎょく）を使ってもこれですか」

いや、と思い直す。

邪王素下でここまで動けるだけでも上々か。

過剰に弱体化しているものの、ヒジリ・タカオに抵抗はできている。

しかし今のこの強化状態にあっても――やはりヴィシスが神族である以上、根源なる邪悪に勝つことはできない。

近づけば近づくほど神族は人間以上に負荷が強まる。

何より、根源なる邪悪には神族の攻撃が一切通らないのである。

いくら動けようと神族の攻撃はすべて無効化されてしまう。

どんな力を持った神族でも例外はない。

ゆえに、攻撃の通る異界のニンゲンに頼らざるをえないのだ。

ヴィシスは考える――ヒジリはこの裏切りを、いつから計画していたのか？

一人で考えたものなのか？　誰か支援者はいるのか？　もし支援者がいた場合、裏切りの計画はヒジリ側からの提案だったのか？　あるいは、たぶらかされたのか？

時期を考えると……

「やはり接触者は、狂美帝（きょうびてい）の手の者である可能性が高いですかねぇ」

女神を倒す手段がある、とでも吹き込まれたのだろう。

なぜ王都に入り込んだミラの間諜を自分が見逃したのか？
単純に――忙しすぎた。
大侵攻前後からは特にである。役立たずのニンゲンの代わりに、自ら働きすぎた。
結果、この近辺に入り込んでいた敵の間諜を見逃してしまった。
「しかも大魔帝が……まさか、直接乗り込んでくるとは……本当に、前代未聞……」
やはり過去の根源なる邪悪とは何か違う。
早期に学んでいる――この世界のことを。
しかし侵入手段は？　何を使った？
……転移？
しかし、転移技術を生み出せるのは神族くらいだ。
他の神族がこの世界に来ていればわかる……ゆえに、他の神族の技術ではありえない。
たとえば未踏の地下遺跡の中なら、遺物的な転移技術などがあるのかもしれないが……
地上へ持ち出しができるものなど、聞いたことがない。
「で、あれば……」
今回の大魔帝は、特例的に転移の技術や能力を持つ？
否――持っているなら、先の大侵攻で使用していないのはおかしい。
つまり大侵攻のあとに入れた〝何か〟を使ったのだ。

残る心当たりは一つ。どこかで、

「転移石(アレ)を、手に入れたか」

しかし、あれはここアライオンには存在しない。

当然、各地の魔術師ギルドにも所蔵されていない。

希少品中の希少品なのだ。持っているとすれば、

「あの忌々しい禁忌の魔女なら、あるいは……あとは――」

ヨナト公国か、ミラ帝国。

ミラ――狂美帝。

……まさか今回の大魔帝の襲撃も、狂美帝の手引きとでも？

狂美帝が大魔帝に転移石(てんいせき)を〝あえて〟流した？

「もしそうならば、本当にどうかしています……またポラリー公が憤激しますねぇ……

あー怖い……」

さて、

「ヒジリさぁ～ん？　どーこでーすかー？　このままだとわたくし、完璧に、再生してし
まいますよ～」

反応なし。逃げた――とは考えにくい。ヒジリにとって今は千載一遇の好機のはず。

「と、いうことはー……」

あの【グングニル】を再び撃てる時が、近づいているわけだ。
今の状態でアレをもう一度食らうのはまずい。
ヴィシスは、落とされた右腕に再生力を注いだ。
右手を変形させた複数の枝刃にも、ヒジリ・タカオは対応していた。
以前、似た戦い方を経験してきたかのような――何か、手本がある感じだった。
手本。
ヒジリ・タカオ以上の戦闘能力を有する可能性があるのは、二人。
タクト・キリハラか、
「……アヤカ・ソゴウ」
そういえば、他のＳ級勇者は何をしている？
加勢に来る？　ヒジリは、他のＳ級の到着を待っているのか？
となると、早めにヒジリを始末しなくては……。
しかし――正しい。いやらしいほど、今回の裏切りは正しい機会と言える。
もし女神を始末したいと考えるなら、確かに今しかない。
今以上の好機はあるまい。よくぞ決断したものだ、と欠片ほどの賞賛を贈る。
思っていても普通、なかなか実行はできまい。
ヒジリ・タカオ――とてつもない精神力の持ち主と言える。

「まあそれでも所詮、風情ですけど……♪」

ヴィシスは移動する。追ってくるなら、移動の気配があるはずである。

広い廊下に出た。先ほどヒジリと戦った場所と似た廊下である。

今いる二階廊下の手すりの下には、吹き抜けの広間。

何人か痙攣（けいれん）し倒れているニンゲンがいた。いずれ死ぬのかもしれない。

ニンゲンの命の儚（はかな）さは、意外と笑える。

「追ってくる気配が、ありませんねぇ……逃げましたか。やれやれ……」

本当に始末すべき勇者を、最も信頼していたとは。

「風情が……本当に人間は、神の善意を無下にしてばかりです。あぁ、悲しい……ひっく、ひっぐ……悲、しいです……ぅ、うぇええ～ん！　短命のカス種族が」

再生が、進んでいく。

「まあいいです。この黒紫玉の力……実に、素晴らしい。これで邪王素の弱体効果が消えたら……私は一体、どうなって――、……」
ギ、ィ……
廊下に並ぶ戸の一つが、大きく開いた。元々、半開きだったのかもしれない。

風か何かで軋（きし）み音を立てたのだろう。

「あら？」

風。

横手。

音もなく――ヒジリ・タカオが、迫っていた。

軋み音は風の能力で起こしたものか。ヴィシスは今、小さな音にも敏感になっている。

それを察し、風を起こして音を立てた。自然に吹いた風のように見せかけて。

ヴィシスが音に気を取られたのは、ほんの一瞬。その刹那の間隙に、

ヒジリ・タカオが、割り込んできた。

しかし、とヴィシスは冷静に考える。気配がなかった、と。

そうか――おそらく消せるのだ、あの風の能力で。

音を、気配を。

あの固有スキル……応用範囲が、異様に広い。

ヴィシスはやや無理をして、再生途中の腕の骨をそのまま変形させた。

「ここここ、小癪(こしゃく)です！　小癪小癪小癪ぅう――う、うぅ……な、なんでこんな悲しいことをするのですか、ヒジリさん!?　どうして、こんな――ッ！」

ヴィシスの骨の枝刃と、ヒジリの長剣が打ち合う。涙を流し、ヴィシスは切々と訴えた。

「どう、して――どうして、神と人はこうも解(わか)り合えないのです!?　どうして……ッ!?　殺すぞ、ガキ！」

ヒジリの今の剣はただの長剣ではない。

スキルで強力な風の刃をまとっている。

ただしこちらも小さな裂傷は与えている。が、それも微々たる傷。

枝刃の手数が、有利になっていない。

ヴィシスの動きはやや鈍かった。理由は簡単。

撃ってこないのだ――あの【グングニル】を。

絶好の機を窺っているのだろうか？　いや――そもそも、撃てるのか？

ヴィシスは訝しんだ。

実は、まだ撃てないのでは？　撃てると見せかけているだけで……。

こちらがそれを警戒し動きが鈍るのを、狙っているだけなのではないか。

ヒジリの戦い方は小癪の極みにあった。さりげなく邪王素の方へ誘導しようとしている。

しかしそれを嫌がって逆へ行けば、ヴィシスは不利な角度で攻撃を受ける。

「小賢しすぎます♪　し、死ねばいいのに！」

小細工を積み重ねている――真正面からでは、神に勝てないから。

弱体化している神にすら勝てない愚劣な種族。

ただ一つ、問題があった。

ヴィシスはそのことで、押され始めている。

「ああもう！　これはッ……大魔帝ですねぇ！」

想像以上に、遥かに邪王素の弱体効果が強いのだ。

ヴィシスは後方を一瞥し——後退を始める。ジリジリと、ヒジリの剣圧に押されていく。

「……くっ！　小賢しいぞ、クソガキぃいい!?　神を舐めているのですかぁぁあああああ!?

ぐ、ぅっ……!?　あ——きゃあっ!?」

重い一撃によって、吹き飛ばされるヴィシス。

またも跳ねるように、何度か壁や手すりや天井に激しくぶつかって、最後に——

ドンッ！

背中から廊下の手すりに、ぶつかった。

ヒジリの追撃——雰囲気が、違う。

「まさか——」

ヴィシスは呟いた。

ここで、決めるつもりか———【グングニル】を。

「ヒジリさん！　ちょ、ちょっと待——」

ヴィシスは背後へ手を伸ばした。

直後——ヒジリの動きが、止まった。
ド、スッ

「――――」

「だ、だだ……♪　だぁ～れだ？」

刺さっていた。

刃が、ヒジリの腹に――剣の形をした〝それ〟が。

ヴィシスはその〝手にした剣〟の刃を動かし、グリッ、とヒジリの内部を抉る。

そんなヴィシスと、ヒジリの間には――

「あなたが風で音を鳴らした戸があったでしょう？　あの部屋……あそこは〝彼女〟に貸していた部屋でした。そう……定期的にあなたと会っていたらしい、この貴族の娘……」

にこっ、と笑むヴィシス。

「すぐそこに、倒れていました♪」

そう、ヴィシスは咄嗟に――その娘を盾にしたのである。

少し前に後方に倒れていた娘を発見したヴィシスは、後退を始めた。吹き飛ばされた時もわざと派手に吹き飛んだ。そうして跳ね転がりながら、その娘のところを目指した。

そして、ヒジリが決めにきた時――ヴィシスは背後に倒れていたその娘をヒジリの方へ突き出し、盾とした。これによりヒジリは動きを止め、ヴィシスの隠し剣による突きをまともに食らってしまったのである。

娘がヒジリの顔見知りであることは、知っていた。

この貴族の娘は、ヒジリと交流を持っていたのである。

このところヒジリは国内の貴族たちと交流を深めていた。そして、魔導具やら何やらをコソコソ集めていた。ヴィシスはそれを知っていたのである。

「てっきり、大魔帝を倒すための準備とばかり思っていたのですが……まさか、神に刃向うためだったとは♪　正直、正気を疑います♪」

ヒジリが後退し、刃から逃れた。彼女は黙ってヴィシスの方を見つめている。

一瞬、ヒジリはヴィシスの手に収まっている剣へ視線をやった。

「あ、これですか……？　これは、普段は柔らかくペラペラの紙みたいな状態なのですが……一定量以上の魔素を通すと、こうして剣の形になるのです♪　いざという時のための、隠し武器ですね♪」

目を弧にし、ヴィシスは笑いを堪えるような表情をした。

「私は、ずっとこの腕の枝刃しか使っていなかったので……私の武器は枝刃だけだと思い込んでいたでしょう？　武器を隠している様子もなさそうだ、と。ですがこの武器だけは、懐刀として常に持っているのです♪　それと……」

ヴィシスは、平然と立ち上がる。

「ふふ♪　私の逆上している演技とか、追いつめられている演技……どうだったでしょう？　真に迫っていたと、思いませんか？　実際、騙されたでしょう？　ふふ、嘘か真かを判断できると言っても……そこに私の〝本心〟さえあるなら、過剰な演技をしているとまでは見抜けないようですねぇ？　つまり嘘を見抜ける能力を逆手にとって油断させたわけですー。あー短命カスを欺くのは面白いのですー。な、何よりっ……ぷ、ぷぷーっ！ぷーっくすくすーっ！」

白目を剝いて気絶している、貴族の娘。

その娘の襟を摑んだまま引きずり、一歩、ヴィシスは前へ出る。

「千載一遇の好機を、こ、こんな小娘一人の命で逃すなんてっ……しょ、正気ですかヒジリさん!?　本気ですか!?　この娘が盾にされたのを認識した瞬間、明らかにあなた、い、急いで攻撃を止めましたよね!?　あははははは！　あーおかしい！　ですが、実を言うと……」

笑みを消し、ヴィシスは言った。

「あなたが人の心を持った善人で、命拾いしました」

でも、とヴィシスは続ける。

「今ぁ、どんな気分ですかぁ？　ねぇ？　何か、言ってごらんなさい？　ぷーくすくすっ……、——おい、聞いてるのか」

ヴィシスは、能面になった。……おかしい。

笑いの方の〝おかしい〟ではなく、異常の方の〝おかしい〟である。

ヒジリ・タカオの表情が、

「な——」

まるで、変わらない。

「なんだ、コイツ……？」

表情にずっと、ほとんど変化がないのだ。焦る様子すら、微塵も見せない。

腹の中を刃で抉った時だってそうだ。普通、少しくらい痛みに顔を顰めるはずである。

「しかし痛みを感じてはいるようですね……表情も感情も確かにある。痛み自体を感じず、感情が欠落しているとかなら……まあ、理解はできます。しかしこの女は……すべてあるのに、それを精神力で抑制している……？……いえいえ、まさか」

だがもし、精神力だとすれば。

ヒジリ・タカオの精神力は強靭を飛び越えて——異常の域である。

ぷんっ、とヴィシスは頰を膨らませた。

「そんなに反応が薄いと、勝った気がしないのですが？　とっても、ひどいです」

ただまあ、とヴィシスは続ける。

「ここまで私相手にがんばったニンゲンは歴代で見ても初めてと言っていいでしょう。そこは少しだけ褒めて差し上げます。しかし……困りましたねぇ？　その傷、かなり深いですよねぇ？　あらまあ、目に見えて弱々しくなってしまって……」

ヒジリが傷口を手で押さえ、膝をついた。

「ふふ♪　表情に出なかろうと、実態はもう弱々ですねぇ……はぁ、がっかりですー」

貴族の娘を、傍らに放り捨てる。回避に意識を集中させ、ヴィシスは、少し待った。

「…………」

【グングニル】は——来ない。

「ふふ……やはり【グングニル】とかいうスキルは一度発動すると、当面は撃てないスキルのようですね。一日一回とかなのでしょうか？　まあともかく、これであなたは——」

「終わり（エンディング）です」

枝刃を、振りかぶる。

「——【グング、ニル】」

光が迸（ほとばし）り——廊下に轟音（ごうおん）が、鳴り響いた。


……、——シュウゥゥゥウウウ……

「…………撃てたわけ、ですか」

防御姿勢のヴィシスは、顔を守っていた腕を離した。

ヒジリの姿は、ない。

逃げたらしい。

「あの貴族の娘ごと吹き飛ばしていれば、勝てたかもしれないものを……あーあ、やはりニンゲン風情ですねぇ♪」

ヒジリは、またも小癪な【グングニル】を放ってきた。

が、今回は前回よりヴィシスの傷は浅い。

まず、一発目の時より邪王素の発生源から離れていた。

そして何より――黒紫玉で能力が格段に向上しているのが、大きい。

なので、防御と回避が間に合った。

しかも【グングニル】は、威力が最初の時よりも落ちていた。

威力を上げるには〝溜め〟のような時間が必要なのだろうか？

いや……それより納得できる理由は、やはり――まだ距離の近かった貴族の娘が巻き込まれるのを避けたためだろう。

「つくづく、甘い……」

そして、

「逃がさん」

見ると、床に血痕が残っている。

ヴィシスは血痕を辿り、ヒジリを追った。

渡り廊下で立ち止まる。硝子の嵌っていない石造りの窓。

窓枠の下に、血が落ちている。

「ここから飛び降りたのでしょうか？　ん～……いいえ……」

この血痕は露骨すぎる。床をよく見ると、ごく小さな血痕が廊下の先へ続いていた。

「逃げ切る体力がないので、ほとぼりがさめるまで近場で身を隠すつもりですね？　あるいは隠れている間に私が大魔帝に倒されるのを、期待しているのか……」

ヴィシスは階段をおりた。血痕は一階の調理場に続いている。

調理場の収納棚——一人くらい人が隠れられる空間はある。

一つの収納棚の前で、ちょうど血痕が途切れていた。この中だ。

勢いよく取っ手を引き、開ける。

「お久しぶりですっ！……あら？」

いない。

肉の焦げたようなニオイ……調理場なのだから、当然か。

「いえ、ヒジリ・タカオはおそらく——」

傷口を焼いて、止血している。

血痕はすべて逃げる時間を稼ぐための騙し——実際は、血痕を残さず逃げられたのだ。

しかしこんな小細工をする時間があるのか？

そんなことに時間を使わず、すぐ逃げればいいのに。
通常はそう考えるだろう。
一見すれば無駄な時間の浪費に思える。
が、細工は風の能力を用いて数秒でやれるのではないか？
あれほどの応用力を持つスキルだ。できないと考えるのも、また愚かであろう。
おそらく細工に要した時間は——思った以上に、少ない。
よく見ると調理場だけではない。そこら中に騙しの〝目印〟が散らばっている。
「ヒジリ・タカオ……この期に及んで——本当に、小賢しい」

◇【高雄聖】◇

高雄聖は城外へ出ようとしていた。

普通ならば十河綾香のいる方へ逃げるのがセオリーであろう。

なぜなら、女神は邪王素の発生源である大魔帝には近づけないからだ。

が、それを逆手に――


「バァ！」

女神が目の前に、現れた。

「よく……がんばりました。ですが、ここまでです」

ふふ、と笑う女神。

「色々考えたのです……普通はそのままソゴウさんに助けを求めにいく……というか、あなたが大魔帝の方へ行けば、私は近づくのが難しくなります。ただ……あえてそうせず、そのまま外へ逃げると考えていたら？　この経路しか、ありません」

その通りだった。

〝聖は大魔帝のいる方へ向かう〟

女神なら、そう考えるだろうと踏んでいた。

が、ここは女神の方が一枚上手だったようだ。

ここで十河綾香のところへ向かう選択肢はなかった。

失敗した場合、綾香を巻き込むのは避けねばならない。

綾香との合流は聖にとって、今やリスクと言えた。

実は今回の裏切りの件、綾香はほとんど内実を知らない。

伝えていないのだ。裏切りのことも伝えていない。当然そのことは、あのメモにも書いていない。綾香に出した指示は、裏切りには直接的に繋がらないものである。

〝すべて高雄聖が自己判断でやったこと〟

こうなるように、動いてきた。

「しかしまあ、あの貴族の娘……私の見る限り、あなたに協力したのも根底に性欲があったからでしょう？　かなわぬ恋、憧憬、所有欲……それも所詮、根本は性欲です。そんな欲望猿のために、あんな好機を逃すなんて……くすくす」

「……あなたは人間を、はなから愚かな種族だと決めつけすぎている」

「え？　愚かでは？　愚かで滑稽で……哀れなほど、短命で。同じ愚を何度も、何度も……見飽きるほど、次世代でも、何代でも繰り返す。人間は信じがたいほど、意地でも過去から学ぼうとしない……まれに賢人や才を持つ者が出てきても、どうせ欲望猿による数の暴力で磨り潰されてしまいますしね♪　ずっと人間は、愚かなまま♪　まあ、その方が管理しやすくて楽ですけど♪　というか――人間の根本とはやはり、邪悪なのでしょう」

「私も含めて……この世すべての人間が清く正しい善性の者、とまでは言わないわ。けれど……敬意を払うべき善意や矜持は、確かに存在する。それに、誰も彼もが愚かなわけでもない。そしてそれは……あなたが言うほど、決して世の中において稀なものでもない」

　女神が、拍手する。

「ででで、出ました綺麗事！　偽善です！　無知です！　見たいものしか見たくない！　聞きたいことしか聞きたくない！　信じたいことしか、信じられない！　都合の悪いことはぜぇんぶその綺麗事とやらで蓋をして、根本原因からは目を逸らし続ける！　そして最後は息が詰まって、自らの愚かさで窒息していくのです！　気づいた時にはいつも遅い！　実に哀れで――もう、ずぅっと見せ続けられてきたニンゲンの歴史です！　こちらです！　ニンゲンお得意の、綺麗事による愚かな自己愛撫！　手遅れになってからじゃないと、なぁんにも理解しようとしない――ニンゲン！　こちら、なんでも取り揃えておりまーす♪」

「私、は――」

「はいはい？」

「人間すべてに失望するほど、まだ長生きしてはいない……それと、あなたこそ目を逸らしているのではないのかしら？　なんにでも〝綺麗事〟というラベルを貼って、人間の善性――良性の部分を、必死に否定したがっている……けれど、残念ね。あなたの否定したい〝善意〟はやはり、確かに存在するものよ。何より私には、あなたの言う〝愚かさ〟とは……人間も神族も、大して変わらなく見える」

　聖はやや皮肉を込め、続けた。

「まさか、あなたは違うとでも？」

「え？　どうしたのでしょう？　何、いきなり議論しようとしてるんですか？　も、もうあなた死ぬんですけど……」

　氷の欠片（かけら）がつむじ風で集まって――爆（は）ぜ、始める。

　パリン！　パリンッ！　パリィン！

　固有スキル【ウインド（ブリザード）】。

「あらあら、最後の抵抗ですか。さてさて、そのスキルで私の視界を阻害して……今度はどんな無駄な足掻（あが）きを見せてくださるのでしょう？　傷口を焼いたところで、傷の深さが消えるわけではありませんよー？」

　――バシュンッ――

「……は？」

　女神の、背後。

【壱號解錠（アンロックワン）】の超加速により、遠距離からここまで、一瞬にて移動してきたのは――

高雄樹。

聖が、言う。

「長広舌は、時間稼ぎ」

「【雷撃(ライトニング)ここに、巡る者(シフター)】――――」

咄嗟(とっさ)に振り向く女神。

「氷の破裂は、視界を奪うためでなくッ……スキルの発声を、破裂音で〝上書き〟しッ……完全に、聞こえなくするためのッ――」

アンロックの果て――最後に再び錠は、おろされる。

「【終號(ロック)、雷神(エンド)】」

◇【女神ヴィシス】◇

「…………やれやれ、逃げられましたか♪」

身体(からだ)の動きが鈍い。あの妹の固有スキルの影響だろう。

高速移動は難しい。これでは、追うことができない。

「まさか私への攻撃ではなく……逃げるための一手だったとは」

未知のスキルだったため、思わず防御行動を取ってしまった。

気づいた時には固有スキルの加速で、姉妹は消えていた。邪王素下でなければ容易に追えたであろう。イツキ・タカオのあの新たなスキルの影響も、微々たるものだったはずだ。

「しかし、ここで黒紫玉(こくしぎょく)を使わされてしまったとは……あぁ、忌々しいですねぇ……♪」

何より忌々しいのはこの一帯に漂う邪王素だ。

本当に、忌々しい。

やはり根源なる邪悪は、神族の天敵――

「――――――」

ヴィシスの動きが、止まった。

「？」

間の抜けた声が、出る。

「あら？」

邪王素が、消えた？

◇【十河綾香】◇

高雄聖と別れたのち、距離を詰めてきた大魔帝。
大魔帝がある程度の距離まで来たところで、その触手鎌の先端が光った。
「！」
直後、先端から紫光（しこう）が迸（ほとばし）る。そして——
ビシュンッ！
紫（し）の光線が、奔（はし）った。
攻撃魔法や攻撃魔術のようなものだろうか。
十河綾香はこの時——大魔帝の眼前まで、肉薄していた。
今の光線はおそらく一瞬では出せない。わずかに射出までラグがある。
そして視（み）える——余裕で、避けられる。
このラグは綾香にとって、敵のくれた隙でしかなかった。
むしろ光線を撃ってくれたおかげで、一気に距離を詰められた。
綾香は周囲に従えた固有武器と共に攻勢をかける。
大魔帝は即座に触手鎌で対応を開始。
武器と武器の打ち合う激音。間断なく散る火花が、衝撃の凄（すさ）まじさを語る。

両者の軌跡は無数なる三日月――時に、一筋の閃光。

踏み締める足は地を確と叩き、そこから避難するようにして砂つぶてが舞う。

五月雨がごとき両者の乱撃に空気が共振し、金切り声を上げている。

繰り出される互いの一手一手。

互いに、最善手で相手を制そうとしている。

剣撃の交差は激しさを増し――さらに、加速。

現状、互角。

綾香の感覚はさらに鋭さを増していく。筋肉はしなやかに流れ、極弦は密度を増す。

対の重撃が乱轟と化し、鳴り響き、激震と火花の溶け合った閃撃がその音を彩る。そして、

「――――ッ」


綾香はこの時、ついに確証へと至った。

大魔帝は戦いの中で、学習している。

あのあと二度ほど魔法や魔術のような攻撃をしてきたが、どちらも余分な隙を生み出したにすぎなかった。

〝発動までのラグを前提とした攻撃は、むしろこの相手にはマイナス〟

大魔帝はそう判断したらしい。今の攻撃手段は、何本もの触手鎌と――

ドッ！
綾香の頬のすぐ横を、肉の塊が、通り抜ける。
ノーモーションからの、肉塊の撃。
が、回避が間に合う。見てから回避行動に入って、間に合うのだ。
むしろ小刻みな動きがない分、触手鎌よりやりやすいと綾香は感じていた。
こうなると――シンプルな触手鎌が、最も怖い。
どれほどの時間、互いに一歩も引かず斬撃をまじえただろうか――
世界に二人しかいないような感覚にすら、囚われる。
気の遠くなるような、長く、長い――斬撃の応酬。
ふと、綾香は気づく。否、途中から気づいていた。
大魔帝は綾香の動きを学習している。
しかし学習した上で真似る気配はなく――独自の動きを、編み上げている。
物真似では決して上へはいけない。
取り入れた上で、独自の動きに昇華させねばならないのだ――敵を、上回るべく。
そう、戦いの中において大魔帝は〝技〟に急速な磨きをかけていた。
驚くべき成長率と言っていい。
これほどの力を持つ魔の帝でありながら、驚嘆すべき貪欲な吸収力。

（打ち合えば打ち合うほどッ……技の部分が、洗練されていく……ッ！）

自分の役目は時間稼ぎだが、このまま互角の打ち合いを続ければ――

追いつかれ、かねない。

綾香はここで決断した。機を見計らい早めに決めにいく、と。

とはいえ、やはりまずは隙を探らねばならない。その一瞬を見逃すまいと、全神経をさらに研ぎ澄ます。暴風めいた乱打を持続しつつ、鋭い一撃をまぜ込んでいく。

が、大魔帝も同じことをしてきた。

戦局は、力を注いだ互いの〝一撃〟の読み合いと化した。

（スキルのレベルアップのおかげでまだ戦闘は継続できる……ッ！　けれど決められるなら、早めに決めないとッ！）

刹那――綾香の背筋を冷たい線が一本、通り抜けた。

突然にもたげたその考えに、鳥肌に似た感覚が襲ってくる。

二本。

極弦の、糸のイメージ。

通常は一本を想定しているが、極めし者はその糸を〝二本〟創れるという。

二本あれば倍の力が引き出せる、とされる。

当然、負荷はその分大きくなるだろう。

無理そうなら、途中でやめる。しかしここで決めにいくなら、

——ミシッ、メリッ——

試してみる価値は、ある。

イメージは……、——もう一本の、糸。

弦から極へ。

極を、双へ。

〝極弦ノ双〟

双弦と化した極弦の力で、十河綾香は、神速の激閃を浴びせかけた。

（やれた……ッ！）

「——ッ！」

と、綾香は気づく。

明らかに大魔帝が攻勢を緩め、防戦に回った。

綾香はこれを好機とみて、畳みかけるべく攻勢を強める。

大魔帝はどうも防御の方が得意らしい。防御に集中した途端、精度が明らかに増している。

大魔帝の成長率——その天井は、未知数。

自分はおそらく現状〝技〟の部分で大魔帝を上回っている。

しかし、ここで〝技〟が追いつかれたら形勢不利となりかねない。

(今は双弦のおかげで優勢かもしれないけど……時間が経てば、わからない。だから、今のうちにっ——)

その時、
サリッ
「！」

地面の、擦れる音。

ほんのわずか。

そう、ほんのわずかだが——大魔帝が、後退した。

間隙。

あれは、まぎれもない〝隙〟ではないのか？

ほんの一瞬だったが、綾香はそれを見逃さなかった。

これが——千載一遇の好機でなくて、なんだというのだ？

(いけるッ！)

綾香は懐へ飛び込むべく、思い切り地を踏みしめた。

「————————ッ」

ザシュッ！

「？」

血が、宙を舞った。

膝が地を打つ音が、して。

血を噴き、頽れたのは――――大魔帝。

□

『綾香には天性の才がある。ただ……こういう種類の武を必要としない国と時代に生まれたのが不幸だったのか、幸いだったのかは――わからんね』

祖母は、孫の綾香をこう評した。

十河綾香。

容姿端麗で、スタイルもいい。美少女、と表現して誰からも文句は出まい。

否、外見だけではない。

彼女は文武両道である。テストの成績はいいし、体育の成績もいい。

習い事もいくつか嗜んできた。身体を動かすことは好きだが、読書も好む。

加えてあの十河グループ会長の孫娘である。つまり正真正銘の〝お嬢様〟だ。

学校ではクラス委員を務める。性格は真面目で、思いやりもある。

そんな彼女は、祖母から〝鬼槍流〟という古武術を習っていた。
祖母は己の孫を〝贔屓目でなく天才〟と評した。
そう――祖母だけが、知っていたのだ。
元の世界ではおそらく、綾香のその才に誰も気づくことはなく。
皆、他の面だけを見ていた。
端麗な容貌。あるいは、バランスよく引き締まったスタイル。
学業における輝かしい成績の数々。抜群の運動神経。
明るい将来が約束されたに等しい血筋。
超富裕層だが、それを鼻にかけることなど決してなく。
クラス委員の彼女はとても一生懸命で、利発で――優しくて。
そうして誰もが十河綾香の〝本質〟に、気づくことはなく。

大魔帝は、先の東の戦場でS級勇者と出遭った。
桐原拓斗と、高雄聖。
〝あれがS級勇者〟
策の一つとして温めてあった今回の転移奇襲作戦。

東の戦場でのS級勇者との遭遇を経て、大魔帝は実行を決めた。

しかしここで、一つ誤算があった。

大魔帝は、残る一人のS級勇者を目にしていなかったのである。

他でもない――十河綾香である。

報告で存在を知ってはいた。ツヴァイクシードを倒した勇者だと。

だがそのアヤカは、ツヴァイクシードに苦戦していたという。

魔防の白城の戦いを決定づけたのは、蠅王の被り物をした男と、その配下、及び不可思議な魔法生物の軍勢だと報告を受けていた。

さらにツヴァイクシードはその時、アイングランツの死で気が動転していた。

〝そこを背後からアヤカに斬られ、敗北した〟

大魔帝は、そう聞いていた。

その情報から判断するなら、十河綾香にそこまでの脅威を覚えることはない。

けれど、違った。

十河綾香は大魔帝の前に〝誤算〟として現れた。

聞いていない。

〝こんなバケモノだなんて、聞いていない〟

もしその人物の真実の姿を〝本質〟と、言い換えるのなら。
元の世界の十河綾香を〝すごい〟としていたものは、すべて虚飾だったとも言える。
限りなく個性を希薄化することで隠されるような〝本質〟ではなく。
逆。
あまりに多くの輝く個性を持つがゆえに隠されてしまった――〝本質〟。
おそらくは固有スキルの優劣すら、その〝本質〟とはあまり関係がなく。
そう……ついに、花開いたのだ。
この、異なる世界で。
その才が、完全に。
武才というその一点において、十河綾香は間違いなく――
希代の天才としてここに、現存する。

▽

大魔帝の身体は、黒い霧に包まれている。
が、口の位置とあの感じは〝膝をついた〟と見える。

加え——この確かな手ごたえと、あの出血。
やはり人型の本体があの中に存在すると見ていい。つまり、
（直接攻撃が、通る……ッ！）
聖から預かった首飾りに触れる。
綾香の判断は早かった。ここでの躊躇は、チャンスを逃す。
と、大魔帝が何か——吐いた。
（石？）
宝石のようなものが石畳の上に転がる。
何か、嫌な予感がした。
と、黒い霧の中から〝手〟が出てきた。
紫色の脈の浮いた人型の黒い手。吐き出した石を、摑もうとしている。
綾香は止まらず、咄嗟に近くに落ちていた槍を足先に引っかけた。
蹴り上げ、
パシッ！
手にし、投擲——先端が石に当たり、弾き飛ばす。
破壊はできなかったが、石が大魔帝から離れる。大魔帝の手が止まり、顔が——口が、
こちらを向いていた。明らかに何かしようとしていたが、

「させない」

固有武器——そのすべてを、大魔帝へ。

大魔帝が、触手鎌を増やした。

増やす直前、奇妙な間があった。諦めにも似た間と見えたのは、綾香の錯覚だろうか。

ひとまず抵抗は試みる——そんな感じが、した。

あるいはあの石は、逃亡の手段だったのかもしれない。

「…………ソが、最大ノ」

「！」

「誤算、だっタ」

喋った。大魔帝が。

しかし綾香は——揺らがず。

ここで、ケリをつける。

元の世界に帰りたい。

もちろんそれは大魔帝を倒す最大の動機である。

ただ、それ以外の気持ちもあった。

魔防の白城でたくさんの人が死んだ。大魔帝の命令で。

（どんな理由があれ、あの光景を見てしまった私は——）

あなたを見逃すことは、できない。

ドシュンッ！

光が――奔(はし)った。

「まさか――」

綾香の固有剣が防がれた――防いだのは、刀。

「まさか十河(そごう)、おまえ……キリハラのつもりか？　いいや、違うな」

桐原、拓斗。

「オレが、キリハラだ……ッ」

横合いから放たれたのは、遠距離からの【金色龍鳴波(ドラゴニックバスター)】。

桐原はその龍鳴波に〝乗って〟きた。龍鳴波の中に潜んできた、とも言える。

移動手段として龍鳴波を使うことを、会得している。

無事だったのだ。今まで気絶していて、目覚めたのだろう。

出血はあるが、ダメージはさほどないように見える。

「き、桐原君ッ――お願い！　邪魔を、しないで！」

「その言葉、そっくりそのまま返さざるをえねーな……」

綾香は決断する。今、桐原に構っている猶予はない。

極力早めに桐原の意識を刈り取り、大魔帝にとどめを刺す。

綾香はほんの一瞬躊躇したが、すぐさま意識を切り替え、桐原を気絶させるべく――

キィンッ！

「！」

鈍器に変形させた綾香の武器が、弾かれた。

弾いたのは――大魔帝の触手鎌。

（桐原君を、大魔帝が助けた……ッ!?）

「ちっ……今のは、最善手と言わざるをえねーな……認めてやるしか、ねーか」

桐原が一度跳び退き、大魔帝の隣に立つ。

「なぜ……異界の勇者であるソが、コを助けル？」

大魔帝の言う〝コ〟とは、おそらく〝自分〟のことだろう。

「どう足掻いても、わかってねーからだ……」

「？」

「話はあとだ――来るぞ」

会話が終わるのを呑気に待つ気はない。綾香は、一気に攻め立てた。が、

「――――ッ!?」

桐原と大魔帝が、二人がかりで防戦へ回った。

綾香はこれを――攻めきれない。

一人ならばどうにかなるであろう。が、二人の動き。妙に、息が合っている。

（……いいえ、違う。大魔帝が……桐原君の動きに、完璧に合わせているんだわ！　くっ……本当に、学習能力が高い……ッ！）

ここにきて、綾香は攻めあぐね始めた。守りに入った大魔帝が厄介なのは既知の通りだ。しかし傷を負った今、大魔帝の戦闘能力はやや落ちている。

が、そこに桐原拓斗が加わったことで――攻めきれず、こう着状態が生まれた。

桐原が、数匹の金波龍を纏う。

「大魔帝……オレがおまえを助けたのは、そこの十河綾香を含む２‐Ｃのやつらが何も理解しようとしないからだ。このオレの、王の器を……」

「…………」

「しかも無能な女神も含め……神聖連合側はこのオレをまるで活かせていない。そこで、オレは考えざるをえなかった。何が問題なのか？　そしてオレは、すぐに理解した……オレが味方の側にいるから、こいつらは――真のキリハラに、出会えていないのだと……ッ！」

大魔帝は黙って聞いている。

どうにか理解しようと、懸命に――そんな風に、見えた。

「ということはだ。本来あるべきだった真のキリハラを、叩きつけるには……本物の王の姿を確かな形として証明するには……ッ！　オレがあえて敵側の王となり――」

綾香へ見せつけるように、桐原は、逆さこぶしを激しく握り締めた。

「２‐Ｃの前に、敵として立ちはだかるしかない……ッ！」

「……ソは異界の勇者でありながら、コの側につくというのカ」

「だから、助けた」

「不思議な男だ……偽りが、なイ」

「？　真の王は何も偽る必要がない。そのままの姿で〝すべて〟だからだ」

裏切りともいえる桐原の言葉。綾香は、大きなショックを受けていた。

大魔帝側につくなどありえないと思っていた。完全に、想像の埒外だった。

そこで綾香はようやくハッとなって、自らの動揺を抑えつけた。

「き――桐原君！　大魔帝を倒せば私たちは元の世界に帰る手段を手に入れることができる！　今が最大のチャンスなの！　お願い！　そこをどいて！」

息を吐き出す桐原。

「気づいちまった、というわけだ……」

「え？　気づ、いた……？」

「このまま元の世界に戻ったところで、おそらくオレの中にある王性が活きることはない……あっちの世界は、もう身動きの取りづれぇ閉塞感しか残ってねぇからな。あの環境でどれだけ成功しようと〝天井〟は突き破れない……要するに、真の王にはなれない……ッ！　だがこの世界なら、国すら持てるチャンスがある！　完全なる新しい国など、前の世界じゃ不可能に等しい！　が、ここならどうだ!?　力さえあれば実現可能……ッ！この世界でこそ、オレはようやく解放され——王として、開花せざるをえなくなる！　どう足掻こうとオレは……花、開くッ！」

「何を……何を言っているの、桐原君……？　本当に、何を……」

「ああ、それと大魔帝……さっきこのオレに攻撃を加えた件は、不問にしてやる……あんなものは所詮、じゃれ合いにすぎねーからな……」

「よくは、わからぬが……よかろウ」

大魔帝が、ゆらり、と立ち上がる。

「ソの言葉に、嘘偽りはない……コを騙すのではなく、本心から言っている……承知しタ」

大魔帝が、桐原の隣に並んだ。

「コはソを——キリハラを、我が配下として受け入れル」

「！　だ、だめっ桐原君っ！　もっと……もっと、話し合いましょう！　私が桐原君にとっての理解者になれるかはわからないけれど……たとえば、聖さんなら――」

「冗談を言ってる場合じゃねーぞ、大魔帝……」

「！」

綾香の言葉が、届いて――いない。

「？」

「配下？　このキリハラをか？　正気で言っているとすれば、おまえはやばすぎる……」

「では……何を望むト？」

「理解するしかない。同盟者しか、ありえないと」

「同盟、者……」

「キリハラと大魔帝軍は同盟を結ぶ。つまりオレとおまえは王と王の対等な立場……この条件しか、ありえない――どう、足掻こうと」

「…………………よかろウ。ソとコは、同盟者。立場は、対等……」

「今、オレはおまえの中に少しだけ……キリハラを見た。見せたか、キリハラを」

「？」

その時、一匹の金波龍が桐原から離れた。

綾香は動こうとしたが――大魔帝と桐原が、牽制してくる。

厄介極まりない、と綾香はすぐに理解した。

大魔帝は桐原の動きに合わせて完全な連係を取っている。二人で防戦に回られると、ここまで厄介になるものか。いや、何よりも——

クラスメイト相手に、本気は出せない。

大魔帝を殺す覚悟はあった。

しかし、守るべきクラスメイトを殺すなどできるわけがない。

致命傷を与える攻撃を避ける——これを意識して戦えば、弥が上にも攻撃の純度は鈍る。

と、桐原が言った。

「さっきから気にしてるのは、これか……？」

金波龍が持ってきたのは、綾香が弾き飛ばしたあの石だった。

桐原がそれを大魔帝に手渡す。

大魔帝がそれを——握り込む。すると、手の中が光り出した。

「キリハラ……ゆくのだナ？　コと、共ニ」

「オレの意思とは関係なく、行かざるをえない。真の王の、責務として」

「わかった……これより北の最果てへ、転移すル」

「！　ま——待って桐原君！　私が……私が桐原君と向き合おうとしなかったのが悪かったんだと思う！　ごめんなさい！　私には、あなたの考えが理解できるとはどうしても思えなくて……でも、わかろうとすべきだった！　結果として、聖さんに任せてしまって……私が、間違ってた！」

「…………」

「だから、もう少しだけ――もう少しだけ時間をちょうだい！　お願い、だから……ッ！」

「動くなよ、十河……」

刀を構えつつ、桐原が腕をこちらへ向ける。いつでも龍鳴波を放てるぞ、という牽制。

桐原が少し首を傾けた。コキッ、と音が鳴る。

「安心しろ……できる限り２‐Ｃの連中は生かしてやる予定でいる。死んじまったら、最もキリハラを証明すべき相手が減っちまうからな。だが――容赦も、しねぇ。敵同士だぜ、もはや……」

「桐原、君……ッ！」

言葉を投げても、キャッチボールになっていない。

届いていないのか――もはや、言葉が。

「ソは……ソゴウ、と言ったカ？」

大魔帝が、話しかけてきた。

「ここでコを仕留め損なったのは、あとあと、ソらにとって大きな失敗として響くであろウ。覚えておくがいい……必ずやソらは、痛い目を見ル。待っているがいい……このあとに起こる、この世の悪夢を……すべての、蹂躙ヲ。そして……誤算はあったが、こたびの戦いでコは完全に理解シタ。最も警戒すべき異界の勇者が一体〝誰〟なのかヲ……ッ！」

「――オレでしかない、というわけだ」

魔法陣のような光の筋が、地面に現れた。宙に粒子が舞い、青白い光が強くなっていく。

桐原が見下ろすように、綾香を静かに睨み据える。

「残念だったな……しかし、おまえたちではついにこのオレの本質を捕まえることはできなかった。真の王を、見抜けなかった。今さら戻ってくれとほざいても、もう遅い……そして、おまえらは気づくしかない」

金波龍を纏った桐原が、刀の切っ先を綾香へ向ける。

「自らのミスで失ったものの、その大きさを。……覚えておけ、十河」

姿が消える直前、桐原は言った。

「おまえは、キリハラにはなれない」

その日、綾香の説得も虚しく――

「桐原、君……ッ！」

桐原拓斗は大魔帝と共に、姿を消した。

5．最果ての灯火

激しさを増す雨――
岩場は濡れ、砂は水を吸い重くなっていた。
雨水が一筋の線となり、窪みを流れていく。
地を打つ激しい雨粒……まるで、戦を鼓舞する太鼓のようである。
騎兵隊の馬蹄が水たまりを破裂させ、濡れそぼった亜人たちが必死に武器を振るう。
中央の戦場は、乱戦へと突入していた。
二人がかりで馬から引きずりおろした騎兵を、豹兵が串刺しにする。
ある騎兵は自ら馬を飛び下り、快哉を叫びながら豹兵を斬り伏せる。
そう、中央方面は先ほど新たなる騎兵隊と交戦に入っていた。
ドチャッ！
男が一人、前へ出た。
跳ねた泥を払うこともせず、ジッと前方を見据えている。
男は頭の両脇を剃りあげていた。頭頂の髪は刈り込まれ、紋様のようになっている。
精悍な顔立ち。荒々しくも静かな戦気。あごには無精ヒゲ。顔面や腕には、彫り物。
密度の高い筋肉を持っているが、決して固い筋肉ではない。しなる枝のような柔らかさを持った筋肉だ。細身という印象はないが、太さはまったく感じない。

　眼光は戦士のそれであり、長剣を手にしていた。

「やるな、そこの豹人……可能なら、名を聞きたい」

「……ジオ・シャドウブレード」

「いい名だ。オレは第二騎兵隊長、ラシッド・デッド・ストリッド。戦神デッドにこの魂を捧げし、デッドの戦士だ」

　ジオ・シャドウブレードが、構える。彼がここまでしっかり構えるのは稀である。

　最近では、あの姫騎士の相手をした時くらいであろう。

「今までやった騎兵隊ん中じゃ……てめぇが、一番強ぇ」

「同じく。今日あいまみえた中では、おまえが一番強い」

「しっかし、なんなんだおまえらの騎兵隊は……まるで死を恐れちゃいねぇ。しかも正気のままだ。正気を保ったまま、死を受け入れてやがる」

　古びた長剣を、ラシッドが軽やかに手もとで持ち替えた。使い古されたその剣は彼の戦歴を無言で物語っている。ラシッドの身体は、ゆらゆらと揺れていた。

　あれが構えなのだろう。初動の読みづらい動きだ。

「戦士として恥じぬ戦いをして死ねば、我らデッドは死後に戦神から召し上げられ……その軍勢の一員として名を連ねる。勇ましく戦って死ぬことこそ我ら第二騎兵隊の本懐……

オレたちは死ぬまで常に戦探しなのさ。生を存分に楽しみ、時に家庭を持ち、次の命を育み……そして死ぬまで、戦いを求める。そうしていつかは、勇ましく戦って死ぬ。それが我ら、デッド」

「悪ぃが……おれたちは戦ってりゃいいってわけじゃねぇんだ。おれたちの方はそんな単純じゃねぇ。ま……ちょっとばかし、羨ましくはあるがよ」

「約束するぜ。敵であれ、我らデッドは勇敢に戦った者の死体を丁重に扱う。勇猛に戦った者に敵味方の区別はない。我らの戦神は、勇の者には平等に微笑む」

「わかったがよ。戦えねぇ者はどうなる?」

「蹂躙だ。一部の者は、戦利品として奴隷とする。しかし安心しろ。奴隷には子を産む手伝いをさせるが……彼らがデッドを受け入れれば、彼らもデッドの一員となる」

「悪ぃが、まるで乗れねぇな……」

両者の構えが深度を増し——互いに脚へ、力を込める。

始まる。

「送ってやるよ、その戦神とやらのところへ」

「そうだ、かかってこい」

▽

右翼の戦場では、また別の戦いが起ころうとしていた。

ケルベロスのロアがぬかるんだ地面を滑る。

爪を立て、ロアは踏みとどまった。そして姿勢を低くし、構える。

左右の二匹が低く喉を鳴らし、威嚇を始める。

異様に長い緑色の髪をした上半身裸の男。

前髪もひどく長く、目はその隙間から時おり除く程度。

肌は白く、傷一つない。両手には先端がギザギザになった長剣。

長剣といっても、これまた髪と同じく異常に長い。ジオのカタナ以上の長さである。

「あぁ……美、しい。その、毛並み……牙、眼球ぅ……きっと素晴らしい工芸品になります。ぐすっ……感謝、感激……雨――嵐……雨、降っていますが……ああ、嵐だけ違うのか……、――ともあれ、感謝！」

劣勢だ。

ロアは歯噛みする。この騎兵隊は、強い。周りでは仲間たちが苦戦している。

ロアの心臓の鼓動が、間隔を短くしていく。

(早くこの奇怪な男を倒し、味方の助けに入らねば！)

「な、名は!?　工芸品には、で、できるだけその者の名札を添えたいのです！　あぁ、ごめんなさい！　名乗るならまずこちらからですよね!?　オイラは第八騎兵隊長ッ……リューゲイン・ゴーフゴリオ！　世界最高の職人を目指して日々奮闘中でございまして！　それで……ねぇ!?　名前は!?」

「……ロア、である」

空気に呑まれてか。思わず、名乗ってしまった。

「ロ、ロア!?　や、やだ……本当に美しい名前！　短いが——むしろそれがいい！　は、早く解体したいのです！　か、感謝ぁぁ……」

「素直に解体される気はない——魔物を舐めてくれるな、である」

「魔物でもなんでもいい！　今、この世すべてのものに感謝したい気分なんです！　あのように美しいケルベロスを生み出してくださった親ケルベロスに、まずは感謝を！　ぐす……そしてロア、あなたの存在そのものに……生まれてきてくれて、ありがとう！　感謝ぁ、しかないぃぃ……あぁ、生命とは……世界とはなんと、美しいのか——あぁ、だから感謝の解体をしよう！　それがいい！　そーれ！　開始開始ぃッ！」

「ッ——ゆくぞ、である！」

ロアの呼びかけに、左右の頭部が咆哮で応える。

雨に打たれながら——獰猛に、ケルベロスが跳んだ。

◇【三森灯河】◇

雨が、激しさを増している。
まるで、戦闘の激しさを物語るかのように――

戦局は、先へと進んでいた。
この間、キィルは総指揮官としての役割をしっかり果たした。
耐(も)たせた。
セラス不在であっても、キィルは堅実な指揮を執り続けた。
やや押され気味ではあるが、戦線はどうにか踏みとどまっている。
特に強固に持ちこたえているのは中央のジオたちだ。
この中央の豹煌(ひょうこう)兵団――本当に後ろへ、下がらない。
「やや押し下がっているのは、右翼と左翼……」
セラスが本陣へ戻れば、その指揮能力で押し返せるか。
「報告します！」
伝令が来た。

「左翼に敵が接近している模様！　今のところ指示通り後退しておりますが……しかし、規模を見るにおそらくは偵察部隊とのことです！　い、いかがいたしましょう!?」

第六は消えたが、他の騎兵隊が来たか。

今、左翼は竜煌兵団の残りと魔物たちのみ。左翼はニコを失っている。力のある指揮官がいない状態だ。先のアレもある。深追いは避けるべきだろう。

「……左翼は最悪、かなり後方へ押し込まれてもいい。有利な地形を捨てる分、増援は送りやすくなる。下げれば下げるほど、孤立は避けられるはずだ」

孤立し、殲滅される。そんな最悪の事態は、避けられる。

「我が主。私はこのまま本陣へ戻る予定でしたが、私が今から引き返し……左翼の指揮を執りましょうか？」

「待て——左翼方面は、某たちに任せよ」

セラスが驚く。

「ニ、ニコ殿!?」

「まだ戦える者たちを、募ってきた」

ニコは、包帯を巻いた竜兵たちを引き連れていた。

第六にアレをされた竜煌兵団だった。

確かに死体の切断部位を縫い付けられてはいたが、拘束さえ解けばどうにか戦線復帰できそうなヤツもいた。ニコを含めて。

「……やれるのか、ニコ」

「つい先ほど伝令から聞いた。そなたたちが第六を倒したそうだな？」

「とどめは散らばってた左翼の竜煌兵団と、魔物たちだがな」

「しかし、実際にくだしたのは貴様らであろう？」

「……まあな」

「ふっ、本当にあれをくだすとはな――礼を言う」

俺はスレイを歩かせ、ニコの横を通りすぎる。通りすぎざま、

「左翼方面、任せるぞ」

「当然だ。左翼は元々、某が預かった軍。指揮官としての役目は――まっとうするっ！」

「ニコ殿、ご武運を」

「貴様もな、美しき剣士よ」

互いに背を向け、俺たちの方は中央を目指す。ニコの戦線復帰はありがたい。

ここで左翼を託せるヤツが戦線に加わったのは、でかい。

「あ、いた！　ほ、報告！」

中央へ向かう途中、別の伝令に呼び止められた。

「中央方面のジオ様たちが、第二騎兵隊と交戦を開始しました！」

第二騎兵隊――出てきたか。

「ただ、そのっ……この第二騎兵隊と思しき敵なのですが、数名単位で広く散らばってお
り――中央の戦場付近に、本当に、広く散らばっている模様でして……」

要するに分隊単位で個々に動いているわけだ。

数を頼みにしていない、ってことか。つまり――個々の能力が高い？

「セラス、おまえは予定通りこのまま本陣へ向かえ」

「承知しました。あなたは、どうされますか？」

「ピッ！　ピピピッ」

ピギ丸の感知――味方でない可能性の気配が、三つ。

まだ遠いが、ここはもう中央の戦場領域に入っている。

てことは……個別に動いてるっていう、例の第二の連中か？

こいつらが戦場でバラバラに暗躍し出すと厄介かもしれない。

「オレはこのままここに残って、近づいてきてる第二騎兵隊の遊撃隊みたいな連中を潰す。

報告を聞く限りだと、こちらの全体の動きは防戦で手いっぱいだ。多分、指揮が追いつい
ていない。だからおまえはスレイと一緒に、キィルのところへ戻ってやれ」

「かしこまりました。ご武運を」

「ああ、おまえもな」

セラスと別れた俺は身を低くし、茂みに身を隠す。

──敵と思しき姿が、見えた。

彫り物をしている筋骨隆々とした男たち。

ん？　なんだ、あいつら……

「……強ぇな」

「ピッ」

「行くぞ」


「【眠性付与(スリープ)】」

突然の眠気で、敵の意識の糸が途切れた。俺は、ふらつく敵の喉に剣を突き込む。

血を噴き、敵が泥濘(でいねい)に沈んだ。死体が地面にぶつかり、泥が跳ねる。

脈めいた小川となって血が雨水に流されていく。剣を引き抜き、周囲を見渡す。

「この辺にいたのは……粗方、片づいたか」

「ピッ」

「ん？」

きょろきょろと何かを探している豹兵(ひょうへい)。あの腕に巻いた布の色──伝令か。

「探してるのは、俺か？」

「うわっ!?　い、一体どこからっ!?」

急に気配を現したからびっくりしたらしい。

豹兵が背後を振り向く。次いで彼は、前方、左右へと視線を飛ばした。

「あの……この彫り物をしている者たちは、中央方面で出没している第二騎兵隊の独立部隊……ですよね？　我々豹煌兵団も神出鬼没なこの独立部隊に悩まされていまして……それで、その……この辺りで死んでいる第二の独立部隊と思しき死体……こ、これをお二人でやられたのですか？」

「まあな」

「ピッ」

ちゃんと人数にカウントされている。

いよいよピギ丸の存在も認知され始めているようだ。

「で、報告か？」

「あっ――はい！　現在、中央方面は第二騎兵隊と交戦していますが――ジオ様が第二騎兵隊長を、討ち取りました！」

やったか、ジオ。

「ですが、その第二騎兵隊の本隊が隊長を筆頭にかなり手ごわく……他へ散らばった別部隊の方へ戦力を回す余裕がありませんでした。そこで本陣へそれを伝えましたところ、豹王殿の姫様より『その別部隊については、現在、豹王殿が対応中のはずです。一度その豹王殿の状況を見てから、ケンタウロスの予備隊を派遣するかを判断します』と……」

「で、確認しに来たわけか」

「は、はい……」

「神獣の方はどうだ？」

「あ、いえ……まだ見つからないようです。その……例の人間も、まだ……」

「……そうか」

安の方も、まだ見つからないようだ。

と、そこで俺は――こちらへ近づいてくる複数の気配を感じた。

「――おまえは戻れ。まだ第二の独立部隊が残ってる……つーか、こいつら第二の連中は死を恐れていない。が、命を粗末にしてもいない……命を大事にしながらも、戦って死ぬことを恐れていないんだ。厄介だ……こういうヤツらは」

俺は、気配の方を見やりながら言う。

「この第二の独立部隊は俺が片づけられるだけ片づける。それと……味方が次々とやられてるのを察してかなのかはわからねぇが、独立部隊がこっちに集まって来てる感じがする。包囲するように……たくさん、近づいてきていやがる」

まるで、強敵を求めているかのように。なら――好都合だ。

「今言った通り、ここに集まってる分は俺が引き受ける。本陣の方には、そう伝えてくれ」

「は……はいっ！　ご武運を！」

伝令が走り去る。……気配が、増えてやがる。

分隊が集まってきているため、結果として分隊の規模じゃなくなってきていた。

「つまり、数が多い」

天を仰ぎ、ふぅうう、と息を吐き出す。

――ミシッ――

ピギ丸と――接続（コネクト）。

「行くぞ」

「ピギッ」


再びやって来た伝令が、驚嘆した。

「報こ――うっ!?　こ、これは……っ」

散乱しているのは、第二騎兵隊の独立部隊の死体。

伝令が他に目にしたのは、雨に濡れた豹王装の三森灯河。

「こっちに来た分は、ひとまず終わった」

「こ、この数を……」

「他の方面の戦況は？」

「――あ、はい！　ウルザ北西の端とミラの北東の端がまじり合うくらいの場所に、敵の増援らしき軍勢が現れたとのことです！　今までの騎兵隊より、明らかに規模が大きいようだと報告が！」

「来たか」

第七騎兵隊。七人の副長を配する、最大規模の騎兵隊。

この第七は後詰め的な性格が強いと聞いた。要するに、予備戦力が動いたのだ。

「もう少しこっちに戦力が欲しいところだが……ま、ある分の戦力でやるしかねぇな」

「報告、いたしますっ」

「ん？」

ハーピー兵……？

途中で地面に降りたのだろう。歩いてきている。

後方にいるはずのハーピー兵が、ここまで出てきた？　どういうことだ？

「ぞ、増援のご報告に！」

その発言を聞き、豹兵の伝令が言う。

「大丈夫だ。増援の話なら、今おれがお伝えした」

「いいえ——こ、こちらの増援ですっ」

「何？」

「リィゼ様が扉の中の者たちを説得し……可能な限り武装をさせました！　急ごしらえではありますが、これで扉の中の防備戦力はかなり増えました！　そこで、中の防備戦力が増えた分っ……半数を、こちらの外の増援として回すと！」

リィゼ。

そこまでまとめ上げ——動かしたか。

この短時間で、扉の中を。

「現在アーミア様率いる蛇煌兵団が守りを固めるべく、本陣へ向かっております！」

ぽかんとしている豹兵。

「な、なんと……リィゼ様……」

「フン」

口は上手いんだ、あの蜘蛛娘は。

雨の勢いが、小ぶりになってきた。空はもうすでに暗くなっている。

敵は動きを止めない。小雨の中、敵軍のたいまつの火が揺らめいている。

敵は、動きを止めていない。このまま夜戦へ突入するつもりだ。

夜目が利く種族がいる分、こちらに有利かもしれない。

何より闇の時間は――俺の時間でもある。

「この戦いも……あと、もう一息」

いよいよ敵も、ほぼ全戦力を投入し始めた。

「最後の総力戦と、いこうか」

□

リィゼロッテの送った援軍は各方面に配置された。

各方面軍は地形を活かしつつ迎撃戦を開始。

ロアのいる右翼は第八騎兵隊とぶつかった。

ロアたちはこれに苦戦――しかしここに、思わぬ味方が現れた。

狂美帝率いるミラの戦力である。

ミラ軍は第八騎兵隊を撃滅。第八の隊長は、狂美帝によって討ち取られた。狂美帝は、

『安心するがよい。余にそなたたちと敵対する意思はない。我らミラは現在、このアライオン十三騎兵隊を擁するアライオンと敵対しており、味方を求めている。ゆえに、我がミ

ラ帝国は最果ての国との交渉を望む…… 〝検討されたし〟と、そなたたちの王へ伝えよ。

また、第九騎兵隊は我が方がすでに打破している。そして、我がミラ軍はこのまま──』

〝この戦場にて、最果ての国の味方として戦う〟

ミラの戦力は方向転換し、実際、そのまま中央へ向かっていた第七の横っ腹を叩いた。

これが、第七騎兵隊崩壊の序曲となる。

ミラの戦力はそのまま第七の背後へ回った。

これにより、ミラと最果ての国の軍勢との挟み撃ちの形ができあがったのである。

狂美帝はロアたちに、こうも言い残していた。

『敵味方の判断は、我らの身に着けているこの紋章か、掲げている旗でするがよい。こちらはそなたたちを判断しやすいが、そなたたちは見分けるのが難しいであろう。まあ、この闇だ……多少の判断の違えは大目に見よう』

しかしこの点においては、三森灯河の事前説明が功を奏した。

事前に灯河はリィゼや四戦煌に、

『将来味方となるかもしれない相手を、アライオンの騎兵隊だと思って殺すのは得策じゃない。もし仮に遭遇することがあったら、交戦は避けろ』

紋章の特徴などを、伝えている。直前と事前では、やはり意識への浸透度が違う。

最果ての国の者たちは、どうにか敵味方を見分けながら動くことができた。

さらに狂美帝たちは神出鬼没に襲撃をかけた。加え、狂美帝は真偽入りまじった情報を流せと指示を出した。察した三森灯河もこれに乗じ、混乱させる情報を流させた。

　これにより第七騎兵隊は、さらなる混乱を極めるのである。

「背後からミラの大軍勢が迫ってきているそうだぞ！」「なにぃ!?　そんなに数が多いのか!?」「背後に見えるあのたいまつの範囲を見ろ！　かなり多いぞ！」「待て、たいまつだけかもしれないだろ!?」「第七以外の騎兵隊はもう全滅したって話だぜ！」「馬鹿な、そんなことがありえるか！　嘘を言うな！」「まさか、あの第六もやられたのか!?　あの第六が!?」「第二騎兵隊のラシッド様の死体が見つかったらしいぞ!?」「我らが第七の大隊長が逃亡したって、本当かぁ!?」「いや、灼眼黒身のでかい豹人に真っ二つにされたって話だ！」「おれたち第七が全部、おいしいとこもらうんじゃなかったのかよぉっ!?」「ミカエラ様が敵に寝返ったそうだ！」「んだよこれぇ!?　なんなんだよこれはぁあ！??　なんなんだぁああ!?」「もっ……もうだめだ！　おれたち、皆殺しにされる……ッ！！！」

　夜なのも災いし、第七騎兵隊の混乱はより膨れ上がった。

　第七騎兵隊はこうして、指揮不能の状態にまで陥ったのである。が、この局面で――

　序盤で右翼と戦って撤退し、そこからここまで息を潜めていた第十一騎兵隊が、動いた。

この混乱状態を逆に利用し、一気に本陣を叩きにいったのである。

たいまつを使わず夜陰に紛れ、得意とする隠密進撃によって防御線の穴をついてきた。

突撃を、敢行してきた。

この報告を受け、セラス・アシュレインが本陣から自ら打って出た。

そうして本陣にいたケンタウロス部隊を連れた姫騎士が、第十一騎兵隊と激突――

見事、セラスは第十一騎兵隊を仕留めてみせた。

さらには、第十一騎兵隊と行動を共にしていた神獣を確保。

名はラディス。セラスの真偽判定で、間違いなく本物であると確認された。道に迷って
第九と合流できず、仕方なく、途中で出会った第十一に身を寄せていたのだという。

一方、三森灯河――俺は、左翼方面にいた。

第五騎兵隊出現の報を受け、他方面が激化する前に左翼へ赴いたのである。

万全とは言えぬニコの身を心配したというのも、なくはなかった。が、

「ニ、ニコ様がッ……ニコ様が、第五騎兵隊長を討ち取った！　ニコ様やったぁあああっ！

ふ、ぅぐっ……ふぐぅぅぅ……本当に、やった……ニ、ニコさまぁぁあああ……ッ」

竜兵はニコの復活に感動し、滂沱の涙を流した。

ココロニコ・ドラン。四戦煌の面目躍如、といったところであろうか。

否――やはり、第六騎兵隊では相手が悪かったと言わざるをえまい。

最大規模だった第七騎兵隊は、もはや総崩れとなっていた。

見るも痛々しい撤退が始まっている。隊長、及び七人の副長のうち、生存者は副長二名のみ。その副長二名は投降し、ミラの捕虜となった。

この日……女神の誇るアライオン十三騎兵隊――そのすべてが、最果ての国とミラ帝国の連合軍によって、完全なる敗北を喫したのである。

01：09――アライオン十三騎兵隊、壊滅。

▽

戦闘後、俺は本陣に戻っていた。

今はアーミアもいる。勝利の報告は、扉の中へも伝えた。

セラス、キィル、アーミアと、地図を広げた卓を囲む。

今は本陣の位置がバレても問題ない。明かりも灯(とも)っている。

改めてセラスが、現状確認をする。

「敵軍残存兵力は、すでに戦う意思がないようです。残った者も撤退を始めています。数名、第二騎兵隊と思われる者が徹底抗戦の構えでしたが、こちらはジオ殿以下、豹煌(ひょうこう)兵団が対処しました。数の差で問題なく勝利したとのことです」

アーミアが聞く。

「各方面は今、どうなっているのだ？」

「ニコ殿率いる左翼は、投降兵をまとめつつこちらに向かっています。ロア殿の右翼も一旦、こちらへ引き上げてきている最中とのことです」

キィルが視線を地図へ落としたまま、腕を組む。

「ジオくんは、ひとまず前線に残ってもらうわけね？」

「はい。ジオ殿の提案でもありますが……まだ狂美帝側を警戒しておくべきだろう、とのことです。それで、その狂美帝の戦力なのですが……」

チラッとセラスが俺を一瞥(いちべつ)し、続ける。

「撤退するアライオンの残存兵力を追撃しているようです。投降しない者は殺す、と呼びかけているそうでして。ただ、捕虜が多数となると管理が困難であるため、管理の一部を一時的にこちらへ任せたいと……いかがいたしましょう？」

セラスはこの場の全員に向かって問うた。キィルとアーミアの視線が俺へと向けられる。

「いや……そこは俺に決定権はないだろ。捕虜の扱いについては、ゼクト王かリィゼが決めることだ」

「ん～、でも私はキミの意見も聞きたいぞ～」

もじもじするアーミア。

……俺の中ではいまだに、このラミアのキャラが定まらない。

「今すぐこっちの手を借りなきゃいけないって状況でもないんだろ？　なら一旦〝善処する〟とか〝検討する〟とか、返しておけばいい」

こっちの都合のいいようにどうとでも転がせる、魔法の言葉である。

「まあ……向こうがこっちに何か押しつけるつもりなら、そいつは交渉の手札の一つにもなるか……」

「な～るほど。やっぱり我が主くん、頼りになるわねぇ？」

「あんたも今回はよくやったな、キィル。慣れない大規模な戦場の指揮を、最後まで崩すことなくやり切った」

「でっしょ～？　さっすがキィル様――と言いたいところだけど、セラスちゃんのおかげよ。ほんっと、勉強になったわ」

「お、お役に立てたのであれば……光栄です」

セラスの肩に手を回すキィル。

「そこに、この謙虚さでしょ～？　もう、愛おしすぎて食べちゃいたいくらい」

「キ、キィル殿――っ」

本陣で二人で過ごす時間が多かったせいか。大分、互いの距離が縮まったようだ。

「キミこそ、今回はお疲れさまだったな」

アーミアが俺に労いの言葉をかけた。

「あんたらの戦力を利用した手前、そんな自慢もできねぇけどな……ただまあ、労いの言葉はありがたく受け取っておく」

アーミアの声のトーンが変わる。

「……ニコの件も、礼を言っておく。ありがとう」

「あいつは……強いな。あのあと戦線に復帰して、敵の騎兵隊長を一人討ち取っちまったんだから」

「ふふん♪　なんたって、我が国の誇る四戦煌だからな！」

「とかいうあんたも、その一人だろ」

「私は今回、全っ然活躍してないけどな！　だが、原因は後方へ送り込んだキミなので私は絶対謝らない！」

……なぜ謝罪する必要が？

と、伝令が駆け込んできた。

「ドリス様！」

急報の様相である。神獣は確保した。他に何か、あるとすれば――

「れ、例の人間と思しき者が発見されました！」

安智弘。

セラスが俺を見る。伝令が膝をつき、失敗を報告するように言った。

「ただ、あの……申し訳ございません！　発見した場合、不用意に近づくなと指示されていたのですが……ず、ずだ袋の中から上半身が出ていまして……」

発見したのは、竜兵だったらしい。

「あ、あまりにひどい怪我を負っていたため……見かねた竜兵が、水と食糧を与えてしまい……」

伝令が、唾をのむ。

「勝手な判断で動き……た、大変――申し訳ございません！　ですが……わたしも目にしましたが、あれは……あれはあまりにっ……」

ジョンドゥから聞いてある程度、状態は知っていた。

安を発見したのは竜兵だという。ニコや竜煌兵団は今回、第六騎兵隊からひどい目に遭わされた。その経緯もあって、ひどい状態の安に強い同情心が湧いたのかもしれない。

「そいつの状態は？　話せるのか？」

「はい……相槌を打つ程度の反応はあります。それから、本当に小さな呟きだったそうですが……礼も、口にしたと……」

「わかった。運べそうか？」

「いけるかと、思います」

　俺は地図を手にし、指で示す。

「この位置まで連れて来られるか？」

「は、はい」

〝狂美帝から使者が来たら、報告してくれ〟

　俺はそう言い残し、他にいくつか指示を出した。あとは最果ての国の者に一任する。

　リィゼも本陣まで出てくるそうだ。今のあいつなら上手くやってくれるだろう。

　俺はスレイに乗り、セラスと移動する——安のところを目指して。

　ちなみに今の姿は、豹王装である。

「その者は、あの……あなたの……」

「ああ、同じ世界の人間だ」

「女神のもとに残った勇者たちに、何が起こっているのでしょうか？」

「あのクソ女神は、切り捨てる時は一瞬だろうからな。他者を廃棄するのに躊躇するヤツには見えなかった」

　ジョンドゥの話からすると、安は蠅王の勧誘、あるいは始末を女神から請け負った。が、

〝使えそうになかったら安は処分していい〟

　ジョンドゥは、女神からそう言われていた。

　となると、ジョンドゥたちに対して何かやらかしたのかもしれない。

「我が主」

「ああ」

俺は、相槌を打った。数名の竜兵が見える。……あそこか。

到着するなり、俺とセラスは下馬した。セラスは安を目にするなり、

「……ひどい」

口を押さえ、そう言った。それ以上、言葉は続かないようだった。

言葉を、失っている。

俺は竜兵に現状説明を求めた。少し言い辛そうな調子で、竜兵が報告を始める。

「……少し前に、意識を失いました。ただ、命に別状はないかと。もしかしたらこの人間もそれを聞いて安堵し、意識が途切れたのかもしれません」

「この人間は気を失う前に何か言ってたか？」

竜兵が答える。事前に伝令から聞いた内容と比べても、特に目を瞠る情報はなかった。

ただ、一つ気になる情報があった。

「自分は、異界の勇者だと……気を失う前に、そう言っておりました」

竜兵は言いつつ、驚きを残した顔で改めて安を見た。

異界の勇者に実際会うのは初めてだったのだろう。

……まあ、知らぬとはいえとっくに会ってはいるのだが。

それにしても——自ら、勇者だと明かしたのか。しかし、

「確かに……ひどいな、こいつは」

安の状態は、惨いのひと言に尽きた。

ボロ雑巾のような状態、と言っていい。治療にあたった竜兵が、無念そうに説明をする。

「こちらの手の指ですが、ご覧の通り……三本、切断されています。爪は、手足ともにすべて剝がされていて……あと、片腕のこちらの腱がズタズタにされています。残念ですが……治療は、不可能かと。所々、肉が削ぎ落とされている場所もあります……こちらはいくらか、塞がるかもしれません。しかし、この削ぎ落とされた右耳はもう……」

一旦言葉を切ると、竜兵は表情を歪めて続ける。

「それと……右目の周辺に点在する、この極小の丸い傷ですが……」

針のようなもので何度も目の周りを刺されている。

眼球に刺す、などと言って失明の恐怖を煽ったか。

「ですが、失明は免れたようです。ただ、その……これが不気味なのですが……」

「傷の処置か」

「は、はい……止血など、傷の処置が完璧に近いのです。わたしたちが処置を施さずとも、傷自体はしっかり処置されていて……」

沈鬱な面持ちで俯く竜兵。次いで彼女は、思い切った顔で問うた。

「……あの！　この処置は、やはりッ――」

「ああ。おそらくこの処置も傷をつけた第六の連中がやった」

「そんな……ど、どうしてそんなことを……」

竜兵には理解し難いらしい。まあ、最果ての民に理解は難しいかもしれない。

自分たちで、痛めつけて。

しかし、長く〝楽しむ〟ために止血などの処置は施す。

殺すのが目的ではなく、精神的に追い詰め続けるのが目的のやり方。

嗜虐（しぎゃく）趣味の続行のために施される治療。

元々細いヤツだったが、安はそれ以上に痩せこけていた。ニオイからもわかる。

手に取るようにわかる――どんな扱いを、受けていたのか。

「……チッ」

第六騎兵隊。つくづく――つくづく、趣味の悪ぃ連中だ。

「それと、こちらの器具なのですが……」

竜兵がそれを両手で持ち、俺に確認を求めた。

鉄っぽい素材の拘束具めいた器具。顔の下半分を覆うマスクのような形をしている。

「これを外すまで、こちらの人間はしゃべることができなかった様子でして……」

「なるほど」

しゃべることが、できない。

つまり――スキル名の発声が不可能となる。

発動条件が潰されるのだ。

これさえ装着させておけばスキルでやられる心配はない。勇者のスキルはこれで無効化できる。スキルは、喉や声帯をやられたら無効化されるも同然だからな……。

第六が喉自体を潰さなかったのは、やはり〝楽しむ〟ためだろう。

「あの、豹王（ひょうおう）様……彼が気を失う前に、あ、あまりに見かねて……水と、それから水で溶いた糧食を少し、与えてしまったのですが……も、申し訳ございません！　敵か味方かもわからぬ状態で、か、勝手な判断を――」

手で言葉を制す。

「その件は、さっき報告に来た竜兵から聞いた。気に病む必要はない。女神の側にいた異界の勇者となれば、聞きたいこともあるしな……死んじまったら、それもできない」

厳しい表情を崩さぬまま、セラスが聞く。

「となると……彼は一旦、捕虜として扉の中へ？」

「……そうだな。一度、扉の中へ運び込んでくれ――【スリープ（眠性付与）】」

安に【スリープ】をかける。効果持続中は数時間単位で目を覚まさないので、運んでいる最中に目を覚ますことはない。

俺は口の拘束具を手に取った。

「この拘束具は、装着し直しておけ。装着は中へ運び込んだあとでもいいが」

「装着……し直すのですか？」

「ああ」

「は、はい……」

竜兵には無慈悲な行為に思えたのだろう。

安を苦しませたであろう拘束具を、再び付け直せというのだから。

だが、何が起こるかわからない。急にスキルを使って、暴れ出すかもしれない。その際、最果ての国の者が犠牲になりかねない。そういうリスクはできるだけ、軽減したい。

「……意識を失う前、こいつが礼を口にしたと聞いた」

「あ、はい……水を勧めた際、ごく小さなかすれ声でしたが……確かに〝ありがとう、ございます。すみません〟と」

「…………」

『だっておまえは最底辺のE級なんだから。敬わないとだめだろ、A級の僕を』

『ウザいんだよ、三森(みもり)！　死ね！　消えろ！』

『ではせいぜい余命いくばくもない短い時を懸命に生きたまえ、廃棄勇者クン』

前の世界で俺を拒絶した時の安智弘――俺が廃棄された時の、安智弘。

どうにも、繋がらない。

ここに横たわる安智弘は――もう、果てている気がした。

疲れ果てていて、苦しみ果てている。

そんな風にしか、見えない。

俺が廃棄される直前の変貌ぶりには驚いた。あの時は、俺への態度に思うところがないわけでもなかった。

けれど今の安には――いわゆる〝ざまぁみろ〟といった感情が、湧くこともなく。

当然これ以上痛めつけたいという気持ちなど欠片も湧かず。

ただただ〝あまりに惨すぎる〟という、感想だけで。

俺の中に湧いたものは――ただ、それだけだった。

俺は【スリープ】の解ける時刻を竜兵に伝えた。
ちなみに同対象への同スキルの連続使用はできないとなっているが、これは【スロウ】と同じく長めのクールタイムを置けば再付与可能となる。
まあ俺の場合はここに他のスキルを挟むことで、
【パラライズ】→【スリープ】→【パラライズ】

のような、半永久的なコンボの持続をいわば裏技的に成立させている。

「余裕ができたら一度この勇者と話してみたい。もし攻撃の意思を見せてくるなら、改めて俺が呪術で拘束する」

その際はセラスも同行させる。

安はジョンドゥにやられた――ということは、ジョンドゥより厄介ではないはず。

不意打ちしてきても俺やセラスがいれば十分対処できる。

木と布で作られた担架に乗せられる安を見る。

「ま、今のこいつにそういう危惧は……しなくてもいいのかもしれねぇけどな」

「ひょ、豹王様！」

運ばれていく安と入れ代わりに、ケンタウロスがやって来た。

「伝令、か」

こちらもそろそろかと思っていたが、

「狂美帝より、伝令が来ました！」

来たか。

「そ、そのままお伝えします！　ミラの使いの者によると――

『大戦（おおいくさ）が終わった直後で貴国の軍も疲弊し、また、今は戦の後処理に追われている状態であろう。ゆえに、我が国とどう接するかを決めるのに、現段階での即断即決は難しいと拝察する。そこで、回答の期限を夜明けのあと——夕刻まで設けたく思う。最初の交渉場所は屋外が適当であろう。場所は互いの陣営の中間点が望ましいが、そちらの指定に従う。我が軍はアライオン十三騎兵隊の残党を処理しつつ、そちらの伝令に伝えた場所で野営をし、休息と後処理を行う。期限までに回答がない場合、我々は一度このまま軍を引き上げる予定でいる。ただし一度引き上げた場合も、我が方にはまだ再交渉の意思が残っていることを理解されたい』

と……」

判断を仰ぐように、ケンタウロスが俺たちを見る。聞き終えたセラスが黙考を解いた。

「かなりこちらに譲歩した内容に、思えますが」

「狂美帝(きょうびてい)が神獣を欲しがっていた理由が最果ての国との交渉を望んでいたからだとすれば、この譲歩も頷(うなず)ける……すでにミラはアライオンに宣戦布告し、ウルザに派兵してるって話だ。となると……やはり狙いは、こっちの戦力をあてにした対アライオン同盟だろう」

あとは禁字族(きんじぞく)——禁呪目的もありうるか。

アライオンを敵に回すということは、クソ女神を敵に回すということでもある。

対神族の切り札とされる禁呪の存在を知っているなら、禁字族目的でもおかしくはない。

「そ、それから……」

伝令が付け足した。

「〝可能なら蠅王ベルゼギア殿も同席されたし〟と……」

「！」

セラスがハッとして俺を見た。反応を窺うように、伝令も俺を見る。

「そ、その……蠅王殿の存在を知り得たのは、戦闘中とのことで……最果ての国の兵が蠅王ノ戦団のことを口にしていたのを、偵察に出ていたミラ側の兵が聞き……あなたが最果ての国側についていると、知ったそうです……」

やはり仮初めの名を常に意識しつつ切り替えられるヤツばかりじゃない。どうしても口が滑る者も出てくる。特に極限の戦場下では、そこまで意識が回らずとも仕方あるまい。

俺は伝令に確認する。

「今回のミラの申し出、キィルやリィゼはなんと言ってる？」

「キィル様は『蠅王の意見を聞いてみたい』と……リィゼ様は『一度扉の中へ戻り、蠅王殿やセラス殿もまじえ、皆で話し合って検討したい』と」

ここで狂美帝が奇襲してくる、ってことはさすがにないと思うが……。

「いずれにせよ、いくつかの兵団は戦いづめで休息が必要だ。万が一ミラとやり合うにしても、休息なしじゃまともには戦えない」

何よりこれは最果ての国の問題だ。最終的には、俺が決めることじゃない。

しかし助言を求められているのなら、ここは応えるべきだろう。

「わかった。引き続き防御線は残しつつ、一度、俺たちは扉の中へ戻る」

俺たち以外にも一部の戦力が扉の中へ戻った。

しかし完全に撤収はしなかった。かなり下げるが、防衛線は維持する。

敵の神獣はこちらが確保した。扉を閉めればそのまま引きこもることはできる。が、ミラから新たな使者が来る可能性もある。そこで、すぐ扉の中へ撤退できる位置に戦力を残すことにした。残したのは蛇煌兵団と魔物部隊。そして、そこにグラトラの王の親衛隊が加わる。どれも今回の戦いで前線に出なかった戦力だ。まだ十分、余力を残している。

「にしてもグラトラはよく了承してくれたな。王の傍は離れられません、みたいなことを言うかと思ったが」

扉を出たところの道の途中で、俺はアーミアに言った。

グラトラとは、さっき軽く言葉を交わした。微妙に態度が変わっていた気がする。

なんというか、前より軟化している感じがあった。

アーミアは、

「リィゼ殿の説得が効いたのではないかな？　まあ、グラトラ殿は国の今後を決める戦いを他の兵団任せにしたのを気にしている節もあるよ。かくいう私たち蛇煌兵団もほとんど参加してないに等しいからな。このくらいの役目はさせてもらわねばならんよ、うん」

　魔物部隊が、俺たちの横を通りすぎていく。コボルト兵の姿もあった。

「？」

　コボルトたちが、ぺこぺこ頭を下げて通過していく。

「うん、彼らは蝿王殿に感謝しているのだよ。扉の中ではキミの活躍で勝てたように言われているのでな。まあ、事実そうなのだろうが」

「きっかけって意味では、そうなのかもしれねぇけどな」

「第六騎兵隊とやらを倒せたのもキミの功績なのだろう？　グラトラ殿もそこは認めているよ。というか、あのニコ殿がキミを手放しで褒めていたぞ。いやしかし、あのニコ殿がなぁ……アーミア・プラム・リンクスもびっくりだ……、――どうしたのだ？」

「いや、別に」

　こうして味方側になってみると……なんつーか、コボルトってのも可愛いもんだな。

　小柄でちょこちょこ動いている姿が、なんだか微笑ましい。

「これからすぐ合議なのだろう？　やれやれ、キミも気の休まる暇がないな」

「とはいえ、あともうひと踏ん張りだ。終わりが見えてる分、楽なもんさ」

「前向きでいいなぁ、うん」

「てわけで、しばらく外の方は頼んだぞ」

「うむ、任された！」

　蛇煌兵団を除く三兵団は先に扉の中へ戻っている。俺たちだけアーミアらに指示を出すため残っていたのだ。そんな俺たちも、扉の中へ戻る。と、

「主さんニャ！」

　真っ先に駆け寄ってきたのは、ニャキ。

「セラスさんも――ピギ丸さんも！　スレイさんも、みんなご無事ですニャ!?　うニャー！　ご無事なのですニャ！　よかったですニャー！　ニャキは、すっごい嬉しいですニャ！」

「ジオたちをこっそり外へ出す役目……しっかり、こなしてくれたな」

「主さんの作戦を成功させるためなら、ニャキはがんばりますニャ！　その……ニャ、ニャキだって……蠅王ノ戦団の一員、ですニャ……？」

　確認するみたいに、モジモジと尋ねるニャキ。

「当然だろ」

　ニャキの耳がピンッとなって、顔がパッと輝く。

「ニャニャ！　はいですニャ！」

「ふふ……ニャキ殿もすっかり立派に、私たちの一員ですね」

「ありがとうございますニャ、セラスさん！」

「ピギー♪」「パキュ～」

「ピギ丸さんとスレイさんは、ニャキの先輩さんなのですニャ！　ニャキもいつか、お二人みたいになりたいですニャ～」

「セラス」

「はい」

「ニャキを見てると、癒やされる」

くすり、とセラスが微笑んだ。

「はい、同意いたします」

「ええっと――ベルゼギアさん、ご無事で何よりでした。蝿王ノ戦団の、皆さんも」

「あ――」

セラスが視線をやった先。ムニンが下腹辺りに両手を重ね、立っていた。

「セラスさん、ですよね？　あなたとこうしてちゃんとお話しするのは、初めてね？」

「はい。申し訳ありません……バタバタとしていて、ちゃんとご挨拶をする機会がなく」

ムニンに向き直り、セラスが姿勢を正す。

「改めまして、セラス・アシュレインと申します。蝿王ノ戦団の副長として、そして、騎士として我が主に仕えております。よろしくお願いいたします、ムニン殿」

「はい、ご丁寧にありがとうございます」

ニコニコ顔のムニンがぺこっと頭を下げる。顔を上げ、彼女は自分の手を胸に添えた。

「クロサガの族長をしております、ムニンと申します。セラスさんのお噂はかねがね……

それにしても、あなた……」

「？」

「ハイエルフって――みんなこんなに綺麗なの？」

「え？　あの……？」

「はぁ……美しすぎて、惚れ惚れしちゃう……」

世辞でもなく、普通にうっとりしている……しかも、なんだか微妙に悩ましげなポーズで。はふぅ、と熱い吐息を漏らすムニン。

「これはもう、芸術ね……」

「え？ぃ、いえっそのっ……ム、ムニン殿こそ大層お美しいお方で……」

「あらやだ？　あなたから見たらわたしなんて、もうけっこうなおばさんじゃないかしら？　でも、お世辞でも嬉しいわぁ♪」

……長寿で容姿にほぼ変化のないハイエルフなら、普通にムニンより年上の可能性はあるわけだが。まあ、今回はセラスの実年齢的に見ても明らかにムニンの方が年上だが。

セラスが慌ててブンブン手を振る。

「せ――世辞などではありませんっ。本心からお美しいと思います……わ、私が美しさの

話をすると嫌みになりかねないと姫さまから苦言を呈されていましたが……今の私は、じ、自分の感想を正直に話しているだけでして……」

「ふふ、ありがとうセラスさん♪　正直な方なのね、あなたって……話しやすそうな人で、そこもちょっと安心しました」

そこで、俺は口を挟んだ。

「まあ、実際ムニンさんはお美しいでしょう。ワタシから見ても、そう感じますから」

「あらベルゼギアさん……そんな丁寧な調子ではなく、皆さんと同じでいいんですよ？　むしろ……」

頬に手を添え、寂しげに吐息を漏らすムニン。

「わたしにだけそういう感じですと……わたしにだけ他人行儀、というか……仲間外れにされてる気がして……少し、寂しいわ……」

寂寥(せきりょう)感を漂わせるクロサガの族長。

「わたしだけ年が離れているから特別扱い……のけ者、ってことなのかしら？」

こういう、キャラだったのか。

「……まあ、ムニンさんがそう言うなら」

「ムニン、でいいのよ？　照れが残るなら〝あんた〟って呼んでくれて問題ないわ♪　そ、そうね……年下の子に呼び捨てにされるのも意外と悪くないかもしれないわね♪　だから……ムニン、って呼んで？」

「あんたが……まあ、そう言うなら」

「今……わ、わたしのこと〝やりづれぇ～〟とか思ったんじゃない……？」

「半分くらい、正解……」

「もう♪　だったら……やりやすいように、ちょっとずつ仲を深めていきましょうね？」

……あー、そうか。

　このやりにくさの正体……わかった気がする。

似てるんだ、あの人に――叔母さんに。

　かつてセラスに〝セラスには叔母さんと似たものを感じる〟みたいなことを言ったことがある。しかしその時は〝性格は叔母さんとは違うんだけどな〟的なことを言った。実際、そうだった。が、ムニンは性格まで似ている気がするのだ――叔母さんと。

　グイグイ来てペースを乱してくる、この感じとか。すごく似ている。

「ともあれ」

　ムニンの空気が、切り替わった。ゆったりした姿勢のまま、彼女が居住まいを正す。

　今のムニンはさながら聖母のように、慈愛に満ちた微笑みを浮かべていた。

「大変お疲れさまでした……あなたのおかげで、わたしたちは救われました。クロサガだけでなくこの国すべての方たちが、です」

姿勢よく頭を下げるムニン。

「本当に――ありがとうございました」

こういうところも。

茶目っ気あるふんわりしたノリだけじゃなくて、真摯な時は――本当に、真摯で。

確かに、似ている。

「皆さんも、本当にお疲れさまでした。クロサガを代表し、心より感謝申し上げます。改めて、ありがとうございました」

次いで、彼女はセラスやスレイにも丁寧に頭を下げた。

これに対し、こちらも真摯な微笑みを返すセラス。

「私の力があなたがたを救う一助となったのでしたら、私も戦った意味があったと思えます。こちらこそ――あなたのその労いと感謝に、礼を」

セラスが一礼。ムニンの態度に感じ入るところがあったようだ。

セラスは彼女に好感を抱いたらしい。……ま、この二人も上手くやっていけそうか。

「ベルゼギア様っ」

豹兵がやって来た。扉の中でも、伝令は忙しない。

「合議の準備が整ったとのことです。〝準備ができ次第セラス・アシュレインと共に出席願いたい〟と、リィゼロッテ様より言伝です」

「わかった」

まだ休むには、少し早い。

「すぐに行く」


「では……最果ての国は当初の方針通り、ミラ帝国との交渉を前提に動く——ということで、いいかしら？」

言って、キィルが俺を見る。

合議はいつの間にかキィルが進行役のようになっていた。

先ほどまで卓を囲み、俺たちは今後の方針について話し合っていた。

出席者は、ゼクト王、リィゼ、ジオ、ニコ、キィル、俺、セラスの七名。

ちなみに右翼を率いた人語を介するケルベロスの姿はない。ロアは竜煌(りゅうこう)兵団の所属となっているらしい。決定した内容などは、兵団長のニコを通じて伝えられるそうだ。

「異論はないみたいだから、これで決定ね」

今回の合議は思った以上にスムーズに運んだ。戦う前の合議とは対照的である。特に変化があったのはゼクト王とリィゼか。ゼクト王はすっかり、悄然(しょうぜん)となってしまっていた。

『こたびの件、ヨは間違っていた……思えば最果ての国を目指したのも、人間たちと戦うのが嫌だったからだった。こたびもヨは、人間との争いごとを避ける選択肢を無意識に選びたがっていたのであろう……しかしそれは、現実から目を逸らしていただけにすぎなかった。どれほど長く生きようと、ヨは愚かな臆病者のままだったというわけだ……愚かなヨを許してくれ、蝿王よ……』

合議中、ゼクト王はほとんど発言していない。発言が乏しいといえば、もう一人——

「リィゼくんも、それでいいかしら？」

キィルがリィゼに問う。ちなみに、治療がよかったのかリィゼの顔の包帯はもう取れていた。顔の腫れも、目立たぬ程度には引いている。

「……アタシも間違った決断をした側よ。そんな者に発言権が、あるかというと——」

「一度間違ったくらいで発言の一つすらできなくなるってのは、俺はどうかと思うがな」

俺がそう言うと、俯いていたリィゼが顔を上げた。他の連中もこちらに視線を向ける。

「客観的に見て、あんたの能力自体は別に低くはない。今回の終盤戦の増援の件にしてもな。あんたの手腕で実現したもんだろ、あれは。今までは視野が狭くて頑なだったのが問題だったかもしれないが……今のあんたなら、多少は柔軟に判断できるんじゃないか？……と、俺は期待してるんだが」

「そう言ってもらえるのは嬉しいけど……でも」

俺は腕を組み、背もたれに体重をかけた。

「今後は当面、戦闘系統の指揮はキィルにやってもらえばいい。リィゼロッテ・オニクは他の七煌（しちこう）の意見をよく聞いて取り入れつつ、基本は宰相として内政や外交に注力する。そんな感じでいいんじゃないか？　異論のあるヤツは？」

　他の七煌に問いかける。ジオが、ふん、と鼻を鳴らす。

「いないみてぇだぜ」

　ゼクト王も同意を示す。

「ヨもそれがよいと思う。本来なら王の座を、蝿王殿に譲りたいくらいなのだが……」

「この国にとってはあんたが王の方がいいだろう。今回の判断ミスはともかく、国内のヤツらから王としての悪評は聞かない。今回の戦争前でも、クロサガの件ではかなり配慮してもらったしな。あんたは、意見の違った相手でも無情に排除しようとはしなかった……どころか、謝りさえした。あんたはそれができる王なんだ。だから俺はあんたでいいと思う。個人的には、だがな」

「……温情痛み入る、蝿王殿。今後はヨなりに、精進しようと思う」

「某（それがし）も、蝿王の意見に同意する」

　ニコが言った。

「そもそも某だって宰相殿の方へ票を投じた一人だ。判断を違（たが）えた責任は某にもあろうよ。責められるとしても宰相殿や陛下だけではない——某もだ」

「アンタは、アタシに恩義があったから……」

「だとしても、よ。それに、結果として今回は取り返しがついた。そこの蝿王の助力でな。おかげで挽回の機会をもらえた、と某は思っている。だから某も、宰相殿も、陛下も……挽回していけばよいと思う。うむ……しかし、蝿王は頼りになる男よ。某もさすがに認めざるをえぬ……うん、ニコは認めます……て、照れてなどおらぬぞ⁉」

「誰も、なんも言ってねぇよ」

そうツッコミを入れたのは、ジオ。

……アーミアも言っていたが。確かに俺に対するニコの態度は相当軟化している。

仕切り直すようにニコは咳払いをし、

「片一方で、宰相殿や陛下に対する某の忠誠はいまなお変わっておらん。某を含め、竜人族が宰相殿や陛下に助けられてきたのも、また事実なのだ」

「ニコ……」

リィゼがちょっと感極まった顔をしていた。

「ともあれ、方針は決まった」

確認の意味合いも込め、俺は言った。

「ミラとはひとまず交渉の場を持つ方針で進める。交渉の場にはリィゼ、俺、セラス、豹煌兵団、竜煌兵団で赴き……現状は、ミラと同盟を結ぶ方針を取る。同盟を結んだ場合は、足もとを見られて利用されぬ程度に、食糧事情を改善するための支援を求める。こちらからは必要な際、援軍として戦力を提供……ただし、指揮系統は向こうに一任しない」

ひと息区切って、続ける。

「こちらが捕えた捕虜については、今後はミラに任せる方向性を提案する。今、ミラから預かっている捕虜も含めてだ。これは、こちらの食糧事情を鑑みるとそれなりの数の捕虜の面倒を継続して見るのが難しいため――これについてセラスは、ミラは受け入れる可能性が高いと見てるんだったな？」

斜め後ろに控えるセラスに話を振る。

「はい。ミラは領土に肥沃な土地を多く抱えているため、食糧事情は大陸で最もよい状態にあります」

「他国に輸出するほど、だったな？」

「はい」

「豊かな国なんだな、ミラってのは」

「西の山脈には鉱山地帯が広がっていて、鉱物資源も豊富です。漁業もバクオスに次ぎ大陸二位の座にいます。内政も……特に、現ツィーネ帝が即位してからはさらに国力を増しており、皇帝の国民人気も即位時から右肩上がりと聞きます。その豊かさや国民の支持を背景として、輝煌戦団を始めとする軍隊はかなり強力なものとなっているようです。そんなミラ——特に狂美帝とその兄二人に対しては、姫さまも一目置いておられました」

あの姫さまが、か。

「ともかくそういった国ですので、交渉が上手くいけば食糧の提供は持続的に望めるかと」

「地理的にもミラと最果ての国は地続きになってるからな。輸送面で、対立国に分断されることもない」

そこで、ジオが質問を投げた。

「交渉が決裂したらどうなる?」

「そうなったら一度、扉を閉めて引きこもるべきかもな。やり合うにしても、まずは兵団の治療やら休息の時間が必要だ。ミラ側に確保されてたらヤバかったが、ラディスっていう神獣は幸いこっちが確保した。当然、ニャキもこっちにいる。扉さえ閉めちまえば、手出しはできない」

あのクソ女神さえ中に入るには神獣頼りだったのだ。簡単に開けられるとは思えない。

俺は、同席者に聞こえるか聞こえないかの声量で呟いた。

「ま……交渉は、成立すると思うがな」

狂美帝の目的が禁字族——禁呪だとすれば。

本気で女神とやり合うつもりなのだ。

アライオンに弓を引いた以上、ミラはもう後戻りできまい。いくら強力な軍隊を持ち、かつ、先の大侵攻で他国が疲弊しているとはいえ……他の神聖連合すべてを敵に回して勝てるものだろうか？　戦力面だけで見ても、最果ての国との同盟は是非とも結びたいはず。

つまり、条件面でミラから譲歩を引き出すカードは意外とこっちにある。

……ミラの狂美帝、か。

年はそう俺と変わらないというミラの若き皇帝。皇位継承権第一位と第二位を押しのけて帝位についた男。しかも第一位と第二位だった兄二人は今、狂美帝に仕えている。

どんな人物なのか気になるといえば気になる。一度、会ってみたい気はする。


このあとの方針は決まった。そうして合議が終わると、そのまま解散となった。

七煌たちが続々と部屋を出ていく。その途中、

「あの、ベルゼギア――、……ちょっと、いい？」

俺を呼び止めたのは、リィゼロッテ・オニク。

彼女は軽く腕を組んでいた。視線を逸らし、俺に尋ねる。

「このあと、時間……ある？」

「狂美帝が指定した夕方までは多少余裕があるからな……作れるぞ？」

「ア、アタシの部屋に……来てもらえる？」

「あんたの部屋に？」

「あ、いや……無理そうなら、別にいいんだけど。そんなに大事な用でもないし……」

何か話があるようだ。

多分この国がどうこうという話ではなく、リィゼの個人的な用事なのだろう。

「わかった――セラス、先に部屋に戻っててくれ」

察した様子で、セラスが一礼する。

「承知いたしました。では、私は先に戻っております」

こうして俺は、そのままの足で城内にあるリィゼの部屋へ向かった。


「私室ってわりにはあんまり飾り気のない部屋なんだな」

私室ってか――執務室みたいな印象だ。といっても、個人の私室としては十分すぎる広さだろう。まあ一応、国の宰相なわけだしな。

飾り気がないとは言っても調度品などは普通に置いてある。飾り気がないというのは〝派手さがない〟という意味だ。落ち着いた色調で統一された部屋である。

端に簡易的な調理場のようなスペースが見えた。トイレらしき個室も確認できる。

奥には軽く湯浴みのできる個室もあるらしい。この部屋だけで生活のアレコレはそこそこ事足りそうだ。忙しい立場だろうから、まあ、こういう部屋も必要なのだろう。

他には……今いる部屋の奥に、もうひと部屋あるようだ。

「？　ああ、あっちはアタシの寝室。今は……ちょっと散らかってるから、できれば招き入れたくないけど」

長椅子を勧められ、座る。椅子の前には八人は座れる長卓がある。

この部屋でオニク族の仲間と軽い会議をすることもあるとか。他種族用の椅子も壁際にいくつか確認できる。人型用の椅子はあらかじめ用意してくれていたようだ。

リィゼが水差しから銀杯に水を注ぎ、ドンッ、と俺の前に置く。

「はいこれ！」

「悪いな」

ふん、と受け流すみたいに鼻を鳴らすリィゼ。頬がほんのり赤いあたり、わかりやすい。

セラスと違って普通に表情に出るんだよな、このアラクネ。

「いーい!?　それ飲んで待ってなさい!?……ちょっとだけでいいから、そこでおとなしく待ってなさいよっ!?」

ビシッと俺を指差してから、リィゼは調理場に引き返す。

せっせと動いているリィゼの後ろ姿を観察する。火を起こしているらしい。

やがて――香ばしいニオイが漂ってきた。

「ごめんベルゼギア、もうちょっと……待ってっ」

「いや、別に急がなくていいぞ」

やけに力が入ってるというか……手馴れていない、というか。

普段は調理場にあんまり立たないのかもしれない。

俺はゆったり待ちつつ、マスクを外して水を口にする。

「ん？」

これ、トノア水か。しかも普通のヤツとちょっと味が違う。甘みが強め、というか。

「それ、アタシお手製のトノア水っ……疲れた時とかに、飲んでるのっ――あっつ！」

「大丈夫か？」

「だ、大丈夫よ！　失礼ね！」

「一応、冷やしておけよ」

「わ――わかってるってば…………う～……し、心配してくれてありがと」

「………」

つまり、俺に料理を振る舞うために呼んだのか……？

ほどなくしてリィゼが木製の盆に皿を載せて運んできた、のだが……

「ちょっ――な、なんで仮面外してるのよ!?」

「いや、外さないとこれ飲めないだろ……その料理にしたって、マスクをしたままじゃ食えない」

調理場の位置的にリィゼはずっと背を向けていた。マスクを外したのに気づいてなかったわけだ。盆を持ったまま、リィゼは停止している。

「―――す、素顔？」

「これが変装に見えるか？　つーかあんた前に『あんた人間なのよね？』って俺に言ってただろ。今さら驚くことじゃないと思うが」

と、言いつつも。

普段フルフェイスのマスクをした人間がそれを外してたら、まあ、驚くのも無理はない。

「元々は、亜人や魔物の国に人間がいると違和感が強いだろうから、ってつけてたもんだしな」

さっきの外での戦いでは、もちろん正体を隠す意味がある。俺の顔の特徴がアライオン勢に伝わるのを避ける意図があった。……けど、今はリィゼと二人きりだしな。

「といっても、事情があって今はなるべくこの顔を隠しときたいんだ。俺の顔の特徴とかについては、あんまり口外しないでくれると助かる」

「ええ、わかった。事情は人によって様々だからね……詮索はしないわよ」

「助かる」

「……ふーん」

ちょっと照れまじりに、リィゼが半眼でこっちを観察する。

「？」

「そ、そういう顔だったのね……アンタ。ちょっと、思い描いてたのと違った」

「失望したって？」

「――ッ、答える義務、ある⁉　ほら、それより料理でしょ⁉」

「そっちから振ってきた話題なんだが……」

「ごめんってば！　だからほら、料理っ――」

口調の激しさとは対照的に、リィゼが卓にそっと盆を置く。

……しかしほんとわかりやすいな、このアラクネ。わかりやすい特徴を一つ挙げるとすれば、照れてる時に二本の前足をモジモジ絡ませる癖がある。

蜘蛛足の方は感情が出やすいんだろうか？　猫の尻尾みたいなもんなのかもしれない。

にしても……いいニオイだ。

「これ……アタシなりのお詫びと、感謝のつもり。こういう時アタシ、どうすればいいかわからないから……料理を振る舞うくらいしか、思いつかなくて。ほら、戦いの時はろくな食事が取れなかったんでしょ⁉　お腹が空いたなら、お腹を満たせばいいじゃない！」

そりゃそうだろ。

「さ、冷めないうちに食べなさいよ！　なんなのよ、もう！」

照れ臭さと疲れと興奮のせいか、テンションが無茶苦茶になってるな……。

ふむ、しかし――

「……見た目はともかく、ニオイはいいな」

ふんわり漂う香ばしさ。食欲をそそるニオイだ。

印象としてはジャーマンポテトに似ているか。見た目は……悪い意味で、ぐちゃっとしている。焼く前にすでに茹でてあったらしいが、茹ですぎだろうか？

固形を保てていないものもある。野菜も切った時のサイズが見事に統一されていない。

緑色の香草っぽいのの量は、ちょうどよさそうだが。

「み、見た目はこんなもんが限界よ……ッ！　う……嫌なら、む、無理に食べなくてもいいわよぉ……」

……何より特徴的なものといえば。

どぎつい赤色のソースが、かかっている。

激辛オチの予感もなくはない。まあ、ともかく……食べてみるか。

「はむっ」

…………ん？　いやこれ、

「旨いな」

「本当!?――ッ、……だから言ったでしょ!?　ふん！　これでも、オニク族の族長なんだから！……ほんとに、美味しい？」

「見た目は悪いけどな」

「う……お腹におさまれば、一緒でしょうがよ……」

「まあな」

　というか、実際に腹が減っていたのは事実なわけで。うん……かけてあるソースも悪くない。このソース、普通にじゃがいもにかけてもいけそうだ。

「見た目は確かにアレだけど、そのソースの原料は気持ちを落ち着かせる効果があるの。頭を使う者には特に必要な良質な眠りを得られるわっ。ただ、貴重品だからあんまり量は作れなくて……たくさん求められると、困るけど」

　要するにリィゼなりの気遣いに溢れた料理、ってわけか。

　煮崩れてるのも、消化しやすいようにって配慮なのかもな。

　俺が食べ終えると、リィゼは改まって対面の席についた。

「その……今回のこと、本当に悪かったわ」

　俺はトノア水をひと口飲み、

「謝罪は前に、もう聞いた」

「改めてちゃんと言っておきたかったの……お礼も」

リィゼが居住まいを正し、頭を下げる。

「ありがとう、ございました。あなたの助力と助言によって、この国は救われました——リィゼロッテ・オニク個人として、そして、最果ての国の宰相として感謝いたします」

なるほど。要するに、これを言いたかったわけだ——一対一で。律儀なヤツだ。

「顔の腫れ」

「え？」

「大分、引いたな」

「え、ええ……」

リィゼが頬に触れる。

「診てもらったら、見た目ほどひどくないって話で……それで、メイル族のケンタウロスに治癒術式を施してもらって……薬を塗ったの。あとは、顔料で少し」

苦笑するリィゼ。

色々施したから、自然治癒より治りが早いのはあるだろう。ただ、ミカエラはリィゼたちを娼館(しょうかん)に送るとか言っていた。なら、ある程度手加減していた可能性はある。

しかし、その時にリィゼが感じた恐怖は本物だっただろう。

肉体的な痛みよりも——精神的な痛みの方が、リィゼを深く傷つけたのかもしれない。

「終盤戦での援軍……よく送ってくれたな。おかげで、第七との戦いが大分楽になった」

「ああ、あれね……か、数が多い方がこっちの死者も減らせると思ったからっ」

「なんだかんだ言っても、あんたの説得能力はさすがだよ」

リィゼは視線を落とし、自嘲めいた笑みを浮かべた。

「……いえ、それは違うわ。アタシは、正直にお願いをしただけ。アタシ自身の失敗もしっかり認めた上で……〝みんなの力を外で戦っている仲間のために貸して欲しい〟って、正面からお願いしただけよ。だから……あの援軍の功績は、アタシのものじゃない。アタシを信じてくれた、この国のみんなの功績なのよ」

目を閉じ、下腹の前でぎゅっと両のこぶしを握り込むリィゼ。

「同時にわかったの。アタシは……この国のみんなの善意のおかげで今まで〝優秀な宰相〟をやれてただけなんだ、って。だから、アタシが優秀なわけじゃなかった……アタシは——リィゼロッテ・オニクは、みんなが言うことを信じてくれてたから、なんでも自分の力でやれてると、勘違いしてただけでっ……」

薄く目を開き、リィゼが、ぽつりと問いかけた。

「……ねえ、どうして？」

「何がだ」

「今回のミラとの交渉のこと。あの場では異論を挟まなかったけど、どうしてアタシを国の代表にしたの？　代表なら、ゼクト王やキィルの方が……」

「さっきあんたは〝みんなの功績〟と言ったな？」

「え、ええ……」

「今回の勝利……ちゃんと〝みんな〟の中には、あんたも入ってるだろ」

「────」

「確かに、あんたの要請に応えたヤツらは本当に根の善良なヤツらだと思う。ただし……援軍を送ると決めたのは──他でもない、リィゼロッテ・オニクだ。他の誰が指摘しなくても、そこはあんたの功績なんだよ。いい判断だった……少なくとも俺は、あんたのその判断に感謝してる。それだけは、覚えておけ」

「………っ」

口もとをきつく引き締め。リィゼは──泣き出しそうなのを、必死に堪えていた。

「ど、どうしてっ……どうしてよっ!?」

「………」

「アタシあんたのことっ……あれだけ、悪しざまに罵ったのにっ！　あれだけひどいこといっぱい言って！　挙句っ……アタシの考えは全部間違ってて……そのせいでみんなを、危険に晒してっ……、──なのに、どうしてアンタは！　どうしてっ──」

リィゼが涙を堪えられたのは、そこまでだった。

「どうしてそんなに、アタシに優しいのよ……ッ」

それは――簡単な話で。そう、

「これは、簡単な話だ」

「………」

「リィゼロッテ・オニクは、俺の〝逆鱗(げきりん)〟に触れなかった」

たとえば第六騎兵隊は、俺の逆鱗に触れた。

「ある意味、俺は相手を客観視できないんだ。正義にかなっているとか、倫理的に正しいかとか……そういう判断が、できない。俺が不快かどうか――つまり〝俺の〟逆鱗に触れるか、否か。それが、すべてだ」

つまり、

「俺にとって、リィゼロッテ・オニクはそんなに不快な相手じゃなかったってことだ。だから優しくもするし、排除もしない。これは要するに……それだけの話なんだよ」

そう……実の親(クソ)どもとか、クソ女神とか。

この世界で遭遇した救えないクズどもとか。そいつらと比べりゃ、大したことはない。

俺にとって、リィゼは違った。

それだけの理由でしかない。俺は、冗談っぽく言った。

「ま、以前のリィゼロッテ・オニクは視野も驚くほど狭かったし……意固地だし、やけに攻撃的だし……生意気だし、相手を傷つけるような言葉を平気で使うし——ひどいもんだったかもな」

　小さくなるリィゼ。

「……うぅ、ごめんなさいってば」

「けど、今は違うだろ」

「…………」

「今のリィゼロッテ・オニクは視野も広くなったし……柔軟に相手の意見も聞けるようになったし、無闇に攻撃的じゃないし……生意気さは残ってるが——まあそれは、個性として——、……相手へかける言葉にも、配慮がある」

「……そう、かしら？　そうかな？」

「ああ。努力は実ってる感じだ」

「でも、生意気？」

「個性だから、それはそれでいい」

「否定はしないのね……」

「世辞なんか言っても、仕方ないだろ」

「……う〜」

前足二本をワシワシ絡ませるリィゼ。

「てことは……ほ、他の評価は本音ってことよね？　ぅぅ～……」

「宰相なら、褒められ慣れてそうなもんだけどな」

「――う、うるさいわねっ。照れるかどうかなんて、褒められる相手によるでしょっ？」

「俺に褒められたら、照れるのか？」

「それは――か、勘違いしなさいよね!?」

「？」

「？」

リィゼがすごく小さな声で「違った……ッ」と呟き、

「か、勘違いしないでよね!?」

言い直した。言い間違えたらしい。

まあ、確かに……勘違いさせてどうすんだ、って話だが。

「ともあれ、今回の交渉は頼んだぞ」

「や、やってみる……アンタとセラスもついてきてくれる、のよね？」

「ああ」

「助けてくれる？」

「もちろん」

「よかった。ほんと、頼むわよ……？」

「任せておけ」

「アンタたちのこと……頼りに、してるんだから」

最果ての国の宰相、リィゼロッテ・オニク。

素直に周りへ助けを求めることが、できるようになった。

上からの独善的な指示でなく、周りの意見もちゃんと聞き入れられるようになった。

宰相として一歩、成長といったところだろう。

と、俺はそこで——リィゼが何か問いたげにしているのに気づく。

「どうした？」

「……気に、なるの？」

「ん？」

「奥の、アタシの部屋」

「いや、なんつーか……確かに、けっこう散らかってそうだと思ってな」

私物とか、どういうものを持ってるのかは少し気になる。こっちの部屋が簡素なだけに。

「散らかってるとは言ったけど——い、言うほど散らかってないわよ!?　さっき散らかってるって言ったのは、単なる謙遜で……」

「まあ、別に俺も無理に見たいわけじゃ——」

「仕方ないわね！　来なさいよ、ほら！」

強引に腕を摑まれ、奥の部屋へ連れて行かれる。そうして部屋に足を踏み入れた俺は、

「……微妙なラインだな」

「ちょっと、か、勝手に見ないでよ！」

「いや、強引に連れてきたのはあんただろ……」

「う……そ、そうよね……」

リィゼの寝室はなんというか——脱ぎ散らかした衣類が多かった。基本は脱ぎっぱなしで、ひょいひょい次の服に着替えていくスタイルなのだろう。洗濯はまとめてするのだろうか？

恥じらいつつ、ぷんむくれてベッドに座るリィゼ。そういやアラクネって、どんな姿勢で眠るんだろうな……まあ、それはともかく——

ピリッ
「ほら、これ」

菓子の包装紙を破り、中身を一本リィゼの鼻先に差し出す。ぽかんとするリィゼ。

「何よ、これ……？　すん、すん……ん？　ニオイが、ほのかに甘い……？」

「さっきの料理の礼だ。ちゃんと食えるもんだから、安心しろ」

細い棒状のクッキーをホワイトチョコでコーティングしたお菓子。

もちろん魔法の皮袋から転移させた現代世界のお菓子である。

　リィゼは「な、何よ急に……ふん」と言いつつ、素直に受け取った。

「ん、と……れろ、れる……、――あ、甘いわね……ぺろ、ぺろ……ぅ……す、すごく美味しいんだけど、これ……外の世界って、こういうので溢れてるの？　れる、れる……」

「いや、こいつは外の世界でも滅多に手に入らない代物だ。そういうわけで、数を揃えられない……つまり、全員には配れないんだ。だからまあ、俺とあんたの秘密にしといてくれ」

「ふ、二人だけの秘密っ……う～……ちゅぷっ」

　不服そうな照れ顔をしつつ、菓子の先っぽを咥えるリィゼ。つーか、

「……食わないのか？」

「ちゅぷ、ちゅぴ……は？　食べてるじゃないのよ？」

「いや、そいつは噛み砕いて食うんだ」

　そんなアイスキャンディーみたいに食べると、外のコーティングだけ剝がれて若干残念な感じのお菓子になってしまう。実際、コーティングは半分くらい剝がれてしまっていて、クッキー生地は唾液まみれになっていた。

　言われた通り、サクッ、噛み砕くリィゼ。そして、もぐもぐと咀嚼する。

「……あ、ほんとだ。噛んで一緒に食べると、さらに美味しいかも……」

「だからバレると人気になりすぎて、取り合いになる。いいか、俺たちだけの秘密だぞ？」

「わ──わかってる、わよ……はむっ……二人だけの秘密、でしょ？　ええっ、わ、わかってるってば……わかってるん、だから……」

そこでようやく──ふふ、と。

リィゼロッテ・オニクはどこか歯がゆそうに、しかし──とても自然な感じに、笑ったのだった。


部屋に戻ると、セラスが待っていた。

「おかえりなさいませ、トーカ殿」

「……ただいま」

なんというか。仕事から戻った大人って、こんな感じなんだろうか。

俺は再び被ったマスクを脱ぎ、

「軽く、リィゼの手料理を食ってきた」

リィゼの部屋であったことを、セラスに話した。

まあ、リィゼが恥ずかしがるであろう内容は避けたが。

「リィゼ殿は……繊細な方なのだと思います」

ベッドの縁にちょこんと座るセラスがそうリィゼ評を述べた。俺はローブを脱ぎながら、

「確かにな。繊細といえばまあ、繊細なヤツだよ」

セラスが腰を浮かせた。が、俺は手で制す。脱いだローブを受け取ろうとしたようだ。

彼女は臀部の布地を整えてから、再び、ベッドの端に腰かけた。

「とはいえ、今のリィゼなら交渉役を任せても大丈夫だと思う。もちろん今回は、俺たちの付き添いアリでだがな。リィゼもそれを望んでる」

言って、椅子の背にローブをかける。

「リィゼ殿の信頼を得られたのですね」

「らしいな」

そのまま俺は机につき、ひと息ついた。一拍置いてから、机上に紙を置いて羽根ペンを手に取る。俺の背に、セラスが問いを投げた。

「何か、お書きになられるのですか？」

「ああ、ミラ側の出方をいくつか予測しておいた。で、それぞれの対応の仕方を昼前までに文章にまとめてリィゼに渡そうと思ってな。予習用に」

リィゼは、ちょっと不測の事態に弱い印象がある。

「しかし……お疲れではないですか？」

「大丈夫だ」

と、セラスが俺の背後に立った。そして彼女は、そっと俺の背に手を添えた。

「少し、お休みになった方がよいかと」

「こいつを仕上げたらな」

「――いいえ、どうかお休みください。私が嘘を見抜けるのを失念しておられるほど、お疲れのようです」

しまった。

さっき〝お疲れではないですか？〟と聞かれ〝大丈夫だ〟と答えてしまった。

嘘を、見抜かれたわけだ。

そう、実際はかなり疲れている。言い逃れも、やろうと思えばできるが……。

セラスの言う通り、嘘がバレるのを失念してたのは事実。

「……そうだな。そこまで頭が回らないくらいには、疲れてるらしい」

「申し訳ございません……差し出がましかったかも、しれませんが」

「いいんだ。ありがとう」

椅子の背に肘をのせ、振り返る。セラスは身を硬くしていた。

衣服の布地の一部をキュッと摑み、少し、気まずそうに視線を逸らしている。

「あ、あの……分不相応と言いますか、これは、ある種の驕りなのかもしれません。ですが……少しだけ、私の役目かもしれないと思っているところがあるのです」

「セラスの役目？」

「は、はい」

出過ぎた真似を、みたいに頬をほのかに朱に染めるセラス。

「おそらく大抵の方には、トーカ殿はまったく疲れていないように映っているのではないでしょうか。演技力の高さのせいで……皆、気づけないのだと思うのです」

言われてみれば――そうかもしれない。

マスクをしてれば顔色も見られない。声変石を使っていれば、声の調子もわかりにくい。

「それがセラスならわかる、か」

「そうありたい、と思っております」

「――二番目に長く、一緒にいるからな」

この世界に来てからセラスと共に過ごした時間は長い。ピギ丸の次に。

……いや。就寝時にピギ丸は別の部屋にいることも多い。

今日もスレイとニャキのところへ行っている。だから――セラスと二人きりの時間は、増えている。気づけば、セラスと過ごした時間が一番長くなっているのかもしれない。

「わかった」

ボフッ、と俺はベッドに寝転んだ。

「言われてみれば、これは相当疲れてる……頭を働かせるためにも、ちょっと休んだ方がいいな」

風呂に入る気力はない。湯船で神経が緩んだら、それこそバタッと倒れそうだ。

「ただ、休むのはおまえもだ。疲れてるのは俺だけじゃない。全体の指揮やら戦闘やら……おまえだって、馬車馬みたいに働いたんだ」

「ですが、誰か訪ねてくるかもしれません。その際、応対する者がいた方が……」

「緊急の場合は、俺が寝てようがなんだろうが叩き起こすよう、リィゼを通じて最果ての国側に伝えてある」

安智弘が目を覚ました場合は特に最優先で伝えろ、とも。

「だから、おまえが寝てても問題ない」

少し移動し、セラスのスペースを空ける。

「お疲れになっている時は……私が横にいると、お邪魔ではありませんか……？」

「ベッドは一つしかないんだ。文句は言えないだろ。いやまあ、セラスが嫌じゃなかったらだが」

くすり、と笑みをこぼすセラス。

「何度も共に寝た仲ではありませんか。もし嫌と思っていれば、そうはならないかと」

否定し、セラスがベッドの真横まで来た。が、そこで彼女は思いとどまる気配を見せる。

セラスは、両手を脇の辺りで曲げて視線を落とし、自分の装いを見た。

「ですが……服も替えていませんし、におうかもしれません。やはり、私は机か長椅子で仮眠を取る程度に……」

「もしにおうってんなら俺だって同じだ。それにベッドの方が疲れも取れる。何より……ニオイなんて気にならないほど、疲れてる……」

あくびを、噛み殺す。

横になったせいか。脳が急に睡眠モードへ切り替わった気がする……。

こうなるともう、眠気には抗えない。

「か、かしこまりました……では少ししたら私も、横に……失礼、いたします」

「ああ、そうしろ……」

セラスが服を整えつつ、ベッドの縁に腰を下ろした。

腰を捻った姿勢で垂れた髪を一つかき上げ、俺の方を見る。

「その前に、ちゃんとお休みになられるかを副長として見届けたく思います。ズルは、許しませんので」

俺は目を閉じ、冗談っぽく続けた。

「なんだ？　俺が寝てる間に、またキスでも狙ってるのか？」

「も、もういたしませんのでご安心くださいっ。したい時は……し、しっかり許可を取るつもりですから――、……ッ」

必死に否定するセラス・アシュレインであった。

恥ずかしさと気まずさがまじりあってか、うぅ、と紅潮するセラス。

「あ、あの時のことは……十分恥じ、反省しておりますので……ど、どうかあまり引っ張り出さないでください……」

眠気で意識が閉じかけている状態で、俺は言った。

「俺の方は……そんなに、気にしてないんだけどな……でも、悪かった。この件を引っぱりだすのは、今回で……最後に、する……、──」

意識が、落ちた。


「────」


目を、覚ます。部屋は薄暗い。……まだ朝時間ではない、か。

ただ、遠くに生活音はする。まだ国内は──臨戦態勢だ。

視線を横にやる。セラスが寝ていた。机に、突っ伏すようにして。

まるで徹夜で勉強していて、そのまま寝落ちしたみたいな姿勢である。

「……なんとなく、想像はつくが」

息をつき、身体（からだ）を起こして机のところへ行く。

そして机の上の紙を一枚手にし、視線を走らせる。

「――ったく、案の定か」

〝ミラの今後の出方の予測をまとめる〟

寝る前に俺がやろうとして、中断した作業。

どうやら俺が寝た後、セラスなりにまとめようとしたようだ。

失念していた。やはり寝る前の俺は、頭が回っていなかった。

セラスは戦いで精式霊装(せいしきれいそう)を使用した。つまり、睡眠欲を捧(ささ)げる対価が発生していたのだ。

多分セラスはそれを承知で、あのまま俺の〝仕事〟を引き継いだ。

で、途中で対価を支払い終え……眠気に負けてそのまま落ちてしまった、と。

リィゼのために予測をまとめる有用性はセラスもわかっていたのだろう。

が、疲れ切った俺にやらせたくはなかった。

要するに、自分が肩代わりして少しでも俺の負担を減らそうとしたわけだ。

「なるほど」

俺が寝るのを、見届けたがったわけだ。

「【スリープ(眠性付与)】」

セラスを起こさないよう【スリープ】をかける。……起こしちまうと、悪いからな。

椅子を引いて、そっとセラスを抱え上げる。ハニーブロンドの髪がさらりと流れ、俺の

腕を滑った。すぅすぅ静かな寝息を立てる白皙の横顔に視線を落とし、

「――滅私奉公がすぎるだろ、おまえは」

もしすべてが、済んだなら……わがままを、させてやるべきだろう。

その時の俺がセラスに何ができるかはわからない。ただ、俺に何かできることがあるのなら――意地でもわがままを、聞いてやろう。そう、思った。

「ン……トーカ、殿……も、ちょっと……休、んで……くださ、ぃ……お願、ぃ……すぅ……すぅ……」

抱かれたまま、セラスが縮まるようにして身を寄せてくる。

「寝言か」

【スリープ】中は決して目を覚まさないが、寝言は言う。

「ご無理、だけは……ン、ゥ……せずに……ゥムム……そ、その分……私、が……すぅ……」

「……夢の中でまで心配されんのか、俺は」

思ったより、心配かけてるのかもな。

セラスをそっとベッドに横たえる。そのまま毛布をかけ、整えてやった。

「とりあえず今は、ゆっくり休め」

机の方を一瞥し、穏やかな寝顔に視線を戻す。

「ありがとな、セラス」

セラスの眠る部屋を出る。俺はそのまま、安の状態を聞きに行った。

寝ている間に報告は来なかったが、

「運び込まれてからずっと、昏々と眠り続けています。以前は、まともに眠れる環境ではなかったのでしょう」

担当しているケンタウロスはそう報告した。

いつ目覚めてもすぐ報告できるように、安には交代制でずっと見張りを立ててもらっていた。異界の勇者だから他より話を聞く優先度が高い、と伝えてある。

しかし【スリープ】の効果が切れても、まだ眠り続けているらしい。

「処置できる傷は処置を施しました。ですがご存じの通り、元に戻らぬ傷も多く……ただ幸い、日常生活にそこまで支障は出ないかと思われます」

ある程度は動けないと完全なお荷物になる。第六は多分、そう考えていた。

だから〝幸い〟なんかじゃない。意図的に、日常に支障が出ない程度に済ませたのだ。

……さて、どうしたものか。

もう【スリープ】は切れている。ここで起こして、一旦様子見をするのもいいが……。

話を聞くとなると、口の拘束具を外したいところだ。

セラスの真偽判定を活用するなら普通に会話できた方がいい。しかし疲労を考えると、セラスはもう少し眠らせてやりたい。となると——安と話すのは、もう少し後か。

拘束具をしているからスキルは使えない。武器も持っていない。

目を覚まして暴れ出しても、対処はできるはず。何より、

「わかった。引き続き頼む。俺は夕刻まで城内にいると思うから、異界の勇者が目を覚ましたら使いを送ってくれ」

いざとなれば【パラライズ（麻痺性付与）】で拘束すればいい。

そんなわけで——狂美帝（きょうびてい）と交渉の席を持つ夕刻まで、少し時間ができた。

夕刻までは、ようやく風呂に入ってさっぱりしたり、ムニンやニャキと会ったり、起きてきたセラスと夕刻の打ち合わせをしたりした。七煌（しちこう）とも、食事がてら話したりした。

まあ、主な過ごし方は夕刻へ向けての休息と、事前準備である。

そうして、夕刻——

「そろそろか」

交渉の時間がいよいよ、近づいてきた。

安はまだ目覚めていない。一応、交渉で外へ出る前に【スリープ】をかけておいた。

とっくにクールタイムは終わっているので、問題なくかかる。

これで、交渉が終わるまでは起きないだろう。

準備をし、俺たちは扉の外へ出た。

俺はスレイに乗り、セラスはアライオン十三騎兵隊から入手した軍馬に乗る。

リィゼはロアに。

そこに豹煌兵団と竜煌兵団が加わった一団が、移動を開始する。また、伝令用にケンタウロス兵とハーピー兵も数名借りた。さらに、素早い巨狼も数匹つけてもらっている。

そして当然、今回は武装している。リィゼも反対しなかった。

それから、何かあった時はキィルの指揮で後方戦力が動く手はずとなっている。

ジオが俺に、確認をしてきた。

「伏兵は、置いとくんだな？」

「ああ、いざという時のためにな。地形的に近場には置けないが……全戦力を、馬鹿正直に相手に披露する必要はない。頼んだぜ、豹煌兵団」

「おう、任せとけ」

「？　どうした？」

「いや……やっぱおまえは、蝿王装の方が似合ってると思ってよ」

俺は蝿王のマスクに触れ、ふん、と鼻を鳴らす。

「俺も、そう思う」

先の情報から、蠅王ノ戦団の存在はもう狂美帝側に露見していると見ていい。

そして、ミラ兵の中にもそれを知った者が多数いると考えるべきだろう。

人の口に戸は立てられぬ、というが……まあ、確かにそうだろう。そのうちミラ兵の口から蠅王の存在が外へ漏れるに違いない。蠅王は最果ての国側についている、と。

アライオンの騎兵にも網を潜り抜けて逃げのびた者がいるはずだ。そのうちの誰かがやはりミラと同じパターンで蠅王ノ戦団の存在を知った可能性は、捨てきれない。

クソ女神が蠅王ノ戦団を引き入れたがっているのを利用し、ヴィシスとの接触を図る案——一旦、こいつは破棄だな。こうなると、逆に罠に嵌められるリスクがぐんと高まる。

蠅王ノ戦団が最果ての国側についたのを知った上でヴィシスが俺たちを誘い込み、嵌める可能性が出てくる。

〝女神は蠅王ノ戦団が最果ての国側についたことを知らない〟

ここの確証が得られない以上、味方につくふりをして接触するのは危険極まりない。

リスクが高すぎる。

となると〝蠅王ノ戦団〟は……。

今まで通り〝三森灯河〟の隠れ蓑として機能させていく——そういう方向になる、か。

まあいい。

〝蠅王ノ戦団が最果ての国、ひいてはミラ側についた〟という情報が出回ったら出回ったで——上手くミラ側に協力を取りつけられれば、これはこれで活かしようがある。

蝿王ノ戦団の名は今や広く知れ渡っているらしい。当然、女神側の連中にも。

しかし、女神側で三森灯河のことを気にかけている者など皆無に等しいだろう。

召喚直後に死んだ男のことなど、誰も気にしちゃいまい。

三森灯河の存在を隠せるだけで、十分。

……まあ、あのお人好しの委員長くらいは——ごくまれに、思い出すくらいはしてるのかもしれないが。魔防の白城で再会した時、会話の中で俺の名前を出していた。

実は、あれは少し驚いた。

つーか……俺が廃棄されそうな時、あのクソ女神にあそこで逆らうなんて、

「どうかしてるぜ、ほんと」

チッ、と舌打ちする。

「……お人好しめ」

「ベルゼギア様？　どうか、されましたか？」

隣を行く蝿騎士装のセラスが、首を傾げていた。いや、と俺は息をつく。

「敵となったらやっぱり一番やりづらい相手かもしれない、と思ってな」

「確かに……狂美帝は、敵に回すと厄介な相手かもしれませんね」

セラスは発言の相手を狂美帝だと思ったようだ。

まあ、今のは真偽判定も意味がないだろう。ただ、

「狂美帝か……話に聞くだけでも、厄介そうだ」

これから会う狂美帝は狂美帝で、一筋縄ではいかない感じがある。

と、そうこうしているうち――

「見えてまいりました、ベルゼギア様」

俺たちは、指定の交渉場所へ到着した。

そこは、岩場だが見晴らしのいい地形だった。

周辺の凹凸が少ない。つまり、視界の遮蔽物が比較的少ない場所である。

第六騎兵隊と戦った地形にも似ている。これだと互いに近場に伏兵を置けない。

騙し討ちするにしても、当面はその場の戦力だけが頼りとなる。

狂美帝側は簡易的な陣を張って先に待っていた。

陣の脇には兵たちの姿。兵の中に、やや派手な装いをしたきらびやかな一団がいる。

あのへんのヤツらが噂に聞く輝煌戦団だろうか？

陣の中央には長卓が設えてある。用意がいい。

俺たちは促され、ぞろぞろと陣に入って行く。リィゼは緊張のせいか強張った表情をしていた。片や、ミラ兵も物珍しいものを見る顔をしている。

ちなみにセラスはマスクを被っている。しかし多分、あの反応を見るに……。

中身がセラス・アシュレインなのは、気づかれてるか。

背の高い美男子が、俺たちに恭しく一礼をした。まるで執事みたいなお辞儀である。

ふんわりした雰囲気の、すらりとした細身の男。雰囲気と同じくふんわりした金髪に、
宝石のような青い瞳。その口もとの笑みは穏やかだが……。

あれは、そのまま好意的に受け取っていい笑みではない。

「で、あれが噂の――」

その金髪の男の斜め前で、足を組み、砕けた姿勢で椅子に座る小柄な男。

「狂美帝か」

綺麗(きれい)な男だ、というのが最初の印象だった。

が、あれは……ただ綺麗なだけじゃない。

目つきが――あやかしの狐(きつね)のように、妖しい。

「………………」

が、何よりも――

ふわり、と狂美帝が優雅に立ち上がった。

「お初にお目にかかる。余がミラ皇帝、ファルケンドットツィーネ・ミラディアスオルド
シートだ。まずは交渉に応じてもらえたことに対し、感謝の意を表する」

が、しかし……そう、何よりも――

狂美帝が挨拶をしているその時……俺の意識は迂闊(うかつ)にも、別のところへ注がれていた。

見覚えのある顔ぶれ、だったのだ。

なぜ、ここにいる？　なぜあいつが、ここに――

戦場浅葱。

そして、あれは鹿島(かしま)――

「…………」

鹿島、小鳩(こばと)か。

◇【高雄樹】◇

ついに、高雄聖(たかおひじり)が倒れた。

吐血し——目の端から、血を流して。

「姉貴！」

高雄樹(いつき)は、倒れ込みかけた姉を抱きとめる。聖が言った。

寝かせて、と。

一瞬、樹は逡巡(しゅんじゅん)した。けれど、言う通りにした。姉を横たえる。

周囲に気配はない。二人以外は、誰も。ここには二人だけだ。

そう、今も二人——二人、だけ。

「どうにか逃げ切って……態勢を整えられると、思ったけれど……」

弱々しい声で、聖が言った。もうこれ以上、喋(しゃべ)ってほしくない。

だけど——話したい。相反する気持ちが、樹を苛(さいな)む。

聖が目を閉じ、自分の胸に手をのせた。

「まさか——毒、とはね……ごぶっ」

一旦、二人で姿を消す。

反旗を翻したS級勇者を生かして逃したとなれば、女神も放置はできまい。

聖はそこから再度、次の案を組み立てるつもりだったらしい。しかし、

「女神の、あの隠し剣の刃に……毒が、仕込んであった……」

傷をつけると毒が傷口へ侵入するようになっていたようだ。

毒物は所持を禁止している国が多いという。聖曰く、これは主にアライオンの要請によるものらしい。当然、流通自体も禁じられている。特に堅く禁じているのはアライオンとヨナトだが、他の国も表向きはやはり所持や流通を禁じているそうだ。

「禁じる、ということは……同時に、その分野の知識や技術が蓄積していかないということ……禁忌にするとは、そういうことよ。たとえば、そう……新種の毒物が出てきても……解毒剤が作られず、出回らず……普及、しない」

所持すら禁じられているなら、研究すらできない。

聖が薄くまぶたを上げる。

「となると……その新しい毒物の知識や解毒剤を持つ者は……それを、用いて……様々な面において、ことを有利に進めることだってできる……」

解毒剤がないに等しい毒で誰かを殺す、とか。

この解毒剤がほしくば要求をのめ、とか。

女神はある種の毒物を独占し、己のために有効活用したい。

ゆえに、毒物を厳しく禁じているのではないか。

他の者が知識をつけないために——対抗策を、持ちえぬように。

聖は、そう分析した。

それでも解毒剤を探す手はなかったのか？

これは無理であった。何よりの問題は、毒が遅効性だったことだ。身を隠すために。

症状が出てきた頃には、姉妹はもう人里から遠く離れていた。

樹も治癒スキルは使えるが、毒にはなんの効力も発揮しない。

だんっ、と地面を叩く樹。

「ここまで来たのにっ……こんなのってあるかよ！　ちくしょう……ッ！」

ふぐ、と目の端に涙が滲む。

「こんなの、アリか……ッ!?　なあ、姉貴!?　いつもみたいに、どうにかさ……どうにか姉貴の機転で起死回生の、一発を——」

「樹」

空を眺めたまま、聖が言った。

「これから言うことを、よく聞いて」

「……姉、貴？」

「私はどうやら、ここまでみたいだから」

「！」

そん、な——

「けれど……女神に刃向ったこと、後悔はしていないわ。たとえ、間違っていたとしても」

「姉、貴ぃ……」

「人生というのは、選択の連続よ。そして——正しかったか間違っていたかは、結果が出てみないとわからない。予測はできても……観測時には、結果にゆらぎが——ブレが生じることがある。それが、プログラムとは違う〝現実〟というものの正体……私たちは結局、サイコロの目で一喜一憂するしかない……ただ——」

聖がそっと手を上げ、樹の頬に触れた。

「望む目を出す確率を上げることは、できる」

「姉、貴ぃい……」

「それが〝最善を尽くす〟ということよ」

「うん……うんっ」

「あの、黒玉という誤算要素さえなければ……勝てていた、はずだった。まあ……それも、言い分けでしかないわね……けれど、次は勝つのよ——あなたたちが」

聖はそう言って、樹にすべてを伝えた。命が燃え尽きる前に、すべてを託そうとしているのだ。聖は、十河綾香(そごうあやか)についても話した。

綾香は大丈夫だろう、というのが聖の考えらしい。実は、綾香は今回の裏切りの詳細を知らない。女神もそれは理解するはずだ、と聖は告げた。

「じゃあ、その渡したメモってのは……？」

「私が戻らなかった場合に今後どう動くかと、今後の彼女にとって役に立ちそうな情報を書いただけ……詳細は、書いていない。あとは……彼女自身が考え、どう動くか」

〝完全には、十河さんを巻き込みたくなかった〟

聖は、そう言った。

ギリギリまで、迷ったそうだ。すべてを明かすか、どうか。

「で、アタシはっ……アタシはっ、委員長に会いにいけばいいんだなっ!?」

「ええ。接触の機会を測って……さっき言ったことを、すべて……十河さんに、伝えて……それと……」

ありがとう、と。

ごめんなさい、を。

伝えて、ほしい。

聖はそうつけ足し、さらに吐血した。血が喉に詰まらぬよう、樹は姉を抱え起こす。

「大丈夫……女神がいなくとも、私たちは――戻れる……」

聖の呼吸が浅い。ここまで憔悴(しょうすい)した姉を見るのはいつ以来だろう。

いや——最後、なのか。こんな姉を、見るのは。

「姉、貴——や、やっぱり待って……無理だって……アタシ一人じゃ、やっぱり……アタシは、姉貴がいないとっ……ねえ、姉貴!?」

安堵しきった微笑みを浮かべて——聖が樹の胸に、体重をあずけてきた。

「樹、あなたはね……」

聖が目を閉じ、言った。

「この世界でたった一人の——最高の、妹」

「！ッ——おねえちゃんッ！」

もう堪えは、きかなかった。

「い——いやだよぅ！　ま、待って！　アタシは聖おねえちゃんがっ……ひぃねえがいないと、なんにもできないんだよ!?　ねぇ!?　ひぃねえがいなくなったら、いつき——いつきは、どうしたらいいの!?」

「……大丈夫よ。あなたなら、やれる……私の妹、なら……、——」

「お——おねえちゃん!?　し、死んじゃやだ！　やだやだ！　やだ、ったらぁぁ……」

樹は泣きじゃくった。恥も、外聞もなく。

命の火が消えようとしている姉に、縋った——縋り、きった。

けれど聖は、窘めなかった。

優しく微笑んで。ただ穏やかに、妹を眺めていた。

「あとは——、……頼んだわよ、樹」

「……ひ、ひぃねえ？」

弱々しい手で、聖が樹の手を取る。本当にあの姉なのかと思えるほど、緩い力だった。

聖の手が、握り合った手を摑もうとしてきた。樹はそれを、握り返す。

聖が言った。

「そうね……ならせめて、最期の時間……姉妹らしく、過ごしましょう……？　ちゃんと、お別れを——、……しましょう」

「！　う——うんっ……わ、わかった！　わかったよ、姉貴っ……アタシも、アタシも変な形で別れるのだけは、絶対いやだ！　だから、だからっ——」

「樹」

「う、うん……」

「あなたと、過ごせた……この、十数年。私はとても、満足だったわ……楽しかった」

「——うんっ！　アタシもだよ、姉貴……っ！」

「死に別れても、ずっと一緒……ね？」

「！　う、うんっ……そうだよな！　アタシ、死ぬまで忘れないからっ……姉貴の、こと
っ……絶対っ……」

それから、穏やかな時間が流れた。

姉妹二人きりの、時間で——空間で。

誰にも邪魔できない、たった二人だけの今。

二人ぼっちだ、いつだって。

最後の——最期の、いま。

会話の内容は全部、昔のことばかりで。

あんなことがあったね、とか。

こんなこともあったね、とか。


「……なあ、姉貴？　まだ、生きてるよな？…………姉貴？」

「…………ええ」

「は、はは……よか、った……び、びっくりさせんなよな……」

「勇者の、ステータス補正の……おかげかしら、ね……」


静かだ、とても。


「——大好きだよ、姉貴」

「——私もよ、樹」

「…………」

「…………」

「……姉貴？　ど、どうした？」

「目が、ね」

「え？」

「目が、見えなくなって……きているの」

「…………うん」

「樹（いつき）」

「うん」

「ありがとう……あなたのおかげで——死が、怖くない。きっと幸福な死なのよね、これって」

「……うん」

「それから……ごめんなさい。そして……もう一度だけ——ありがとう」

「ぅん……ぅんっ……」

「————————————————イツキ？」

「え？」

高雄（たかお）樹はずっと、姉しか、見えていなくて。

周囲のことなどもう、見えていなかった。
けれどこの瞬間、高雄樹の目は——視界は、
様々なものの輪郭を鮮明に、そして、確かにしていく。
ここは、雨降る深い森の中。
倒し尽くした、散乱する金眼の魔物の死体。
そして、
「おまえ——」
見覚えのある豹人が——そこに、立っていた。
先ほど『イツキ』と呼びかけた人物。
確か、名は——

「イヴ……スピー、ド？」
「タカオ姉妹か——こんなところで一体、どうしたというのだ？」

そう、高雄聖は反アライオンを掲げた狂美帝のもとへは向かわなかった。
ミラへ向かうルートは女神がすべて手を回しているに違いないと読んだからだ。
なれば。

身を隠すという意味で〝絶好の場所〟が、一つある。
危険な場所ではある。
しかし、もし〝彼女〟に出会えるとすれば――強力な味方と、なりうるかもしれない。
そこは、禁忌の魔女が棲むとされる禁忌の地。
高雄聖が一縷の望みを託し、妹と目指したその地の名は――――金棲魔群帯。
ここに、二人の勇者と豹人の血闘士が――
奇妙な再会を、果たした。

エピローグ

鹿島小鳩(かしまこばと)の固有スキル【管理塔(ディスクローズ)】。
この固有スキルは現状、とある特性を前提としている。
その特性とは、勇者のステータスである。
勇者のステータス情報は〝ステータスオープン〟によって開示できる。
開示した情報はステータスウィンドウ上に表示される。
その開示したステータスは本人しか見ることができない。
例外は二つ。
女神はすべてのステータスウィンドウを見ることができる。
ただしウィンドウが表示されていなければ、女神であっても見ることができない。
もう一つは女神に〝閲覧許可〟を与えられた場合。
許可を与えられた者は、他の勇者のウィンドウ上の情報を目視できる。
ちなみにこの閲覧許可は永続ではない。許可は一定時間で消失する。
この二つが、本人以外が他者のステータスを目視する手段である。
つまり口頭による開示がない以上、ステータスは当人しか知りえない。
そしてこのステータスの特性が、浅葱(あさぎ)グループの頭を悩ませていた。

戦場（いくさば）浅葱の固有スキルの一つ【群体強化（クイーンビー）】。

これは能力強化のスキルだ。

付与された者は各ステータスにさらなる補正値が加算される。

ちなみに他の勇者にも、コモンスキルとして通常の強化付与スキルを持つ者はいる。

ただ、浅葱の能力強化――バフは、その加算値がずば抜けていた。

【群体強化】を付与すれば一気にグループの勇者たちは強くなる。

仲間は、本来のランク以上の強さを発揮できる。

けれど当然、それは効果持続中の話である。浅葱グループはA級以上の勇者がいない。

なので、効果が切れればたちまち〝並〟のステータスに戻ってしまう。

現在、浅葱のバフは重ねがけもできるようになっていた。

これによりバフの効果は、さらに高まった。

けれどここで浅葱の頭を悩ませたのが〝対象によってバフの効果持続時間が異なる〟というスキル性質である。つまり、いつバフを掛け直せばいいかの判断が非常に難しい。

バフは重ねがけできるが、すべてのバフ効果が切れるまでは再使用ができない。

次のバフをかけるには、効果が一度全部切れるのを待つしかないのである。

これが、悩みの種であった。

浅葱グループは人数も決して少なくない。

すべてを把握し管理するのは、浅葱であっても難しいようだった。

何より悪いのは、やはりバフが切れたか否かの把握を自己申告に頼るしかない点であろう。

性質上、浅葱は他の勇者のウィンドウ表示を見られない。なので、バフが切れた者は自らウィンドウを確認し〝バフが切れた〟と申告するしかない。

が、この自己申告がまさに厄介だった。

とにかく皆、ステータス表示に気を取られる。

これは致し方あるまい。バフが切れた途端、自身の死亡確率も跳ね上がるのだから。

だから自然と動きも鈍る。保身を優先する。

最悪なのは、バフが切れたことに気づかず戦闘を継続するパターンだった。

目の前の敵に熱中し過ぎて、バフが切れたことに気づいていないケースがあったのだ。

かろうじて深手は避けたが、その子は傷を負ってしまった。

さて——ここで話は【管理塔】へと戻ってくる。

浅葱がバフ情報の把握に苦心していた時のことだった。

鹿島小鳩の固有スキルが、開花した。

この固有スキルは〝スキル使用者が他の勇者のステータス情報を把握できる〟という能力を持っていた。

スキルを使うと、勇者の頭上に透過ウィンドウが現れる。このウィンドウは小鳩以外見ることができない。また、ウィンドウは小鳩が見やすいよう拡大もできる。

つまり――鹿島小鳩は、他の勇者のステータス情報をすべて把握できるのである。

この固有スキルが、浅葱のバフと見事に嚙み合った。

まず自己申告の必要がほぼなくなる。

バフの切れそうな者、あるいは切れた者を小鳩が報告すればいいからだ。

小鳩は情報の把握と報告だけにすべてのリソースを注げる。

バフの切れそうな者も、ほぼバフが途切れる心配なく戦える。

浅葱にしても、小鳩の報告に従ってバフをかければいい。

以前よりは思考の負担が減った、と浅葱自身が言っていた。

これにより、浅葱グループの集団戦闘の動きはかなりよくなった。

さらにそこへ浅葱の固有スキル進化も加わり、浅葱グループは以前と比べてかなりの強さを得ていた。

▽

あの第九騎兵隊という強そうな相手とやり合っても、戦えるほどには。

「こばっちゃん、せっかくだから見に行こうぜい」

テントの中にいた鹿島小鳩に声をかけたのは、戦場浅葱。

「え？　もしかして……」

「そ、例の獣人ちゃんたちとの会談よん」

「わ、わたしはいいよ……わたしなんかが行ったら、邪魔でしかないだろうし……」

何より、ああいう場所に行くと緊張する。

「ツィーネちんに聞いたら、ポッポちゃんも連れてっていいってさ」

「えぇ……」

浅葱の〝ポッポちゃん〟はもう諦めているが、

（皇帝さんを〝ツィーネちん〟って、浅葱さん不敬にもほどがあるよ……）

「あ、ツィーネちんも来るってよ？」

「そうなんだ……」

「おり？　やっぱ、こばっちゃん他の子と違ってツィーネ様ＬＯＶＥって感じじゃないよねぇ？　ああいうの好きそうなのに」

「えぇ？　それを言ったら、浅葱さんだってそうじゃないかな？」

「いやぁ、だってツィーネちんって話しててもつまんねーんだもん」

「ちょ、ちょっと浅葱さん……っ！」

しぃー、と唇に指をあて、もう一方の手で浅葱の口を塞ぐ小鳩。

「ミラの人たちは皇帝さんのことすごく尊敬してるんだからっ……そういう発言は、まずいよ……っ」

「むごがが」

小鳩が手を離すと、ぷはぁ、と浅葱はわざとらしく息を吐いた。

「ふぃ～……そうかね？　あたしってば、これまでもっと不敬な発言いっぱいしてると思うけどにゃー。でも浅葱さん、ちゃんと無事だにゃー」

「わたしは……いつか浅葱さんがミラの人に刺されそうで怖いよ……」

そもそもあの女神を裏切った時点で、小鳩は怖いと思った。

ただ、浅葱は何か確信を持っている。

（あの時……ヨナトにいたわたしたちの前に、いきなりツィーネさんが現れた時……）

狂美帝と二人で話したあと、浅葱は明らかに何か確信した顔をしていた。

何か、勝算があるのだ。

皆、浅葱のおかげで今まで生き残ってこられたのを自覚している。

実際、死者だって出ていない。動けないほどの傷を負った者さえいない。

（それに……）

〝みんなで無事に元の世界へ戻る〟

浅葱のその信念だけは、信じられるような気がする。それにしても……

（やっぱり、浅葱さんもツィーネさんの魅力にやられて協力してるわけじゃないんだ）

一方の小鳩はといえば、

（わたしは……ツィーネさんは、なんだか怖い。あの人には安心感がない。あの人と同じ空間にいて、ホッとできないよ……）

対人において小鳩が求めるのは安心感である。

その点、十河綾香は安心感を与えてくれる相手だった。

（会いたいな……十河さんに……）

女神を裏切ったことも怖い。

ただ、綾香にどう思われるかが、小鳩にとっては一番怖いことかもしれない。

「ほれ、ごたごた言わずに行くぞいっ」

「う、うん……わかったよ」

結局、小鳩は浅葱と会談場所へ向かうことになった。

陣に到着し、幕の近くの列に並ぶ。

（うぅ……この空気、緊張するなぁ……）

小鳩は冠婚葬祭とかが苦手だ。学校で体育館に集まってするお堅い行事とかも苦手。緊張するから。ああいう行事には、安心感がない。

片や浅葱はというと、呑気にあくびなどしている。と、

「来ました！」

兵士の一人が、狂美帝にそう報告した。会談相手が来たらしい。

（最果ての国かぁ……確か、獣人さんたちの国って話だったかな？　蠅王ノ戦団とかいう人たちも来るみたいだけど……あっ）

――来た。

ぞろぞろと、陣に入ってくる。

（すごい……半分蜘蛛の人とか、おっきな黒豹の人とか……わぁ……獣人さんは見たことあったけど、こんなにたくさん……）

「ほぇ～、なんか一気にファンタジー」

浅葱は額に手で庇を作って、なんだか楽しそうにしている。と、

（あ……）

小鳩は、隣の浅葱の頭上に目を留めた。

二時間ほど前、固有スキルでクラスメイトのステータスチェックをしていた。

定期的にステータスをまとめて書き記す。これも今は小鳩の役目の一つだった。

（しまった……固有スキルを解除するの、忘れてた……）

この固有スキルは消費MPが本当に少ない。

以前、発動しっぱなしのまま一日過ごしていたことがあった。が、就寝前に気づいた時にもまだＭＰが残っていた。だから、つい切るのを忘れてしまいがちになる。

小鳩はため息をつき、自分を責めた。

（はぁ……でも、安いからって無駄遣いしていいわけじゃないのと一緒だよね……こういう抜けてるところ、いい加減直したいなぁ……）

ちなみに【管理塔】は、異世界人のステータス表示はできない。

あくまで勇者のみである。だから、狂美帝のステータス表示などもできない。

と、周りがざわっとなった。

かすかな囁きから、ミラの兵が何に注意を向けているのかを、小鳩は理解できた。

（そっか、あれが……世界一の美人だっていう、セラス・アシュレインさんなんだ。あの仮面の下の顔、一度でいいから見てみたいなぁ……あっ）

セラス・アシュレインの斜め前をゆく黒い馬。

その馬に、蠅のマスクを被った人物が騎乗している。

兵が話していた蠅王という人だろう。

確か、あの人物が蠅王ノ戦団のリーダーだったか。

「――――、……え？」

小鳩は、目を見開いた。

そのまま俯(うつむ)き気味になり、彼女は、ほとんど無意識に口もとへ手をやっていた。

そう、鹿島(かしま)小鳩は【管理塔】を、まだ切っておらず——

(なん、で……？　え？　どうして……)

どうして蝿王さんの頭の上に、ステータスウィンドウが？

あとがき

この八巻は前巻で積み重なったものを受け止め、それを昇華するような巻だったかもしれません。たとえば五巻は〝その構成ゆえに分厚くなった〟とあとがきで以前書きましたが、八巻も同じ理由でなかなかのページ数となりました。しかしその分、あっちこっちで盛りだくさんな内容にできたかなと思っております（もう本来なら分冊というか、二巻分に相当するアレコレを詰め込んだ感じですね）。

追加されている書き下ろしコンテンツですが、後半のトーカとセラスの追加シーンなどは、二人の信頼関係がより深まっているのを描けたのではないかと思います（Ｗｅｂ版だと、リィゼの部屋から帰ってきたところで終わっていましたが）。テンポも大事なのですが、それ以上に、書籍版ではセラスを筆頭に（ページ数が許す分には）キャラクターを掘り下げたいと考えているので、このシーンを入れることにしました。他の書き下ろし部分も、キャラクターをさらに掘り下げるという点で楽しんでいただけましたら、幸いでございます。

八巻は、登場人物たちの立ち位置に変化の生まれた巻でもありました。ある部分では死闘が繰り広げられ、ある部分では決着がつき、そしてある部分ではより関係が深まった印象です。何か心に残るシーンがあったなら、著者として嬉しく思います。

ここからは謝辞を。担当のO様、毎度ながら作業工程での細かなこだわりにも付き合ってくださり（申し訳なく思うと共に）ありがとうございます。ＫＷＫＭ様、今回もリィゼのビジュアル化や数々の魅力的なイラスト、ありがとうございました。迫力、美しさ、可愛さ……などなど、今巻でも登場人物たちをイラストで彩ってくださっております。内々けやき様、鵜吉しょう様、ネームを含め、コミック版の最新話を拝読できるのをいつも楽しみにしております（そして、楽しんでおります）。また、八巻を出版するにあたりお力添えをくださった各所の皆さまに感謝申し上げます。

Ｗｅｂ版読者の皆さま、一緒にここまで来てくださりありがとうございます。今後も書籍版と共に〝ハズレ枠〟の行く末を完結まで見守っていただけましたら、嬉しく思います。

そして最後に……このたびも引き続き八巻をお手に取ってくださったあなたに、やはり、心よりの感謝を。こうしてご購入くださっている皆さまのお力添えが〝ハズレ枠〟にとってとても大きな力になってくれていると、最近とみに感じております。

それでは〝次はこういう敵がきたかぁ〟となりそうな気配漂う次巻でお会いできることを祈りつつ、今回はこのあたりで失礼いたします。

篠崎　芳

作品のご感想、
ファンレターをお待ちしています

あて先
〒141-0031
東京都品川区西五反田 8-1-5 五反田光和ビル4階
ライトノベル編集部
「篠崎 芳」先生係／「KWKM」先生係

ハズレ枠の【状態異常スキル】で最強になった俺がすべてを蹂躙するまで 8

発　行　2021年11月25日　初版第一刷発行
　　　　2024年12月16日　　　第三刷発行

著　者　篠崎 芳

発行者　永田勝治

発行所　株式会社オーバーラップ
〒141-0031　東京都品川区西五反田 8-1-5

校正・DTP　株式会社鷗来堂

印刷・製本　大日本印刷株式会社

Printed in Japan　ISBN 978-4-8240-0044-6 C0193

オーバーラップ　カスタマーサポート
電話：03-6219-0850 ／受付時間 10:00～18:00（土日祝日をのぞく）